「這雖然是遊戲，但可不是鬧著玩的。」

──「SAO刀劍神域」設計者・茅場晶彥──

SWORD ART ONLINE
EARLY AND LATE

REKI KAWAHARA

ABEC

BEE-PEE

風、雨、濕氣、塵埃以及成群小蟲等無數的氣候參數存在，只要其中有一項參數變好，另一項就會變差。

但今天就不一樣了，不但氣候溫暖，空氣中還充滿柔和的日光，吹拂的微風不會太過潮濕或乾燥，更沒有成群的小蟲出現。就算是春天好了，像這種所有天氣參數都讓人感到相當舒適的日子，一年裡也可以說不會超過五天。

大概是數位之神為了慰勞我平時攻略的辛苦，要我好好躺下來睡個午覺。我如此解釋後，便乖乖遵照祂的旨意，不過——

當我躺在長滿柔軟小草的斜坡上開始打瞌睡時，忽然有雙白色靴子踩上了頭旁邊的草地。同一時間，一道熟悉的聲音從天而降。對方嚴厲地表示：

——攻略組眾人皆於迷宮區盡一己之力，汝為何在此悠閒午睡？

我在幾乎閉上眼睛的狀態下如此表示：

——今日乃整年氣候最佳之時。教人怎能不盡情享受乎？

嚴厲的聲音又說：

——天候每日皆無不同也。

而我也再度表示：

——汝親身臥於吾旁自可明瞭。

當然實際進行時是相當口語的對話，不過最後這個不知道在想些什麼的女人竟真的在我身邊躺了下來，而且也真的沉沉睡去。

讓我們把話題轉回眼前的事情上。

目前時間還不到中午，在轉移門廣場前穿梭的玩家們都以有些顧忌的眼神看著並排躺在草地上的我和亞絲娜。他們之中有的人驚訝地瞪大了眼睛，有的人發出竊笑，甚至還有沒禮貌的傢伙直接拿出記錄水晶來拍照。

不過這也怪不了他們。說到ＫｏＢ的副團長亞絲娜，那可是連哭泣的小孩都會安靜下來的攻略之鬼，更是以驚人速度不斷將前線往前推進的渦輪引擎，而提到獨行玩家桐人嘛——雖然不是出於自願——但有人就是認為我老是和部分偷懶摸魚者混在一起，除了智商不高之外還成天都在遊戲，可以算是攻略組裡的超級劣等生。

這麼極端的兩人並排在一起睡覺，就連當事人之一的我都想笑了。說是這麼說，要是把她叫起來後又惹她生氣，倒楣的也只會是自己，所以還是丟下她先離開才是上策。

——雖然很想這麼做，我卻沒辦法付諸實行。

因為「閃光」要是這樣繼續熟睡下去，除了可能成為各種騷擾行為的目標之外——最糟糕的是有可能遭到ＰＫ。

確實，第59層主街區的中央廣場依然屬於「圈內」。

正確來說應該是「禁止犯罪指令有效圈內」。

在這個區域內部，玩家絕對無法傷害其他玩家。就算用武器砍殺對方，也只會出現紫色系統效果光，但對方的HP完全不會減少，而各種有毒道具也發揮不了作用。當然，也無法偷取人家的道具。

也就是說，圈內正如「禁止犯罪」一詞字面所述，無法進行任何直接的犯罪行為。這是這款名為「SAO」的死亡遊戲裡，與「HP歸零便等於死亡」同等級的絕對規則。

然而很遺憾的是，事實上仍舊存在幾種無視規範的方法。

其中之一，就是玩家熟睡的時候。因為長時間戰鬥而耗費心神，導致一睡著幾乎就等於陷入失神狀態的玩家，有可能在受到些微刺激時依然不會醒過來。只要趁機向其提出「完全勝負模式」的決鬥申請，然後拿起該熟睡玩家的手指按下OK鍵，就可以輕鬆取其項上人頭。

還有一種更大膽的方式，就是直接把對方的身體搬到圈外。踏在地上的玩家受到「指令」的保護而無法強行使其移動，但只要讓該玩家坐到「擔架」這個道具上就可以自由搬運了。

這兩種方法，過去都真的被人實行過了。「殺人者」的惡劣執著可以說是超乎想像。現在所有玩家都將這個悲劇當成教訓，一定會在能上鎖的玩家小屋或者是旅館裡就寢。就算是我，也會在睡覺前利用「搜敵技能」設下接近警報，而且不敢睡熟。

只不過——

目前就在我身邊爆睡的「閃光」，一看就知道她的腦部正在瘋狂釋放Delta波當中。就算拿出化妝道具在那張俏臉上塗鴉，她應該也不會醒過來。真不知道她究竟是膽子超大還是脾氣超硬，又或者她──

「應該……是累了吧？」

我低聲呢喃道。

在ＳＡＯ裡──雖然多少跟能力配點也有些關係──若以升等為主要目的，還是獨行玩家最有效率。但這個女人不但得花時間注意公會成員等級提升的狀況，自己升等的速度也幾乎跟我差不多。我想，她一定是犧牲睡眠時間努力練功打怪直到深夜吧。

其實我也嘗過這樣的辛苦。四、五個月前，我同樣埋首於艱苦的練等活動當中，一旦睡著就會有四、五個小時像是死掉了一樣。

我把就要嘆出口的氣吞了回去，為了進行長期抗戰而從庫存裡拿出飲料，然後重新在草地上坐好。

要她躺在地上睡覺的人是我。那麼，我就有責任待在這裡直到她醒過來為止。

當浮遊城外圍開口部分出現夕陽時，「閃光」亞絲娜終於隨著輕微的噴嚏醒了過來。

算起來她整整沉睡了八個小時之久，這根本就不是睡不睡午覺的問題了。沒吃午飯一直守在旁邊的我，因為想要看看這個冷酷的副團長大人在了解狀況後會有什麼有趣的反應，所以緊盯著她看。

「……嗚喵……」

亞絲娜在呢喃一句奇怪的話後便眨了幾下眼，然後抬起頭看著我。

那形狀完美的眉毛微微皺了起來。她把右手撐在草地上搖搖晃晃地站起身，接著甩動那頭栗色頭髮並先後往右、左瞧了一瞧，隨即又往右邊看去。

亞絲娜最後看了一眼盤腿坐在旁邊的我——

她帶著透明感的雪白肌膚霎時染紅（多半是因為害羞），然後變藍（多半是因為苦思），最後又再度變紅（多半是因為勃然大怒）。

「這……啊……怎……」

我以最大等級的笑容，對著再度嘟囔些不知所謂話語的「閃光」說：

「早啊。睡得還舒服嗎？」

包裹在白色皮手套下的手微微抖了一下。

但亞絲娜不愧是最強公會的副團長，她似乎成功壓抑住了自己的怒氣，不但沒有拔出腰間細劍，也沒有立即衝刺逃亡。

她只是緊緊咬住光亮的牙齒硬擠出一句：

「……欠你一頓。」

「啥？」

「無論你要吃什麼都沒關係，我欠你一頓。這樣就算扯平了，如何？」

我不討厭這女人直截了當的個性。才剛睡醒的她，立刻了解我不只是為了預防ＰＫ行為，也是為了讓她消除平時累積的疲勞，才會一直陪在身邊讓她睡到自然醒為止。

我揚起一邊的嘴角——這次是發自真心——笑了一下，然後回答一聲ＯＫ。

雖然本來想趁機開玩笑說「那乾脆到妳房間吃妳親手做的料理好了」，不過最後還是克制住這股衝動。我將伸長的兩腳往上提，利用反作用力站了起來，接著伸出右手說道：

「第57層的主街區有間ＮＰＣ經營的餐館很不錯，我們就到那兒去吧。」

亞絲娜冷冷地握住我的手站起身子，然後把臉別到一邊去，簡直像要把晚霞吸進肺裡一般用力舉起手深吸了一口氣。

從名為「Sword Art Online」的死亡遊戲開始運作後，很快地已經過了一年五個月。

回過神來時，當初認為遙不可及的百層浮遊城艾恩葛朗特也已經有將近六成被攻略下來，目前的最前線是第59層。平均攻略一層大概得花十天左右。至於這樣的速度究竟是快還是慢，身為攻略組的我實在沒有辦法評斷，但藉由保持一定的攻略速度，在中層以上的區域裡也已經產生了一些「可以享受生活的閒情逸致」。

而第57層主要街道區「馬廷」裡，這樣的氣氛也相當濃厚。這個距離現在最前線僅僅兩層樓的大規模街道，必然地成了攻略組的主要根據地以及觀光勝地。到了傍晚時分，這裡一定會因為許多由上層回來或者是從下層到此吃晚餐的玩家而變得熱鬧非凡。

經由第59層轉移門來到馬廷的我及亞絲娜，並肩走在異常寬敞的主要幹道上。看見擦身而過的許多人都瞪大了眼睛，著實讓人覺得相當有趣。也難怪他們會有這種表情，畢竟據說已經有了後援會的孤傲名花，居然跟一個非常可疑的獨行玩家大剌剌地走在一起。我想亞絲娜一定很想發揮所有的敏捷力衝進要去的店裡，但很可惜——或者可以說很幸運地，目的地只有我一個人知道。

我心中懷著「到ＳＡＯ結束的日子前應該無法再有這種機會」的感慨走了五分鐘左右後，道路右側已經可以看見一間算得上大的餐廳。

「這裡嗎？」

看見亞絲娜臉上出現像是放心又像是懷疑的表情之後，我便對著她點了點頭。

「沒錯。這裡的魚比肉要好吃。」

我推開旋轉門並將其撐住之後，細劍使便一臉若無其事的表情走進入口。

當ＮＰＣ服務生發出聲音歡迎我們，而我們也開始在有些擁擠的店內移動時，我依然可以感覺出有好幾道視線投射過來。到了這時，精神上的疲勞已經比愉快的心情多了幾分。每天都像這樣受人矚目，其實也不是什麼輕鬆的事。

但亞絲娜卻昂首闊步地穿過店中央，直接朝著深處靠窗的桌子前進。當我僵硬地拉出椅子之後，她便以流暢的動作坐了下來。

雖然心裡有種「怎麼受招待的人成了護花使者？」的感覺，但我還是在她對面坐了下來。

亞絲娜立刻喝了一口高腳杯裡頭的飲料，然後也跟我一樣呼出長長的一口氣。毫不客氣地點完餐前酒、前菜、主菜與甜點之後，才得以「呼」一聲鬆口氣。

她用稍微解除警戒的淺棕色眼睛看著我，以幾乎快聽不見的聲音對著我呢喃道：

「嗯……總之，今天……謝謝你了。」

「咦？」

瞪了一眼感到驚訝的我之後，亞絲娜又說了一次：

「我說，謝謝你今天當我的護衛。」

「啊……那個……不、不客氣……」

平常在攻略組的作戰會議裡，我時常因為魔王的弱點以及前衛後衛的分配而與她展開激烈辯論，現在聽見這突如其來的道謝，讓人不由得有些結巴。結果亞絲娜噗哧一笑之後，便把身體靠在椅子上。接著她以更加柔和的眼神往天空看去，輕聲說道：

「這好像……是我來到這裡之後……第一次睡得那麼熟……」

「妳……妳也太誇張了吧？」

「一點都不誇張，是真的。平常最多只睡三個小時就醒了。」

讓杯子裡的酸甜液體濕潤口腔後，我便問道：

「不是因為設定了鬧鐘而起來的？」

「嗯。雖然沒有到失眠那麼嚴重……不過總是會被惡夢驚醒。」

「這樣啊……」

我的胸口忽然產生一陣劇烈的疼痛。過去有人曾對我說過同樣的話，而那個人的臉又稍微掠過我的腦海。

我現在才注意到「『閃光』其實也是個活生生的玩家」這種再普通不過的事，於是開始思索應該怎麼回答比較好。

「嗯……那個……怎麼說呢，如果還想在外面睡覺的話就跟我說一聲。」

雖然我自己也知道這話相當愚蠢，但亞絲娜還是再度微微一笑並點了點頭。

「這倒是。要是哪天又有這麼棒的天氣設定，就拜託你了。」

看見她的笑容，我才注意到眼前這女人是個絕色美女，頓時不知道該怎麼回話。

幸好拿著沙拉過來的ＮＰＣ幫忙把開始出現的尷尬氣氛給消除掉了。我立刻就拿起桌上的詭異香料灑在五顏六色的可疑蔬菜上，接著用叉子把它們塞進嘴裡。

狼吞虎嚥了一陣子後，我為了沖淡剛才的氣氛而隨口說道：

「仔細一想，明明對營養沒有幫助，為什麼還要吃生菜呢？」

「咦～這很好吃啊。」

亞絲娜優雅地嚼了嚼嘴裡類似萵苣的蔬菜後才這麼反駁。

「確實是不難吃啦……但至少也該有個美乃滋嘛……」

「啊～沒錯。我也這麼認為。」

「還有就是沙拉醬啦……番茄醬……然後還有……」

「「醬油！」」

我們兩個人同時大叫，然後又同時笑了出來——

但就在下個瞬間。

忽然從遙遠的地方傳來非常恐怖的慘叫。

「……哇啊啊啊啊啊！」

——！

我摒住呼吸，提起腰部，手也同時往背上的劍伸去。

同樣把右手放在細劍劍柄上的亞絲娜，忽然改以尖銳的聲音呢喃：

「在店外！」

她一說完，馬上踢開椅子往入口跑去。而我也急忙跟著那件白色騎士服的背影往外跑。

當我們來到外面的大路上時，再度有一道彷彿撕裂綢緞般的慘叫傳進耳朵裡。

這聲音多半來自隔著一棟建築物的廣場。亞絲娜先瞄了我一眼，接著使盡全力往南衝刺。

我拚命追隨宛如純白閃電的身影往前衝，當靴子的防滑釘在地面上磨出火花時便轉向東，最後衝進眼前的圓形廣場裡。

而我就在那裡見到了難以置信的畫面。

廣場的北側，聳立著類似教堂的石造建築物。

有條繩索從建築物二樓中央的展示窗上垂下，而綁成圓環的前端——竟然吊著一個男人。

那人當然不是NPC。可能是剛打怪回來吧，只見他全身罩著厚重的盔甲，頭上還戴著大型頭盔。繩索雖然完全陷入脖子根部的盔甲，但聚集在廣場的玩家們並不是因為這個原因而發出恐怖的尖叫。這個世界裡，沒有因為繩索道具勒住脖子而窒息死亡的可能性。

眾人恐懼的來源，是一根深深陷入男人胸口的黑色短槍。

男人用雙手抓住槍柄，嘴巴不停開闔著。在這段時間裡，他胸部的傷口不斷有像血液般的紅色效果光噴出並閃爍著。

也就是說，這個瞬間男人的HP正不斷地減少當中。這是僅僅一部分貫通系武器才擁有的特性「貫通持續（DOT）傷害」。

看來黑色短槍是針對持續傷害方面強化的武器。我可以看見槍身上有著無數的倒刺。

當我從一瞬間的驚訝中清醒過來時，馬上就開口大叫：

「快點拔出來！」

男人稍微瞄了我一眼。接著緩緩動著雙手準備把槍拔出來，但深陷體內的武器似乎不是那麼容易就能移動。不過當然也可能是因為死亡的恐懼讓他沒辦法使勁。

整個人被吊在牆壁上的男人，離地面至少有十公尺左右。依我的敏捷度，就算是跳起來也沒辦法碰到他。

那麼是否可以投擲飛針將繩子切斷呢？但要是沒射中繩子反而命中男人，而他的ＨＰ又剛好因此而歸零……

一般來說，因為這個地方在「圈內」，所以絕對不可能有那種事情發生。但話又說回來，若真是這樣，那隻槍應該也不會造成任何的傷害才對。

想到這裡時，亞絲娜尖銳的叫聲忽然傳進我的耳裡。

「你到下面接住他！」

之後她便以電光火石般的速度朝著教堂入口衝去。看來她是想利用內部的樓梯爬上二樓，然後直接把繩索切斷。

「我知道了！」

朝著亞絲娜背部這麼大叫完，我也急忙衝到懸掛在空中的男人正下方。

但是——

當我跑到一半時，戴著大型頭盔的男人忽然瞪大了雙眼凝視空中的某一點。我立刻感覺到他正看著某樣東西。

他是在看自己的ＨＰ條。正確說來，應該是看著ＨＰ條歸零的瞬間。

在廣場眾人的一片慘叫與驚訝聲當中，男人似乎大叫了些什麼。

緊接著——一道藍色閃光便伴隨著無數玻璃破碎般的聲音閃爍在夜空中。但我只能呆呆地抬頭看著爆散的多邊形碎片。

失去綑綁物體的繩索整個撞上牆壁。一秒鐘後，掉落的黑色短槍——或者該說是兇器——因為刺進地面的石板上而發出沉重的金屬聲。

由無數玩家所發出的慘叫，甚至將街道區充滿和平氣氛的ＢＧＭ給掩蓋了過去。

我雖然受到巨大衝擊，但還是拚命瞪大了眼睛看著教堂四周的廣大空間。我之所以這麼做——是為了尋找必然會出現的東西。

也就是「決鬥勝利者宣言訊息」。

這裡是主街區，也就是說還處於禁止犯罪指令有效圈內。若是這個地方的玩家ＨＰ受到損傷甚至死亡，只有一種可能性。

那就是答應接受完全勝負模式的決鬥並且落敗。

除此之外別無他法。絕對是如此。

這麼一來，在男人死亡同時，附近應該會出現「WINNER／姓名　比賽時間／幾秒」這樣的系統視窗才對。只要看見視窗，馬上就能知道是誰用那根短槍殺害了全身穿著金屬鎧甲的男人。

只不過——

「……在哪裡……」

我忍不住這麼咕噥道。

系統視窗沒有出現。在廣場四周完全沒有看見它的蹤跡。而它出現的時間只有短短的三十秒而已。

「各位！快幫忙找找顯示決鬥勝利者的視窗！」

我放聲這麼大叫來壓過周圍騷動的聲音。其他玩家們也立刻了解我的企圖，開始在周圍尋找視窗。

然而，沒有人發出找到目標的聲音。現在已經過了十五秒。

那麼是在建築物內部吧？難道說視窗出現在教堂二樓有繩索垂下來的房間裡嗎？如果是這

樣，亞絲娜應該會看見才對。

我剛這麼想的瞬間，「閃光」的白色騎士服便出現在發生事故的窗口。

「亞絲娜！房間裡有視窗嗎？」

平常因為恐懼而無法直呼她的名諱，但為了爭取時間，我連「小姐」都沒有加上去就直接這麼問道。但是與服裝同樣蒼白的臉迅速地左右搖了一下。

「沒有！沒有系統視窗，也沒有任何人在裡面！」

「……為什麼……」

我雖然這麼呻吟著，但依然不斷注視著四周。幾秒鐘後，我忽然聽見一道細微的低語。

「……不行，已經超過三十秒了……」

我從常駐在教堂一樓的修女身旁通過後，直接爬上建築物深處的樓梯。

二樓有四間類似旅館單人房的小房間，但與旅館不同的是它沒辦法上鎖。當我經過其中三間房間時，無論是藉由目視或搜敵技能的探查，都沒發現有其他玩家躲在裡面。我咬緊嘴唇，走進發生問題的第四間小房間裡。

從窗戶旁轉頭望向我的亞絲娜雖然還是一臉堅強，但看得出她內心應該同樣受到了不小的衝擊。其實，就連我也無法隱藏緊皺的眉頭。

「教堂裡沒有其他人在。」

我一這麼報告，KoB副團長馬上反問道：

「有沒有可能是披著附加隱蔽能力的披風？」

「就連最前線也沒有掉過足以讓我的搜敵技能無效化的道具。而且為了謹慎起見，我已經請玩家堵住教堂入口了。就算是透明化好了，一旦從門口出去時接觸到了其他玩家，應該就會自動被識破才對。這棟建築物又沒有後門，有窗戶的房間也只有這裡而已。」

「嗯……我知道了。你看這個。」

亞絲娜點了點頭，接著以戴著白手套的手指了一下房間一角。

該處放著一張簡單的木桌。這張無法移動的家具，就是所謂的「座標固定物體」。

其中一隻桌腳上面，綁著一條雖然細但看起來相當牢固的繩子。雖然說是綁，但實際上也不是真的用手綁。只要叫出繩子的彈出視窗之後按下連結鍵，再點選想要綁住的對象，繩子便會自動固定住。一旦綁了起來，除非掛上重量超出繩子耐久度的重物或者是用刀子將其砍斷，否則繩子絕對不會斷掉或鬆開。

帶有光澤的黑色繩子，在房間裡橫跨了兩公尺左右的空間，直接從南側的窗戶垂到外面。雖然從這裡無法看見，但它的前端結成了環狀，剛才那個全身盔甲的男人脖子就吊在環上。

「嗯…………」

我沉吟了一會兒後歪著頭問：

「這到底是怎麼回事？」

「照一般的狀況來判斷的話……」

亞絲娜也同樣微微歪著頭來回答我。

「……是那個玩家決鬥的對象綁了這條繩子，然後把短槍插入其胸口，最後再把繩圈套在被害者脖子上並把人推下去……應該是這樣沒錯吧……」

「是故意讓大家看見嗎……？不對，在這之前……」

我用力吸了口氣，然後以清晰的聲音宣告：

「到處都沒看見勝利者視窗。站在廣場上的幾十個人都沒有看見耶。如果是決鬥，附近一定會出現視窗才對。」

「但是……這絕對不可能。」

她提出了尖銳的反駁。

「在『圈內』只有申請決鬥而對方也答應，才能讓玩家的ＨＰ受到損傷。你應該也知道這點才對吧！」

「……嗯，確實是這樣。」

我們就這麼看著對方並沉默了下來。

正如亞絲娜所言，剛才發生了絕對不可能發生的事情。而我們所知道的，就只有一名玩家在眾目睽睽之下死亡，我們根本不知道是誰、為了什麼、又是以什麼方法辦到這種事。

窗外廣場上不斷有玩家的騷動聲傳了過來。看樣子，他們應該也注意到這個「事件」的不尋常之處了。

不久之後，亞絲娜筆直地看著我說道：

「不能放著這件事不管。如果真有人發現了『圈內ＰＫ技』，我們就得趕緊找出方法並且公布對抗手段，否則一定會引起大騷動。」

「……雖然我和妳之間很少有這種情形出現，不過這次我無條件同意妳的看法。」

看見我點頭之後，「閃光」便微微露出苦笑，接著迅速對我伸出右手。

「那麼，你可得幫我解決這個問題喔。話先說在前面，沒時間讓你睡午覺了。」

「睡午覺的人應該是妳才對吧……」

我低聲咕噥，並且同樣伸出手來。

於是急就章湊出來的偵探與助手——雖然角色分配仍不明朗——就透過白色與黑色手套緊緊地握了手。

2

回收完「物證」繩子之後，我和亞絲娜便離開房間回到教堂入口。至於同樣是物證的黑色短槍，則是在移動之前我就已收進道具庫裡了。

兩名認識的玩家受我所託守在門口。我向他們道謝後提出疑問，然而確實沒有任何人通過這裡。來到廣場的我，先對注視這邊的看熱鬧人群舉起手，接著便大聲叫道：

「抱歉，剛才最先發現這件事的人，如果還在現場的話，可以跟你談談嗎！」

幾秒鐘後，一名女性畏畏縮縮地從人群裡走了出來。我並未見過這個人。而她身上的武裝也是NPC所製的普通單手劍，看樣子應該是從中層到這裡來觀光的人。

讓人生氣的是，這女孩看見我之後竟露出有些害怕的表情。於是亞絲娜代替我走到前面，以溫柔的口氣對她問道：

「抱歉，才剛看到那麼恐怖的事情就要麻煩妳。妳的名字是？」

「我……我叫做『夜子』。」

我確實對這個微微顫抖的聲音有印象，於是忍不住插嘴問：

「剛才的第一聲慘叫……難道也是妳？」

「是……是的……」

名為夜子的女性玩家晃著微捲的深藍色髮絲點點頭。從角色外表來推斷，她的年紀應該是十七、八歲左右。

與頭髮同樣是深藍色的純樸大眼睛忽然浮現淚光。

「我……我……和剛才被殺死的人是朋友。我們今天約好一起到這裡來吃飯，卻在這個廣場裡走散了……然後……然後就……」

她似乎沒辦法繼續說下去，只是用手掩住自己的嘴巴。

亞絲娜輕輕推著她微微顫抖的肩膀，把她帶進教堂。教堂裡有好幾張並排在一起的長椅，亞絲娜讓她在其中一張上坐下來後，自己也坐到她身邊。

我則是站在稍遠處，等待著女孩子冷靜下來。如果她親眼看見朋友遭到殘酷殺害的全程，那麼一定受到了我們難以想像的重大打擊。

亞絲娜輕撫夜子的背部一陣子後，她終於停止哭泣，接著用幾乎聽不見的細微聲音說了聲抱歉。

「沒關係，我們可以等。等妳冷靜下來之後，再慢慢跟我們說好嗎？」

「嗯……我、我已經好多了。」

想不到夜子還算堅強，只見她從亞絲娜手下挺直身子並且點了點頭。

「那個人……名叫『凱因茲』。我們以前是同一所公會的成員……現在也偶爾會一起組隊或一起吃飯……而今天也是準備到這裡來吃晚餐……」

她用力閉起眼睛，然後才用顫抖的聲音繼續說：

「……但這裡的人實在太多，所以我們在廣場走散了……當我四處張望時，忽然有人──凱因茲就從這座教堂的窗戶掉了下來，並且懸掛在半空中……胸口還插了一隻短槍……」

「那時候，妳有看見其他人嗎？」

聽見亞絲娜的問題後，夜子霎時沉默了下來。

然後她緩慢但確實地點了點頭。

「有的……雖然只是一瞬間，但我好像看見……有人站在凱因茲後面……」

我在下意識中握緊了拳頭。

犯人果然在那個房間裡嗎？若果真如此，犯人就是將被害者──凱因茲從窗口推下來後，才在眾目睽睽之下從容地脫身。

如此一來，犯人應該是用了某種帶有隱蔽功能的裝備才對，但這種道具的效果通常在移動時會減弱。這麼說，犯人擁有足以彌補這種缺點的高等隱蔽技能囉？

這時，我腦海裡閃過了「刺客」這個充滿危險意味的名詞。

難道ＳＡＯ裡，真有連我和亞絲娜都不知道的武器技能系統存在？如果這種技能的特性，是能夠讓禁止犯罪指令無效化呢……？

可能是跟我有同樣的想法吧，只見亞絲娜的背部瞬間抖動了一下。但她馬上就抬起臉來，對著夜子問道：

「那個人影是妳認識的人嗎？」

「…………」

夜子緊閉嘴唇思考了一陣子，幾秒鐘後才像想不出來般搖了搖頭。看見她的表示後，換我用自己最為平穩的聲音問道：

「那個……這麼問可能不是很好，不過妳有什麼線索嗎……？比如說凱因茲先生被人家殺害的理由……」

正如我所擔心的，夜子一聽見問題便明顯全身僵硬。也難怪她會這樣，畢竟我對著朋友剛被殺害的女性，質疑她朋友是不是有什麼讓人怨恨的理由。但這問題雖然沒有禮貌，卻絕對不能省略。如果她知道有什麼怨恨凱因茲的人，將會成為很有力的線索。

但這次夜子也輕輕地搖了搖頭。

我雖然感到相當失望，還是簡短地說了聲「這樣啊，抱歉了」。

當然也可能只是夜子不知道而已。不過，殺害凱因茲的犯人，除了是真正的殺人犯之外，

同時也是ＭＭＯ遊戲裡的「Player killer」。而所謂的ＰＫ呢，基本上就是以殺害其他玩家這件事為生活目標與存在理由。目前暗地裡於艾恩葛朗特肆虐的殺人玩家們，就是屬於這種類型。

換言之，據說多達好幾百人的罪犯（橘色）與殺人犯（紅色），或者有這種潛在傾向的玩家，都可能是以謎樣手段在圈內殺害凱因茲的嫌疑犯。老實說，我現在根本想不出到底該怎麼從這麼多人裡找出兇手。

亞絲娜似乎也得到同樣的結論，只見她無力地嘆了口氣。

由於夜子表示不敢一個人回下層，所以我和亞絲娜在送她到最近的旅館之後才又回到轉移門廣場。

事情發生到現在已經過了三十分鐘，圍觀的人群也開始減少，然而留在現場的玩家還是有二十名左右。他們大部分是攻略組的成員，正在等待我和亞絲娜的報告。

我和亞絲娜先跟他們說明了死者的名字是「凱因茲」，而殺害的方法目前仍不清楚。接著也告訴大家恐怕有未知的「圈內ＰＫ」手段存在。

「……事情就是這樣，最近大家走在街上時得多小心，也請各位盡可能警告其他玩家。」

我一做出結論，大夥兒就用嚴肅的表情點了點頭。

「知道了。我會請情報販子把這個消息放到報紙上。」

某位隸屬於大型公會的玩家代表眾人這麼回答完後，所有人便就此解散。我瞄了一下視野角落的時鐘確認當前時刻，發現才剛過晚上七點，這令我多少有些驚訝。

「那麼……接下來該怎麼辦？」

我對旁邊的亞絲娜這麼問道，結果她馬上就回答：

「檢查一下手邊的證據吧。尤其是繩索與短槍。如果能夠知道來源，或許就可以從那裡找到犯人。」

「原來如此……既然找不到動機，就從證物下手嗎？這麼一來，就得用到鑑定技能了呢。妳應該……沒有提升這種技能吧。」

「想必你也沒有吧……話說回來……」

這時亞絲娜的表情開始有了變化。她緊盯著我說：

「可不可以不要『妳妳妳』的叫啊？」

「咦？啊、啊啊……那麼……要叫『小姐』？『副團長』？還是『閃光大人』……？」

最後一個是她後援會所發行的會誌裡用的稱呼方式。成效立竿見影，亞絲娜當場綳著臉用雷射般的視線把我燒過一遍，這才把臉轉到一邊去並且說：

「叫我『亞絲娜』就可以了。你剛才不也這麼叫過了嗎？」

「了、了解。」

感到害怕的我老實地點點頭，然後急忙把話題拉了回來。

「說到鑑定技能……妳有沒有認識什麼朋友……？」

「嗯～」

她考慮了一下後，很快地搖搖頭。

「我有個朋友在經營武器店，但現在是最忙的時間，實在沒辦法馬上請她幫忙……」

確實，現在正是結束冒險的玩家衝進武器店裡維修或購買裝備的時間。

「這樣啊。那就拜託我認識的雜貨店老闆吧，雖然那個巨斧戰士的熟練度有點讓人不安就是了……」

「你是指……那個很高大的人嗎？應該是叫……艾基爾對吧？」

亞絲娜對馬上叫出視窗開始打起訊息的我這麼說道。

「可是，雜貨店現在應該也很忙吧？」

「誰理他。」

我這麼回答完後，直接按下傳送的按鍵。

從轉移門走出來的我和亞絲娜，馬上就面臨第50層主要街道區「阿爾格特」那一如往常的雜亂與喧囂。

這裡的轉移門有效化明明還沒多久，主要街道的商店街上卻已經出現無數的玩家商店並排在一起。至於理由，則是因為跟下層的街道區相比，這裡店鋪租金的設定可以說便宜到令人不敢相信。

當然，租金便宜的店面頗為狹窄，外觀也相當骯髒，不過也有不少玩家喜歡這種亞洲——或者該說是某電器街的混沌感。我也是其中一人，而且我最近甚至打算在這兒買棟玩家小屋，把這條街當成根據地。

在充滿異國情調的ＢＧＭ以及叫賣聲當中，我聞著從攤販傳出來的垃圾食物香味，帶領亞絲娜快步向前走去。細劍使大方地從白色騎士服的迷你裙裡露出一雙美腿，那模樣走在這裡實在太過於引人注目了。

「喂，走快點……喂喂！」

意識到左後方高跟鞋聲音越來越遠的我回頭一看，立刻便瞪大眼睛叫了起來。

「妳為什麼隨便買東西來吃啊！」

從可疑攤販上買來可疑烤肉串的「閃光」大人，咬了一口肉串後毫不在意地回答：

「因為剛才只吃了點沙拉就衝出來了嘛。嗯……這個味道很不錯耶。」

她嘴巴嚼個不停，同時說了聲「拿去」便把左手上的另一份肉串伸到我眼前來。

「咦？要給我的嗎？」

「本來不就是要請你吃飯的嗎？」

「啊……啊啊……」

我反射性低頭道謝並接下肉串，然後才意識到對方的請客已經從大餐變成烤肉串了。順帶一提，剛才衝出餐廳時，餐點的費用已經從我們兩個人的道具欄裡平均扣除了。

我嘴裡嚼著帶有異國風味的謎樣肉塊，同時想著總有一天要吃到這女人親手做的料理並且往前走。

當兩根烤肉串被吃個精光時，我們正好也來到目的地。我張開手讓木棒無聲地消失，接著在皮大衣上擦了擦並未弄髒的手，這才向背對著這邊的雜貨店老闆搭話：

「哈囉～我們來囉～」

「……我才不招呼不是客人的傢伙呢。」

雜貨店老闆兼巨斧戰士艾基爾，用不符合他魁梧身軀與粗獷容貌的彆扭聲音吼著，然後又對店裡面的客人說：

「抱歉，我們今天的營業到此為止。」

面對「什麼嘛～」的抱怨聲，魁梧的店長邊縮著身體道歉邊把客人全趕了出去，然後叫出店舖的管理選單進行關店操作。

混亂至極的陳列架自動收了起來，外面的鐵門發出嘰嘰聲後也隨之關上，這時艾基爾才終於回過頭來看著我說：

「我說桐人啊，商人在商場上第一重視的就是信用，第二重視的還是信用，跳過第三和第四不說，第五則是只要有機會一定要大撈一票……」

這些奇怪的注意事項，在他看見站在我身旁的玩家之後馬上消失不見。艾基爾環繞在光頭下部的鬍子不停抖動，整個人呆呆站在那裡；亞絲娜則是露出清純的笑容，向他點了點頭。

「好久不見了，艾基爾先生。忽然來拜託您真的很不好意思。但事出緊急，我們真的很需要您的幫助……」

艾基爾嚴厲的表情立刻變得柔和，他除了拍著胸脯說「就交給我吧」之外，甚至端出茶來招待我們。

男人這種無法抵抗先天性參數的種族實在很可悲。

艾基爾在二樓房間聽完事情經過後，似乎也了解了事情的嚴重性。只見他將突出眉稜下方的雙眼整個瞇了起來。

「你說在圈內ＨＰ歸零了——？確定不是決鬥嗎？」

巨漢以渾厚的中低音說道，把身體靠在搖椅椅背上的我則慢慢點了點頭。

「在那個狀況下，不可能沒有人看見勝利者宣言視窗，所以目前應該朝這個方向想才對。

而且……就算是決鬥好了，被害者在要去吃飯的途中，實在不可能接受這種申請，更何況還是『完全勝負模式』呢。」

「死亡前不久還和那女孩……夜子小姐走在一起，那麼也不會是『睡眠ＰＫ』了。」

亞絲娜搖晃著小圓桌上的馬克杯，這麼補充道。

「再說，以突發性的決鬥而言手法實在太複雜了。應該可以把它當成事先計畫好的ＰＫ。而且……還有這個東西……」

我打開視窗，先從道具庫裡將證物的繩子實體化，然後將它交給艾基爾。

綁在桌腳的一端當然在回收時已經解開了，但另一端還是維持綁成一個大環的模樣。

艾基爾把那個環垂在眼前，露出厭惡的表情並且用鼻子冷哼了一聲，接著才以粗大的手指碰了它一下。

他從彈出的視窗裡選擇了「鑑定」選單。沒有這項技能的我和亞絲娜，就算選了也只會出現失敗訊息，但身為商人的艾基爾應該能夠得到某種程度的情報才對。

最後巨漢便用低沉的聲音說明只有他才能看見的視窗內容。

「……很可惜，這不是由玩家所製造的，只是ＮＰＣ商店賣的泛用品，等級也不高。耐久度已經減少一半左右了。」

我回想著那恐怖的情景，點了點頭。

「我想也是，畢竟吊著一個全身重裝備的玩家嘛。重量一定非同小可才對。」

但是對殺人犯來說，只要能撐個十幾秒等男人ＨＰ歸零爆散，那也就夠了。

「算了，反正本來就對繩子沒什麼期待。接下來才是重頭戲。」

我碰了一下依然開啟當中的道具庫，繼續讓下一個道具實體化。

閃閃發亮的黑色短槍立刻在小房間裡散發出沉重的存在感。以武器的等級來說，這把短槍根本比不上我和亞絲娜的主要武裝，但現在這根本不是重點。這把槍被人拿來以殘酷手段奪走一名玩家的性命，可以說是名符其實的「凶器」。

為了不讓短槍碰撞到別的物體，我小心翼翼地把它交到艾基爾手裡。

整柄槍都是由同材質的黑色金屬所鍛造，以這種類型的武器來說十分罕見。它的長度大概有一公尺半左右，底部約有三十公分左右的握柄，握柄上方則延伸出十五公分長的鋒利槍尖。

這把武器的特徵，就在於槍身幾乎長滿了短短的倒刺。一旦槍深深刺入敵人體內，就會因為這些倒刺而產生不容易拔出的特殊效果。若想把它拔出來，應該需要相當高的力量值。

這時候的力量值，除了玩家所設定的數值參數之外，同時也代表著由腦部發出後NERvGear藉延髓干涉過的信號強度。那個瞬間，被死亡恐懼所吞沒的全身鎧男——凱因茲，已經沒辦法產生運作假想身體的明確信號。所以他用雙手抓住的槍才會絲毫沒有動彈。

一想到這裡，更加讓人覺得這果然不是單純的突發性ＰＫ，很可能是「預謀殺人」。因為

「貫通持續傷害」造成的死亡就是如此殘酷。受害者根本不是死於對手的劍技或武器——而是死於自己的膽怯。

我這瞬間閃過的思考，忽然被結束鑑定的艾基爾給打斷了。

「這是ＰＣ製造的。」

我和亞絲娜同時迅速探出身體。不由得大叫出「真的嗎！」。

ＰＣ製造的物品，也就是擁有「冶鍊技能」的玩家所製造出來的武器，上頭一定會記錄該玩家的「名字」。而且這柄槍大概是獨一無二的訂製品，只要直接詢問製造的玩家，應該有很大的機會能夠得知訂購者的身分。

「製造者是誰？」

聽見亞絲娜急切的聲音後，艾基爾便一邊低頭看著視窗一邊回答：

「『葛利牧羅克』……拼法是『Grimlock』。我沒有聽說過這個人，至少他不是第一流的刀匠。可能只是為了打造自己用的武器而提升冶鍊技能的傢伙也說不定……」

連身為商人的艾基爾都不知道的鑄劍師，我和亞絲娜當然也不可能聽說過，於是小房間裡再度陷入短暫的沉默當中。

不過亞絲娜馬上就用僵硬的聲音說：

「不過，應該能找得到人才對。如果等級已經提升到能製造這種武器，應該不可能一直當個獨行玩家。如果去中層街道打聽，一定能找到曾經和『葛利牧羅克』組隊過的人。」

「確實如此。這種笨蛋應該不多才對。」

艾基爾用力點了點頭，然後和亞絲娜同時看著我這個笨蛋獨行玩家。

「什……什麼嘛。我、我偶爾也是會和人組隊的啊。」

「只有魔王戰的時候吧。」

被這麼冷靜地吐槽之後，無法反駁的我也只能保持沉默。

亞絲娜用鼻子哼了一聲，才再度看向艾基爾手裡的短槍。

「不過……老實說，就算找到葛利牧羅克，他應該也不會跟我們說太多……」

這點我有同感。

殺害凱因茲的，確實是訂購這隻短槍的不知名紅色玩家，而非鑄劍師葛利牧羅克。而拿自己製造且記錄有自己「姓名」的武器殺害某個人，也就等於真實世界裡先在菜刀上寫了名字才拿去殺人一樣。不過話又說回來，擁有某種程度知識與經驗的工匠級玩家，應該能夠推測出這把武器設計成這樣的目的才對。

「貫通持續傷害」基本上對怪物的效果相當薄弱。靠著規則系統來行動的Ｍｏｂ根本沒有恐懼感。牠們就算被貫通武器刺中而產生停頓，也會馬上把那玩意兒拔出來。當然，之後怪物不可能親切地把武器歸還給玩家，而會把它扔到遠遠的地方去，在戰鬥結束之前也就沒辦法回收那把武器了。

因此，製造這把槍的目的明顯就是要用來對付其他玩家。我所認識的所有打鐵匠，應該在得知設計概念時就會拒絕委託了。

但葛利牧羅克還是製造了這把槍。

雖然說他本人不是殺人犯——只要經過鑑定就能輕易知道他的名字——然而他可能是倫理觀念相當薄弱的人，甚至有可能是暗地裡屬於紅色公會的玩家。

「……至少應該不會輕易透露情報給我們才對。如果對方要求提供情報的費用……」

我才剛這麼低聲說道，艾基爾就拚命搖著頭，而亞絲娜則是狠狠地瞪了我一眼。

「那就各出一半吧。」

「……我知道了，反正已經上了賊船。」

聳了聳肩之後，我便對吝嗇的商人提出最後的問題。

「雖然不算什麼線索，不過還是告訴我一下武器的名稱好了。」

光頭巨漢第三次低頭看著視窗並且說：

「嗯……名字叫『Guilty thorn』。也就是罪惡的荊棘吧？」

「這樣啊……」

我再次看著那把長有無數倒刺的短槍。當然，武器名只是系統亂數命名之後的結果。所以

這個名詞本身應該不帶有任何「人為的意志」才對。

但是——

「罪惡的……荊棘……」

亞絲娜那呢喃般的聲音，忽然讓我感覺到一股寒意。

3

我、亞絲娜以及艾基爾三個人一起由「阿爾格特」的轉移門來到艾恩葛朗特最下層「起始的城鎮」。

我們的目的，是要確認放置在黑鐵宮裡的「生命之碑」。在尋找打鐵匠葛利牧羅克之前，至少得先確定他是不是還活著。

季節明明是春天，但廣大的起始城鎮卻依然籠罩在一片荒涼的氣氛之下。

這當然不是氣候參數所造成的結果。被黑夜所包圍的寬廣街道上，完全沒有玩家的行蹤，就連ＮＰＣ樂團所演奏的ＢＧＭ似乎也全都是陰鬱的小調樂曲。

最近曾經聽說過某個難以置信的謠言——最大公會暨下層自治組織「艾恩葛朗特解放軍」禁止玩家在夜間外出，照這個樣子來看說不定真有這麼回事。一路上遇見的，都是同樣穿著暗灰色局部鎧甲的「軍隊」巡邏兵。

而且那些傢伙只要一看見我們，馬上就像準備糾正翹課國中生的少年隊警察般衝來，雖然他們在最前方亞絲娜絕對零度的視線攻擊下全都迅速退開了，但這種動作還是讓人相當緊張。

「……難怪阿爾格特這麼熱鬧……明明物價那麼貴……」

聽見我忍不住脫口而出的感慨之後，艾基爾又告訴了我一個更恐怖的謠言。

「聽說軍隊最近打算開始對玩家『課稅』唷。」

「咦？稅金？不會吧……他們要怎麼徵收啊？」

「這我就不清楚了……會不會怪物掉寶時便自動扣除啊？」

「搞不好你的營業額也會被扣稅喔。」

我與艾基爾就像這樣開著愚蠢的玩笑，不過在踩到黑鐵宮的石頭地板上時，我們也立刻閉起了嘴巴。

這個地方正如其名，是由黑得發亮的鐵柱與鐵板組合起來的巨大建築物，裡頭的空氣明顯比外面還要冷上許多。就連快步往前走去的亞絲娜，似乎也冷得摩擦起外露的手臂。

可能是時間已經晚了吧，裡面沒有任何人在。

白天的時候，會有許多玩家因為無法相信朋友或戀人死亡而到這裡確認，當他們看見尋找的名字上無情地畫了一條橫線時，通常會當場放聲痛哭。我想目擊朋友凱因茲被短槍奪走性命的夜子，明後天應該也會到這裡來確認吧。其實，就連我自己不久之前也曾做過同樣的事情。

而且現在也還沒完全從那悲傷的記憶當中走出來。

我們就這樣快步走在由藍色火焰照耀的無人大廳裡。

亞絲娜和我來到左右延伸數十公尺的「生命之碑」前面，凝視起依英文字母順序排列的無數名字當中以「Ｇ」開頭的部分。

而艾基爾則是繼續朝右邊走去。我和亞絲娜摒息看著列舉出來的玩家姓名，接著幾乎在同一時間找到了那個名字。

「Grimlock」。上面——沒有橫線。

「……還活著呢。」

「是啊。」

我們同時鬆了口氣。在離我們稍遠處看著「Ｋ」字區域的艾基爾，也馬上回來一臉認真地對我們說：

「凱因茲確實是死了。死亡的日子是櫻花月[四]二十二日，十八時二十七分。」

「……日子和時間都沒有錯。就是今天晚上我們離開餐廳的時候。」

亞絲娜低語完後便低下頭，垂下那長長的睫毛。而我和艾基爾也一起進行了短暫的默禱。

遭殺害的凱因茲拼音應該是——「Kains」，這點我們之前已經跟夜子確認過了。

我們辦完所有的事情後快步離開黑鐵宮，同時也把憋在胸口的氣吐了出來。不知不覺間，街道區的ＢＧＭ已經變成深夜時段用的慢板華爾滋了。ＮＰＣ商店也已經全部拉下鐵門，只剩零落的街燈還照耀著道路。「軍隊」的巡邏兵也已經不見人影。

我們默默地回到轉移門廣場，這時走在前方的亞絲娜轉過身來對我說：

「……明天再開始找葛利牧羅克吧。」

「說得也是……」

我才剛點頭同意，艾基爾那粗獷的眉毛便成了八字形。

「那個……我的本業不是戰士而是商人……」

「我知道。你這個助手就做到今天為止了。」

我啪一聲拍了一下他的肩膀，艾基爾臉上雖然露出放心的表情，但還是不好意思地低聲說了句「抱歉」。

這個老好人彪形大漢，其實不是真的認為「應該以生意優先」或者「調查實在很麻煩」。他只是不想跟製造那種害人短槍的玩家直接碰面而已。當然他不是在害怕，甚至剛好相反——他擔心自己平常發洩在怪物上的怒氣會當場爆發。

艾基爾留下一句「你們兩個加油啦」後便消失在轉移門裡，由於亞絲娜也準備回公會本部一趟，所以我們今天就先在這裡解散了。

「明天早上九點在第57層的轉移門前面集合。要準時到達，可別睡過頭啦。」

聽見亞絲娜這種像老師又像姊姊——雖然現實世界當中我沒有姊姊——的說話口氣，我也只能苦笑著點了點頭。

「知道啦。妳自己才要好好睡覺呢。如果擔心，我還是可以在旁邊看——」

「不用了！」

丟下這麼一句話後，ＫｏＢ副團長殿下便迅速轉過身去，留下紅白色殘像跳進轉移門裡離開了。

一個人被留下來的我，只能暫時站在搖曳著藍色光芒的大門前面，整理今天一整天所發生的事情。一開始只是「今天天氣很好」，卻變成得在「閃光」亞絲娜睡午覺時當守衛；而好不容易可以兩個人去吃晚餐時，又突然碰上了圈內殺人事件，現在則成了挑戰事件之謎的偵探或者是助手。

當然浮遊城艾恩葛朗特裡的每一天都是完全的「非日常」，但自從二〇二二年十一月六日死亡遊戲開始到現在，已經過了一年半的時間，包含我在內的大部分玩家——至少生活在中層以上的玩家，多半都故意去遺忘現實世界裡的生活，專心活在這個由劍與戰鬥、金幣與迷宮所交織而成的「日常」當中。

但是今天的事件，卻再度讓我跌進了某種「非日常」裡面。不知道這會不會成為某種長久性變化的契機呢……

想著想著，我往前走了幾步踏進藍色轉移門當中。用語音指令指定回到目前的住宿地——第48層主要街道區「琳達司」後，一股漂浮感便隨著四周變強的光芒包圍住整個身體。

當鞋底再次觸碰到地面時，我往色澤不同的石頭地板踏出一步，周圍的情景馬上產生了變化。以琳達司的主要街道做為根據地才不過一個多禮拜，我已經喜歡上這個河流縱橫於街道，四處都能看見水車旋轉的城市。只不過，在已經過了晚上十點的現在，街道已籠罩在夜幕下，白天無論身在何處都可以聽見的打鐵聲也完全消失了。

我從轉移門廣場離開，腦中想著是要遵守與副團長殿下的約定直接回去睡覺，還是跑進依然營業中的ＮＰＣ酒吧去喝一杯。就在這時──

突然有六、七名玩家把我圍了起來。

我瞬間準備拔出背上的劍。即使被幾十個人給圍住，只要還在「圈內」就不會有危險──但這個常識在這幾個小時之內已經有些靠不住了。

但我還是只動了一下右手手指，克制住自己拔劍的衝動。

這個集團的人我全部都見過。他們都是攻略組最大公會「聖龍聯合」的成員。我對著排成半圓形的眾人裡某個算是領導級的人物開口說道：

「晚安啊，修密特先生。」

當我先發制人笑著打招呼之後，這個高大的長槍使頓時有些說不出話來，但他隨即用力皺著眉頭並且開口說：

「……桐人先生，我有事情想問你，所以專程在這邊等你回來。」

「嘿，我想你應該不是想問我生日或血型吧……」

我反射性地開了個玩笑，結果他像運動社團主將的短髮下那雙濃眉馬上輕輕動了一下。

雖然同屬攻略組，也沒什麼敵對關係，但我跟「聖龍聯合」的人就是處不來。比較起來，我和亞絲娜所率領的「血盟騎士團」關係可能還好一點。

合不來的理由，在於血盟騎士團的目的是「以最快的速度攻略遊戲」，但聖龍聯合的方針卻是「奪取最強公會的榮譽」。他們基本上不和其他公會的人組隊，也不會主動公開練功場的情報。而且對於給魔王的最後一擊──事關掉寶判定及額外經驗值──有非常厚臉皮的執著。

但是換個角度來想，或許他們可以算是最享受ＳＡＯ這個遊戲的一群人，所以我也沒有特別抱怨過這一點，只不過我以前曾經拒絕過兩次他們的入會邀請，因此雙方的關係絕對稱不上良好。

現在，他們七個人表面上只是圍成半圓形站在背對轉移門廣場石牆的我面前，但這當中的距離應該也經過他們精心的計算。因為這種距離不致於構成讓玩家無法動彈的「圍困」騷擾，但要走出包圍必然會碰到他們某個人的身體，而我自然會猶豫是否要採取這種不禮貌的行為。於是就這樣形成了「疑似圍困」的狀態。

我強忍住想嘆氣的心情，改變口氣對修密特問道：

「只要我答得出來一定知無不言。你想問什麼？」

「關於傍晚時在第57層發生的圈內ＰＫ騷動。」

這個答案早在預料當中。我輕輕點了點頭，把背靠到石牆上並且將雙手環抱在胸前，接著才用眼神示意他繼續說下去。

「聽說那不是決鬥……真的嗎？」

對方用低沉的磁性嗓音問道，我考慮了一下之後才聳聳肩回答：

「可以確定的是，現場沒有人看到顯示勝利者的視窗。當然也有可能是因為某種原因而讓在場所有人都沒發現。」

「…………」

修密特那略呈方形的下巴立刻緊閉。而他脖子底部的裝甲也隨之發出聲音。

聖龍聯合成員身上必定穿戴著以銀色及藍色為基本色調的盔甲。而他背上那接近兩公尺左右的長槍更是高高突起，尖銳的前端還仔細地掛了三角形的公會會旗。

經過短暫的沉默之後，修密特又用更低的聲音說：

「我聽說被殺的玩家叫做『凱因茲』……這應該沒錯吧？」

「死者目擊整起事件的朋友是這麼說沒錯。剛才我也到黑鐵宮確認過了，時間和死因完全一致。」

看見他粗大的喉結滾動了一下後，我才終於感到有些可疑。我歪著頭反問他：

「你認識死者嗎？」

「……跟你無關。」

「喂喂，怎麼可以只有你發問……」

我話才說到一半，對方便突然朝我怒吼：

「你不是警察吧！雖然你好像跟ＫｏＢ副團長偷偷地做了許多調查，但你們可沒有獨占情報的權利喔！」

他發出連廣場外面都能聽見的怒吼之後，周圍其他成員都露出有些困擾的表情面面相覷。看樣子，修密特並沒有告訴他們詳情，只是要他們來湊人數而已。

這麼說來，跟這件事有關的可能不是聖龍聯合整體而是修密特個人。當我在腦袋裡記下這件事時，忽然有一隻裹著金屬護手的右手伸到我眼前。

「我知道你從現場回收了用來殺人的武器。你已經調查夠了吧，把它交給我。」

「喂喂喂……」

這行為很明顯地違反了禮儀。

ＳＡＯ裡，只要是沒有設定在裝備人偶上的武器掉落在地、把武器交給別人，或者是武器刺在怪物身上直接被帶走，經過三百秒後所有者屬性就會消除。而這個道具無論在系統上或一般觀念上，就是屬於下一個撿到的人。那把黑色短槍在奪走凱因茲的性命時，所有人屬性就已經消除。因此現在系統上它是歸我所有。

雖然也是有強迫別人把武器免費交出來的情形發生——但那把槍除了是武器外，還是重要的證物。不是警察也不是憲兵的我把它據為己有，確實好像有點說不過去。

於是我這次便光明正大地直接嘆了口氣，然後才揮手叫出道具庫來。

我用右手舉起實體化的黑色短槍，心想至少得要帥一下而把它用力地插在我和修密特之間的石頭地板上。

黑色短槍「喀鏘！」一聲發出盛大火花並屹立在地板上，修密特則是被我嚇了一跳，往後退了半步才低頭看著它。

再次仔細一看，便覺得這把武器的設計真是駭人。當然，這種專門拿來殺害玩家的武器本來就不是什麼好東西了。把視線從只有我能看見的掉寶倒數上移開之後，我便用極低的聲音對這個長槍使說道：

「我幫你節省鑑定的時間吧。這把武器的專有名稱是『Guilty thorn』。製造它的鐵匠是『葛利牧羅克』。」

這次出現了明確的反應。

修密特瞬時瞪大原本瞇起來的雙眼，嘴巴也跟著半開，從裡面傳出沙啞的喘息聲。

毫無疑問，這個像體育健將的老兄一定認識打鐵匠葛利牧羅克與被害人凱因茲。而且過去曾與他們同樣經歷過「某件事」。

如果那就是兇手殺害凱因茲的動機，那麼這件圈內殺人案就不是我所恐懼的事——隨機殺人者所實行的無差別殺人事件。雖然我很想知道過去究竟發生什麼事，但就算直接問修密特，他也不可能老實回答。

我正想著該怎麼辦時，那隻穿戴厚重金屬護手的手臂僵硬地伸直，把槍從地面拔了出來。修密特以粗暴的動作打開道具欄，像是想盡快脫手般把短槍丟了進去，接著便迅速轉換身體的方向。

接下來，將長槍背對我的修密特便留下了一句相當典型的威脅台詞。

「……不要再隨便調查了。我們走！」

於是聖龍聯合的男人們，就這樣快步走向轉移門並消失了。

——那麼接下來我該怎麼辦呢？

4

「DDA的人？」

一聽完我的報告，亞絲娜便不由得微微皺起眉頭。

DDA就是Divine Dragons Alliance的縮寫，也就是公會「聖龍聯合」的簡稱。雖然這名字帶有閒人勿近、生人迴避的壓迫感，但在KoB副團長亞絲娜身上卻起不了作用。

到了事件隔天的櫻花月二十三日，天氣參數馬上心情不好，一大早就開始下起綿綿細雨。其實天空被上層底部覆蓋的艾恩葛朗特內部根本就不可能會下雨，但真要說起來晴天時也不可能有陽光才對。

上午九點整，亞絲娜和我在事件現場所在的第57層轉移門碰面後，便到附近的咖啡廳裡吃早餐順便整理目前擁有的情報。席間最大的話題，當然還是昨天夜裡埋伏在轉移門外，強行從我手中拿走情報與凶器的聖龍聯合成員・修密特了。

「啊～確實有這個人。就是那個高大的長槍使對吧。」

「沒錯。很像高中的馬上槍術社社長的感覺。」

「才沒那種社團呢。」

直接否定我從一大早就靈感不斷的幽默後，亞絲娜像是在考慮什麼事情般，抱著裝有咖啡歐蕾的杯子說道。

「……會不會那傢伙就是犯人？」

「雖然不能妄下斷語，但應該不是才對。如果害怕被人找到線索才回收凶器，那一開始別留在現場就好了。我反而認為，那把槍是犯人留下來的訊息。」

「這樣啊……說的也是。那種殺人方式加上武器名稱是『罪惡荊棘』……與其說是普通的ＰＫ，倒不如說是『公開處刑』還比較適合……」

聽見亞絲娜以陰鬱的表情這麼咕噥，我也點了點頭表示同意她的看法。

這不是無差別的ＰＫ，而是針對凱因茲個人的處刑。而凱因茲、葛利牧羅克以及修密特三個人先前一定發生過什麼事情。

我壓低聲音，把從這些線索所得到的推論說了出來。

「也就是說——殺人動機是『復仇』，不對，應該說是『制裁』才對。那位凱因茲先生過去曾經犯了某種『罪』，為了『懲罰』他所以把他殺掉，犯人應該就是想表達這個意思。」

「這麼說來，修密特應該不是犯人，反而是犯人下手的目標囉。他以前和凱因茲先生一起做了『某件事』，所以搭檔被殺之後才會焦急地展開行動……」

「只要知道那段過去，大概就能知道犯人是誰了。不過……也有可能這只是犯人的表演而已。我們還是不要有先入為主的觀念比較好。」

「說的也是。尤其是向夜子問話的時候。」

我和亞絲娜同時點了點頭，接著確認了一下目前的時間。到了上午十點，我們將前往附近的旅館裡，向在那兒住宿的夜子再次詢問詳細經過。

吃完黑色麵包與蔬菜湯組成的簡單早餐後還剩不少時間，我便悠哉地看著對面KoB副團長的模樣。

可能今天只是要辦私事吧，她身上穿的不是平常那套白底紅色圖案的騎士服。上半身是粉紅與灰色細線條的襯衫加上黑色皮革背心，下半身是附有蕾絲滾邊的黑色迷你裙，腳上則穿著帶有光澤的灰色絲襪。

此外還有粉紅色琺瑯質皮鞋與同色系的貝雷帽，感覺似乎是經過一番精心打扮的樣子——當然也可能女性玩家日常生活的普通打扮就是這樣，老實說我對於流行服飾道具根本一竅不通，所以完全無法判斷。無論我再怎麼看，也看不出她這一身行頭究竟值多少珂爾。

況且調查殺人事件根本就不用特別打扮。當我呆呆地這麼想著時，亞絲娜忽然揚起視線，然後又迅速把頭轉到一邊去。

「……你在看什麼？」

「咦……啊，沒有啦……」

我當然不可能問她衣服總共值多少錢，但要是隨口講出「這套衣服很可愛，很適合妳唷」這種話，要不是會激怒她就是會被嘲笑一番，於是我馬上想出了一個藉口。

「嗯……我是在想，那個濃稠的東西好喝嗎？」

一問之下。亞絲娜也低頭看向自己正用湯匙攪動的謎樣濃湯。然後她再次以微妙的神情看了我一眼，接著才呼一聲重重嘆了口氣。

「……不好喝。」

她小聲回答完後便把湯推到一邊去。細劍使輕輕咳了幾聲，接著改變語氣說道：

「我昨天晚上想了一下。關於那把黑色短槍的『貫通持續傷害』……」

話說回來，我好像還是第一次看見這女人沒裝備細劍。現在才注意到這件事的我點點頭。

「嗯？」

「比如說，在圈外被貫通屬性的武器刺中之後，直接走到圈內的話，持續傷害究竟會怎麼計算呢？你知道嗎？」

「嗯……這個嘛……」

我不由得考慮了起來。確實至今都沒有遇過這種情形，當然也沒去想過究竟會有什麼樣的結果。

「我不知道……不過，中毒或火傷的持續傷害在進入圈內的瞬間就會消失，不是嗎？貫通傷害應該也是一樣吧？」

「但是，刺在身體上的武器會怎麼樣呢？自動拔出來嗎？」

「就算是這樣好像也有點詭異哦……嗯，剛好還有點時間，來實驗一下吧。」

聽見我這麼說，亞絲娜馬上瞪大了眼睛。

「實、實驗？」

「百聞不如一見嘛。」

我扔出一句用法有點奇怪的成語後站起身，直接叫出街道區的地圖並確認最靠近這裡的門在哪兒。

第57層主要街道區「馬廷」的外面，是一片散佈著許多嶙峋老樹的草原。

幾個禮拜前，當這裡還是最前線時不知走過幾次的道路，現在記憶卻已經相當模糊。當然也可能是隨著春天的到訪而有新芽冒出來的影響，不過基本上攻略組在突破該樓層之後，就幾乎不會再到那裡的圈外練功區去了。

我們在綿綿細雨之中持續前進，一走出街道區的門，視野裡立刻出現「OUTER FIELD」的警告字樣。雖然不是馬上會有怪物攻過來，但心裡就是會感到有些緊張。

亞絲娜重新將平常那把細劍佩在腰間，接著有些不耐煩地將沾在瀏海上的水滴彈開，然後才用訝異的聲音問道：

「那……你要怎麼實驗？」

「就是這樣。」

我在腰帶裡摸了一陣子，找到經常裝備在身上的三根「投擲短錐」並拔了一根出來。

存在於艾恩葛朗特的所有武器，都可以分為斬擊、突刺、打擊、貫通四個屬性。我的主武器單手直劍是斬擊武器，亞絲娜的細劍是突刺武器，釘頭鎚與戰鎚則是打擊武器。至於殺害凱因茲的短槍與修密特擁有的長槍，當然是貫通武器了。

但少數投擲系武器的分類其實有些模糊。同樣是投擲武器，迴旋鏢或帶著圓型刀刃的圓月輪就是斬擊，飛刀是突刺，而我的投擲短錐則有貫通屬性。沒錯，雖然它看起來像是只有12公分長的大型鐵針，但這個短錐確實是貫通武器，因此可以引起些微的持續傷害。

就算是要以自己的ＨＰ做實驗，白白減少裝備的耐久度也實在太愚蠢了，於是我脫下左手手套，以右手上的短錐直接朝著打開的手背扎去。

「等……等一下！」

一道尖銳的聲音讓我的手停了下來。

轉頭一看，亞絲娜已經打開道具視窗，正準備拿出高價的治癒水晶。我不由得苦笑著說：

「太誇張了吧？被這種短錐刺中手，大概只會扣總ＨＰ的百分之一到百分之二而已吧。」

「笨蛋！圈外什麼事都有可能發生！快點和我組隊讓我看見你的ＨＰ！」

像在教訓笨弟弟般的亞絲娜生氣地說道，接著便操縱視窗對我提出了組隊邀請。我縮了縮頭後馬上按下接受鍵，而我視野左上角的ＨＰ條下方，隨即出現了略小的亞絲娜ＨＰ條。

現在想起來，我還是第一次和這個女人組隊呢。當然同屬於攻略組的我們已經在前線碰過許多次了，不過她是最強公會的副團長，而我只是個小小的獨行玩家，所以彼此幾乎沒有交談的經驗。

沒想到現在竟然如此輕易，而且還是單獨和她組成了隊伍。明明前陣子我倆才因為攻略魔王而意見不合，甚至還進行了一對一的決鬥呢。

亞絲娜右手握著粉紅色水晶，一臉緊張地在旁邊待機著，而我則忍不住盯著她的臉看。

「…………怎麼了？」

「沒有啦……怎麼說呢，沒想到妳會這麼替我擔心……」

話才剛說完，亞絲娜白色的臉頰便染上與水晶相同的顏色。接著她再次生氣地對我說：

「才……才不是呢！等等，也不是這麼說……啊～你要刺就快點刺啦！」

我嚇得「咿」了一聲，隨即重新拿好短錐。

「那、那我要刺囉。」

宣布完之後，我用力吸了口氣——

接著朝自己伸直的左手，做出了飛劍技能初級技巧「單發射擊」的準備動作。

右手兩根手指夾住的短錐，隨著略暗的效果光筆直飛出，貫穿了我的手背。

一道衝擊過後，讓人不快的麻痺與輕微的痛楚便掠過我的神經。

ＨＰ條扣得比預想中稍微多了一點，總共損失了百分之三左右。我現在才想起來，前陣子剛把普通短錐換成了稀有的寶物。

我忍受著不舒服的感覺，把目光移到刺進手背的鐵針上，五秒鐘過後再度有紅色效果光閃了一下。同時ＨＰ也減少了百分之零點五左右。這正是奪走凱因茲性命的「貫通持續傷害」。

「……快點到圈內去啦！」

亞絲娜緊張的聲音一這麼催促，我便點了點頭，然後把視線停留在ＨＰ條與短錐上，直接朝附近通往圈內的大門前進。

當鞋底所踩的地面由濕草地變成硬石板時，視野裡同時出現「INNER AREA」的字樣。

接著——ＨＰ條便停止減少了。

雖然每五秒就會閃一次紅色效果光，但生命值完全沒有減少。果然所有的傷害在圈內都會變成無效。

「……停下來了。」

我點了點頭，同意亞絲娜的低語。

「武器還刺在身上，但持續傷害會停止……」

「感覺呢？」

「還留在身體上。這應該是為了不讓身上刺著武器就直接進入圈內的笨蛋出現吧……」

「現在的你就是那種笨蛋。」

聽見這冰冷的指責，我只能縮了縮脖子然後抓住短錐一口氣拔出來。不舒服的感覺再度掠過神經，讓我不由得繃緊一張臉。左手手背上雖然沒有留下任何傷痕，但冰冷的金屬觸感卻一直殘留在上面。我忍不住邊吹著手背邊開口說：

「傷害確實是停住了……既然如此，凱因茲為什麼會死呢……？是那把武器的特性嗎……還是未知的技能……嗚哇！」

最後那聲大叫的理由是——

亞絲娜忽然以雙手抓住我的左手拉到胸前，接著用力把它給握住。

「妳……妳做什……」

副團長大人過了幾秒鐘之後才把手放開，側眼看著我說：

「這樣傷害的殘留感覺就消失了對吧？」

「——嗯、嗯，那個……謝啦。」

心跳之所以忽然加速，一定是因為嚇了一跳的緣故。

只是這樣子而已，一定是的。

十點整時，夜子便從旅館裡走了出來。她看起來一副沒睡好的樣子，邊不停眨著眼睛邊對著我和亞絲娜行了個禮。

我同樣向她點頭致意，然後首先開口道歉：

「抱歉，妳的朋友才剛剛過世就又要麻煩妳……」

「不會……」

這名年紀應該比我大一點的女孩，晃動著深藍色髮絲輕輕搖了搖頭。

「沒關係。我也想快點找出犯人……」

說著她把視線移到亞絲娜身上，隨即瞪大了眼睛。

「哇，太厲害了。這些衣服全部都是阿修雷店裡的特製品對吧？我還是第一次看見有人全身都是這種衣服呢！」

……又出現新名字啦？我心裡這麼想著並問道：

「那是誰啊？」

「你不知道嗎？」

夜子用難以置信的眼神看了我一眼，然後才解釋：

「阿修雷呢，是艾恩葛朗特裡第一個把裁縫技能熟練度練到一〇〇〇的超級裁縫師！如果不拿最高級的稀有布料過去，人家是不會幫忙做衣服的！」

「原來是這樣啊！」

我由衷地感到佩服。連我這個像傻瓜般拚命戰鬥的傢伙，也是不久之前才把單手直劍的熟練度練到一〇〇〇。

我忍不住移動視線迅速把亞絲娜從頭到腳看了一遍，結果細劍使的臉頰開始抽筋，大叫了一聲之後才開始往前走去。

「不……不是那樣啦！」

——我完全無法理解到底不是哪樣。

亞絲娜就這樣帶著似乎有所領悟的夜子以及完全搞不清楚狀況的我，來到昨天晚餐只吃了一半的那家餐廳裡。

由於時間還早，所以裡面沒有其他玩家的身影。我們坐到最裡面的一張桌子前，稍微量了一下從這裡到門口的距離。相隔這麼遠，只要不放聲大叫，店外絕對不可能聽見我們的對話。

我以前一直認為想講悄悄話只要躲在旅館房間裡然後鎖上房門就行，最近才學到那樣反而會讓竊聽技能熟練度高的傢伙把對話全部聽走。

由於夜子已經吃過早餐，於是我們三人全都只點了飲料，然後馬上進入正題。

「首先是我們的報告……昨天晚上，我們到黑鐵宮的『生命之碑』去確認過。凱因茲先生確實在那個時間過世了。」

聽見我的話後，夜子短暫吸了口氣，閉起眼睛後點了點頭說：

「是這樣啊……謝謝你們還特地跑到那麼遠的地方去確認……」

「不客氣。何況我們還有另一個想確認的名字。」

亞絲娜隨即搖了搖頭，然後提出了第一個重要的問題。

「夜子小姐……我想問妳有沒有聽過這些名字……一個應該是鐵匠，叫『葛利牧羅克』。另一個是長槍使……『修密特』。」

夜子原本低垂的頭忽然震了一下。

不久後，她做出緩慢但明確的肯定動作。

「是的，我認識他們兩個人。我和凱因茲以及他們，過去都是同一個公會的成員。」

這細微的聲音，讓我和亞絲娜互看了一眼。

果然如此嗎。這樣一來，我們就得確認另一個推測——過去那個公會裡是否曾發生過造成這次事件的「某件事」。

這次換我提出了第二個問題。

「夜子小姐。我知道這可能很難回答……不過為了解決這次的事件，希望妳能夠說實話。我們認為這次的事件是某種『復仇』或者是『制裁』。凱因茲先生是否因為那個公會裡發生過的事而遭犯人怨恨，並因此受到報復呢……我昨天也問過同樣的問題，但我希望妳再仔細想一想。是不是有什麼線索，或者值得懷疑的事情……？」

這次對方沒有立刻回答。

夜子依然低著頭。保持了很長一段時間的沉默之後，她才用略微發抖的手拿起杯子喝了口茶，最後終於點了點頭。

「……是的……確實有一件事。很抱歉昨天沒有說出來……因為那是我很想遺忘……而且很不願意回想的事，加上我認為兩者之間沒有關係，所以才沒立刻說出口……不過，我現在願意說出來。就是因為『那件事情』，導致我們的公會消滅了。」

——公會的名字是「金蘋果」。這個總人數只有八人的弱小公會，並不是以攻略為目的，就只是為了賺取旅館與飲食的費用而進行著安全的狩獵。

但是，在半年前……也就是去年剛入秋時。

潛入中間層平凡迷宮的我們，忽然遭遇到前所未見的怪物。那是一隻全身黑色的小蜥蜴，不但動作迅速而且難以辨認……我們一看就知道是極為稀有的怪物。大家興奮地追了上去……然後不知道是誰丟出去的小刀，偶然，真的是非常幸運地命中且打倒了那隻怪物。

掉落的寶物，就只有一枚看起來很普通的戒指。但在鑑定之後，大家都嚇了一跳。因為它能夠提升二十點的敏捷呢。我想就連最前線都沒有掉過這樣的魔法飾品。

接下來的事情……我想你們應該也想像得出來吧。

我們分裂為讓公會成員使用以及賣掉它後分配所得金錢的兩派，在一陣幾乎快要打起來的爭吵後，我們投票表決。結果是五票對三票決定把它賣掉。由於中層的商人根本沒辦法處理這麼高檔的稀有寶物，最後由公會會長拿著戒指到前線繁華城市的拍賣會場去委託他人出售。

由於調查市價與尋找能信用的拍賣商人得花上不少時間，所以會長計畫在前線停留一晚。我懷著興奮的心情，等待拍賣結束之後會長拿著錢回來。就算要八個人分，想必也是筆龐大的金額，所以我一直看著目錄，盤算著要買哪家武器店裡的武器，還是哪個個人品牌的服飾……這時候我根本沒想到……事情最後竟然會變成那樣……

……結果會長並沒有回來。

到了隔天晚上約定好的時間後又過了一個小時，會長依然沒有傳來任何訊息。就算追蹤所在位置也沒有反應，而且會長也沒有回覆我們傳過去的訊息。

由於會長不可能拿著寶物直接逃走，於是我們便有了不祥的預感，有幾個人便到黑鐵宮的

「生命之碑」去確認狀況。

結果……

夜子緊咬嘴唇，然後不停左右搖著頭。

我和亞絲娜頓時不曉得剛該說什麼話來安慰她。

幸好——或許可以這麼說吧，夜子不久就拭去眼角的淚水並抬起頭來，然後以顫抖卻相當清晰的語氣說：

「死亡時間是會長拿著戒指到上層去的當天晚上，深夜一點過後。死亡的原因是……貫通屬性傷害。」

「……拿著那種稀有寶物應該不會跑到圈外才對。既然如此……是『睡眠PK』嗎？」

我這麼嘟囔著，而亞絲娜也同意了我的看法。

「半年前這種方法還沒有那麼多人知道，當時還有不少人為了節省住宿費而在公共空間裡面過夜呢。」

「前線附近的旅館費用又相當貴……不過，這應該不是偶然吧。殺害會長的……應該是知道有這枚戒指的玩家……也就是……」

閉著眼睛的夜子輕輕點了點頭。

「公會『金蘋果』剩下來的七個人……其中之一。我們當然也這麼想。只不過……沒辦法追查那個時間點大家各自在什麼地方……於是彼此開始互相懷疑，不久後公會就崩潰了。」

苦悶的沉默再度籠罩在桌子上方。

——真是讓人不舒服的故事。

——然而，這的確是很有可能會發生的狀況。

因為萬中無一的幸運而獲得稀有道具，最後卻因此讓沒有任何不和徵兆的和諧公會崩潰，並不是什麼少見的事。之所以沒有經常聽見這種八卦，是因為對當事者們來說，多半是段非常想遺忘的回憶。

不過，這時我依然非得對夜子提出一個問題才行。

面對這個以陰鬱表情低下頭的年長女性，我鼓起勇氣問道：

「想請妳告訴我一件事。反對賣戒指的三個人，名字是……？」

夜子又沉默了幾秒鐘，然後像下定決心般抬起頭來，清楚地這麼回答：

「凱因茲、修密特……還有我。」

——這個答案多少讓我有點感到意外。夜子看見無言地眨著眼的我，便以參雜著些許自嘲的口吻繼續說：

「只是，我反對的理由和其他兩人有點不同。身為前衛戰士的凱因茲與修密特，是想拿來自己使用。而我呢……則是因為當時剛開始和凱因茲交往。跟公會整體利益相比，我還是以男朋友的心情為優先。很笨對吧？」

夜子說完就閉起嘴巴往桌上看去。這時，一直保持沉默的亞絲娜忽然以溫柔的語氣問道：

「夜子小姐。該不會……妳和凱因茲先生在公會解散後依然持續交往……？」

夜子臉還是朝著下方，但輕輕搖了搖頭。

「……隨著公會解散，我們自然也就分手了。只是偶爾見面然後互道近況而已……如果待在一起太久，總是會想起那椿戒指事件。昨天也一樣，只是約好吃頓飯……結果卻在吃飯前發生了那種事……」

「這樣啊……但是，我想妳依然受到了很大的打擊吧。真的很抱歉，問了那麼多妳不想提起的事情。」

夜子再度簡短地搖了搖頭。

「沒關係。然後……關於葛利牧羅克……」

聽見她突然提起這個名字，我忍不住重新坐好。

「……他是『金蘋果』的副會長。同時也是公會會長的『老公』。當然，我這邊指的是在SAO裡。」

「咦……會長是個女生嗎？」

「嗯嗯。會長真的很強……不過我指的是在中層區域這一帶……她是個傑出的單手劍士，還是個美人，頭腦又聰明……我當時真的很崇拜她。所以……直到現在我依然無法相信。那個會長竟然會被『睡眠ＰＫ』這種下三濫的手段殺害……」

「……那麼，葛利牧羅克一定感到很震驚吧。跟自己結婚的愛人被……」

聽見亞絲娜的呢喃後，夜子的身體震了一下。

「是的。他原本是個非常溫柔的鐵匠……事件發生後，感覺他變得相當粗暴……公會解散之後也沒有和任何人聯絡，現在已經下落不明了。」

「這樣啊……抱歉老是問一些讓妳難過的問題，不過最後還是想請妳告訴我一件事。昨天的事件……妳認為殺害凱因茲先生的人，有沒有可能是葛利牧羅克？其實，刺進凱因茲先生胸口那柄黑色短槍……經過鑑定之後，製造者正是葛利牧羅克。」

這個問題，其實也就是問她凱因茲有沒有可能是半年前「戒指事件」的真兇。

夜子考慮了好一段時間之後，才用很輕微的動作點了點頭。

「……是的……確實有這種可能。但是，凱因茲和我都沒有殺害會長並搶奪戒指。雖然沒辦法證實我們的清白……如果昨天的犯人真是葛利牧羅克……那麼他可能打算把反對賣戒指的三個人，也就是凱因茲、修密特還有我全部殺掉也說不定……」

我和亞絲娜送夜子回到原本的旅館裡之後，便交給她好幾天份的食物道具，並要她絕對不能離開房間。

我們考慮到她不能出門的辛苦，於是請她移動到旅館內由三間房間打通而成的總統套房，並且預先付了一個禮拜的租金；但無法靠著玩網路遊戲來殺時間的艾恩葛朗特裡，再怎麼悶在房裡也還是有限度，所以我們跟她約定好會盡快解決事件，然後離開了旅館。

「……其實如果能讓她移動到ＫｏＢ本部的話，就可以更安心一點……」

聽亞絲娜這麼說，我腦袋裡便浮現血盟騎士團剛在第55層「鋼鐵之都」格朗薩姆主街區所設立的莊嚴本部，同時點了點頭回答：

「的確……不過既然她本人那麼不願意，我們也沒辦法勉強人家……」

為了讓夜子到ＫｏＢ本部去接受他們的保護，勢必得向公會把整件事情的經過說明清楚。這也就是說，半年前「金蘋果」解散事件的詳情將會公開。我想，夜子應該是為了捍衛凱因茲的名譽才拒絕我們這麼做吧。

當我們回到轉移門廣場時，街上剛好響起上午十一點的鐘聲。

雨雖然好不容易停了，卻開始出現一片濃濃的大霧。我透過霧氣看著一身黑色以及暗粉紅色服裝的亞絲娜，開口說：

「那麼我們接下來……」

「…………？」

面對話說到一半便安靜下來的我，亞絲娜開始覺得有些奇怪。

雖然現在已經太晚了——但我判斷應該還是得說些什麼比較好，於是故意乾咳了幾聲才接著表示：

「咳，沒有啦，嗯——那個……這種打扮很適合妳唷。」

哦哦，說出來了。這下子我也是一流的紳士了。

才剛這麼想，亞絲娜臉上登時出現恐怖的表情。她迅速伸出右手食指，戳著我的胸口大聲怒吼：

「嗚——！這種話呢，一開始看見的時候就要說了啦！」

亞絲娜說完「我要去換件衣服！」後便以超高速往後轉。她的側臉已經紅到了耳根，不過這想必是因為相當生氣的緣故吧。

我不懂。我真的不懂所謂的女人心。

利用附近的無人房屋換回平常那身騎士服的亞絲娜，把長髮往背後一甩，迅速回到我身邊說道：

「那麼，接下來要做什麼？」

「啊，好。有幾個選項……第一是到中層去打聽葛利牧羅克這個人，並且找到他在哪裡。第二就是尋訪其他金蘋果的成員，確認夜子小姐所說的話。第三……就是詳細檢視殺害凱因茲先生的手法，大概就是這樣了吧。」

「嗯……」

亞絲娜把雙手環抱在胸前，開始思索了起來。

「第一個選項光靠我們兩個人實在太沒效率。依現在的推測，如果犯人真是葛利牧羅克，那他一定早就找地方躲起來了。第二個選項呢……反正其他成員也都是當事者，所以應該沒辦法證實夜子所說的話才對……」

「咦？為什麼？」

「也就是說，就算我們能問出跟剛才夜子小姐所言互相矛盾的情報又怎樣？我們根本沒有辦法判斷哪邊說的才是真話，只會徒增混亂而已。我們需要更多客觀的判斷材料……」

「那……只剩下第三種選擇了。」

我們互看了一眼並輕輕點頭。

雖然這麼說對夜子有些不好意思，但我和亞絲娜之所以會如此熱衷於這個事件，其實根本不是為了要找出「金蘋果」會長遭人殺害的真相，而是為了弄清楚殺死凱因茲的「圈內ＰＫ」手法。

關於昨天晚上發生在眼前的景象，我們目前能確定的就只有「圈外發生的貫通持續傷害絕對無法帶進圈內」這一點而已。所以我們還得徹底討論一下，是不是有其他可能性。

「不過……還是希望能來個更有知識一點的人幫忙……」

我低聲這麼說完，亞絲娜馬上皺著眉回答：

「話雖如此，但隨便把情報散播出去對夜子小姐實在不太好意思。更何況絕對能夠信賴、又比我們還要熟悉ＳＡＯ系統的人本來就不……」

「………啊。」

我忽然想起一名玩家，接著立刻用力彈了一下手指。

「就是有這種人啊。我們把那個傢伙叫出來吧。」

「誰？」

我才剛說出答案，亞絲娜的眼睛便瞪得跟龍眼一樣大。

5

雖然可以確定不是被我「請你吃飯」的附註給吸引過來，不過當亞絲娜傳訊三十分鐘後那個男人真的出現時，我依然嚇了一跳。

一看見那個高大身影從阿爾格特中央轉移門無聲地出現，往來於廣場的許多行人全部騷動了起來。這個身著暗紅色長袍並束起一頭白金色長髮、腰部和背上又沒帶任何武器的男人——身上散發的氣息甚至會讓人聯想到ＳＡＯ裡不存在的「魔導師」職業。公會「血盟騎士團」的團長兼艾恩葛朗特最強劍士「神聖劍」希茲克利夫，他在看見我們之後隨即揚起一邊的眉毛，然後像滑行般靠了過來。

亞絲娜立刻敏捷地行了個禮，接著快速解釋道：

「團長，突然請您來這兒真的很不好意思！這個笨……不對，這個人不聽我的勸告，無論如何都想要請您來一趟……」

「沒關係，我正想要吃午飯呢。何況能讓『黑衣劍士』桐人請客的機會應該也不多才對。傍晚我還要跟裝備部的會員開會，在那之前都可以陪你們。」

希茲克利夫以平滑且帶著鋼鐵意志般的男高音這麼說道，我抬頭看著他並聳了聳肩說：

「這層樓的魔王攻略戰時多虧了你擋住怪物十分鐘，請你吃飯剛好可以答謝。順便還可以讓你聽聽算有趣的最新事件。」

我帶著最強公會ＫｏＢ的正副團長，準備到阿爾格特裡我所知道的最詭異ＮＰＣ餐館去。雖然說不上喜歡這裡的餐點，但餐廳整體營造出來的氣氛不知為何就是能觸動我的心弦。

我們在迷宮般的狹窄巷道裡走了約五分鐘後向右轉，接著先下了樓梯再繞向左邊繼續爬上階梯，當那間店終於出現在微暗的空間裡時，亞絲娜開口說：

「……回去時你也要好好帶路才行喔。不然我回不了廣場了。」

「據說有好幾十個沒帶轉移水晶的人在這條街上迷路，結果繞了老半天還走不出去呢。」

我故意露出微笑恐嚇亞絲娜，結果希茲克利夫馬上隨口補充：

「只要拜託站在路邊的ＮＰＣ並付個十珂爾，他們就會帶你到廣場去了。當然如果身上連這點小錢都沒有……」

他說到這裡便輕輕平舉起兩手手掌，然後迅速走進店裡。我和臉上出現莫名表情的亞絲娜也隨後跟上。

狹窄的店內正如我所預料的一樣空無一人。在廉價的四人桌子前坐下來後，我便向陰鬱的店長點了三份「阿爾格特麵」，然後喝了一口茶杯裡的冰水。坐在我左邊的亞絲娜這時用更加微妙的表情低聲說著：

「怎麼好像……變成在開檢討會的感覺……」

「妳想太多了。那麼，為了不耽擱忙碌的團長大人太多時間，我們馬上進入正題吧。」

我抬頭看了一下對面一臉無所謂的希茲克利夫，接著才這麼說道。

亞絲娜先把昨天晚上的事情做了確實且簡潔的說明。在聽她敘述的這段期間，「神聖劍」的表情幾乎沒有任何改變，只有在聽見凱因茲死亡的場面時，才稍微動了一下一邊的眉毛。

「……事情就是這樣，雖然有些麻煩，但還是希望團長能夠給我們一些建議……」

亞絲娜這麼總結之後，希茲克利夫再次喝了口冰水，接著發出「嗯」的沉吟聲。

「那麼，我就先聽聽看桐人的推測吧。你對這次的『圈內殺人』手法有什麼樣的想法？」

聽見話鋒轉到自己頭上，我便放下撐在臉頰上的手，直接伸出三根手指。

「嗯……我大概想到三種方法。首先呢，是正當的圈內決鬥。第二是組合已知手段之後找到系統上的漏洞。然後第三種則是……能夠讓禁止犯罪指令失效的未知技能或道具。」

「第三種可能可以不用考慮了。」

希茲克利夫立即肯定地說道，而這句話也讓我忍不住凝視著他的臉。亞絲娜也跟我一樣，眨了兩三下眼睛後才說：

「……團長，你怎麼能這麼肯定？」

「你們想想看。如果你們是這款遊戲的開發者，會設定這種技能或者是武器嗎？」

「嗯……不會吧。」我這麼低聲回答道。

「那是為什麼呢？」

我回看了一下那充滿磁性的黃銅色眼珠，然後繼續回答：

「那當然是因為……這樣太不公平了。雖然很不想承認，不過ＳＡＯ的規則基本上是相當公平公正的。當然你的『獨特技能』不算在內。」

我揚起單邊的嘴角加上最後那一句話，結果希茲克利夫也默默地回報我相同的微笑。

我心裡雖然嚇了一跳，但臉上表情還是沒有任何變化。就算他是ＫｏＢ的團長，應該也不可能知道最近追加在我技能格裡的「那個」才對。

依序看了一下彼此露出詭異微笑的我和希茲克利夫後，亞絲娜便嘆著氣搖了搖頭，接著又插嘴說：

「無論如何，現在討論這第三種可能性不過是浪費時間，因為根本沒辦法確認。那麼……我們就來檢討一下第一種假設，也就是藉由正當決鬥的可能性吧。」

「好吧。不過……這家店上菜也太慢了一點吧。」

我對著皺眉看著櫃台深處的希茲克利夫聳了聳肩。

「就我所知，這裡的店長是全艾恩葛朗特最沒幹勁的ＮＰＣ。而這也是到這家店的特點之一唷。反正冰水可以無限續杯嘛。」

我拿起桌上的廉價水壺，不停把冰水倒進團長大人面前的杯子裡。

「——玩家若在圈內死亡一定是因為決鬥，嗯……這已經可以說是常識了。不過，我可以確定凱因茲死亡時並沒有表示勝利者的視窗出現。圈內有這種決鬥嗎？」

這時，旁邊的亞絲娜輕輕歪了歪頭。

「……話說回來，我之前一直都沒注意，顯示贏家的視窗究竟是怎麼決定出現位置呢？」

「咦？這個嘛……」

確實我也從來沒想過這個問題。不過希茲克利夫卻毫不猶豫地馬上回答：

「會出現在決鬥者雙方的中間位置。然後，如果決定勝負時雙方距離十公尺以上，會在距離雙方最近的地方出現兩個視窗。」

「……虧你知道這種規則。這也就是說……就算再遠也會在距離凱因茲五公尺以內的位置上出現才對。」

我在腦袋裡回想那個慘劇發生時的情景，然後搖了搖頭說：

「周圍的空曠處都沒有視窗出現，這點是可以確認的，因為有很多目擊者在。還有，如果出現在凱因茲背後的教堂內，就表示那個時間點犯人還在教堂裡面，但在凱因茲死亡前就已經衝進教堂的亞絲娜卻沒遇到人，這實在是太奇怪了。」

「話又說回來，教堂裡也沒出現視窗唷。」

亞絲娜補充道。

我沉吟了半晌，接著——

「……果然……不是決鬥嗎？」

我這麼低聲一說，食堂裡原本就相當慘澹的氣氛似乎也變得更沉重了。

「……你會不會選錯店了……？」

口中這麼咕噥著的亞絲娜，像是為了切換思考模式般將杯子裡的冰水喝乾，然後「噹」一聲把杯子放到桌上。而我馬上又在她杯子裡加滿了冰水。她用微妙的表情說了聲謝謝，接著便豎起兩根手指說：

「那就只剩下第三種可能性了。『系統上的漏洞』……但我總覺得有點不對勁。」

「哪裡不對勁？」

「『貫通持續傷害』。」

桌上放著根本不需要的牙籤——這個世界根本不會弄髒牙齒——亞絲娜從中抽出一根，用這袖珍的武器往空氣中刺去。

「我覺得，那柄短槍不只是用來表演公開處刑而已。或許為了實現圈內ＰＫ，一定要靠持續傷害……我是這麼想的。」

「嗯。這我也有同感。」

我先點了點頭，但隨即又緩緩搖了搖頭。

「但是我們剛才不是實驗過了嗎？就算在圈外把貫通屬性武器刺在身上，只要移動到圈內傷害就會停止了。」

「那是靠走路來移動的時候吧。那麼……如果用『迴廊水晶』呢？先準備好設定以教堂小房間為出口的水晶，然後從圈外轉移到那邊去……這種情況下傷害也會停止嗎？」

「當然會了。」

希茲克利夫尖銳的聲音再次迅速搶答。

「不論是徒步或用迴廊轉移，甚至是被人丟進圈內……總之就是進入街道區時，『指令』就會毫無例外地發揮作用。」

「等等。你所謂的『街道區』指的是地面或建築物內部而已嗎？上空又怎麼樣？」

我忽然浮現奇妙的想像，因而提出這樣的問題。

那條繩索。如果遭短槍貫穿的凱因茲是脖子掛在繩索上，在不觸碰地面的情形下直接吊著他通過迴廊然後從教堂窗口推下去呢……

這個問題，就連希茲克利夫也有點猶豫了起來。

但是兩秒鐘後，他綁起來的長髮便輕輕地左右晃動了一下。

「不——嚴格來說『圈內』是由街道區境界線垂直上升，一直到天蓋，也就是下一層底部為止的圓柱狀空間。當移動到那三次元空間內的瞬間，『指令』便會保護那個人。所以就算把出口設定在街道上空一百公尺處，然後從圈外轉移到空中，也不會產生墜落傷害。只不過還是得嘗嘗不太愉快的神經衝擊就是了。」

「這樣啊～」

我和亞絲娜同時發出了驚嘆聲。

這當然不是感嘆「圈內」區域的形狀，而是對希茲克利夫的博聞強記感到佩服不已。雖然有了「難道一定得懂這麼多事情才能擔任公會會長嗎」的想法，但當腦袋裡浮現某個滿臉鬍渣的刀使之後，我便馬上否定了這種念頭。

但是——

若真是這樣，就算原本有「貫通持續傷害」存在，既然凱因茲人在圈內，這種傷害也早該停止了。也就是說削減那個男人ＨＰ的，除了短槍「罪惡荊棘」外應該還有別的傷害來源——難道沒有其他漏洞了嗎？

我拚命考慮之後，緩緩說出自己的推測。

「……在生命之碑上頭，不僅有著凱因茲的死亡時刻，也明確地註記了他死亡的原因——『貫通屬性攻擊』。此外，隨著凱因茲消滅而殘留在現場的，就只有那柄黑色短槍而已。」

「是啊。確實很難想像犯人暗地裡還使用了其他武器。」

「聽我說……」

我的腦海裡浮現遭到強力怪物的會心一擊時那種胃部整個快翻轉過來的感覺，同時開口繼續說道：

「當遭到威力極強的會心一擊命中時，HP條會出現什麼情形？」

亞絲娜用「這不是早就知道了嗎」的眼神看著我，然後這麼回答：

「當然會大量減少啦。」

「就是它減少的方式有問題。HP減少時不是一大條瞬間消失，而是從右邊開始往左邊逐漸減少對吧。換言之，遭受攻擊到扣除完HP之間，有段短暫的延遲。」

講到這裡，亞絲娜才終於了解我想要說什麼。但希茲克利夫仍舊是一副面無表情的模樣，讓人沒辦法看出他內心在想些什麼。

我依序看了兩人一眼，接著揮了揮手這麼說道：

「比如說……在圈外用那把槍一擊將凱因茲的HP從全滿直接歸零。從裝備來看就知道那傢伙應該是坦克，HP總量應該相當高才對。HP條要從滿檔一直減到全部消失為止，嗯……就算花上五秒鐘也不足為奇。犯人就是在這段時間中，利用迴廊把凱因茲送進教堂並且從窗口吊下來……」

「等……等一下啦。」

亞絲娜壓低聲音打斷我所說的話。

「雖然凱因茲不是攻略組，但他在中層也算是頂尖的玩家。靠單發劍技就把這種人的ＨＰ歸零，無論是我……還是你都沒辦法做到！」

「嗯，確實如此。」

我輕輕點了點頭。

「就算是用『奪命擊』使出會心一擊，應該也沒辦法減少他一半的ＨＰ吧。但是ＳＡＯ裡有好幾千名玩家。我們不能否定有不屬於攻略組……也就是我和亞絲娜完全不知道，但等級非常高的劍士存在。」

「你想說的是……雖然不曉得用那柄槍殺死凱因茲的是葛利牧羅克本人，還是被他委託的『紅色』玩家，總之那個人有能力一擊就把全副武裝的坦克擊斃嗎……？」

我為了表示肯定而聳了聳肩，然後以等待「老師」打分數的心情看著對面那個男人。

希茲克利夫半閉眼盯著桌面，過了好一會兒才緩緩頷首。

「以手法來說，不是不可能。確實，在圈外一擊讓攻擊對象的ＨＰ歸零，然後打開事先準備好的迴廊馬上把目標轉移過去，就能夠表演出所謂的『圈內ＰＫ』了。」

哦，難道說我答對了？我才剛這麼想，那清澈的聲音便補上一句「但是……」接了下去。

「……我想你應該也知道才對，貫通武器的首要特性是長度，再來是裝甲貫穿力。純粹就威力上來說，它是不如打擊武器與斬擊武器的。連重量級的大型長槍都辦不到，區區短槍就更不可能了。」

這可抓到我論點的痛腳了。

我像鬧彆扭的孩子般噘起嘴唇，希茲克利夫看見後便微笑了一下並繼續說道：

「要用絕對不算高級品的短槍，一擊就讓中層的坦克戰士死亡……我認為以現在這個時間點來看，至少要達到一百級才有可能辦到。」

「一百！」

亞絲娜頓時發出驚慌的叫聲。

細劍使瞪大了土黃色雙眸依序看向希茲克利夫和我，隨即搖著頭表示：

「不……不可能有這種人存在。我們練等的過程有多麼辛苦，你應該沒有忘記吧。要達到一百級……如果沒一天二十四小時都窩在最前線的迷宮區裡練功，絕對不可能辦到。」

「我也這麼認為。」

既然最強公會KoB的正副團長都否定了這種可能性，那我這個小小的獨行玩家又怎麼可能再度提出理論性的反駁呢。事實上，即使在攻略組裡也幾乎是最高等級的我，現在也不過八十出頭而已。

但我還是不死心地持續回答：

「……那、那可能不是玩家的能力，也有可能是劍技的強度啊。比如說……出現了第二名『獨特技能』的擁有者之類的……」

此話一出，團長便晃了一下罩有暗紅色長袍的肩膀，接著微微笑了出來。

「呵……如果真有那種玩家存在，我一定會立刻邀他加入KoB喔。」

由於他那深不可測的眼睛一直凝視著我，我只得放棄強調這種可能性，把自己的背靠到廉價椅子的椅背上。

「嗯～還以為這應該說得過去呢。剩下來就只有……」

在我說出「拜託練功區的魔王級怪物給凱因茲一擊」這種愚蠢的發言前，忽然有道人影悄悄出現在我身邊。

「久等了……」

NPC店長隨著懶散的聲音，從正方形盤子裡拿出三個麵碗放到桌子上。由於沾滿油污的廚師帽下方瀏海實在太長，讓人根本無法看清楚他的容貌。

亞絲娜因為早看慣了其他層裡乾淨有禮且嚴謹的NPC店員，這時只能啞口無言地目送店長離開，而店長也就這樣緩緩走回櫃台後面。

我拿起桌上的廉價免洗筷，「啪」一聲將它們分開後就把一個麵碗拉了過來。亞絲娜做出跟我相同的動作並低聲說：

「……這是什麼東西啊？拉麵？」

「應、應該是類似的料理吧。」

我這麼回答完，就把沉在清淡湯頭裡的波浪狀麵條拉了上來。

於是慘澹的店裡便開始出現三道「滋嚕滋嚕」的單調進食聲。

門簾吹起一陣異常乾燥的焚風，上空還有不知名的鳥兒發出「呱——」的叫聲。

幾分鐘後，我把吃完的麵碗推到桌角，看著對面的那個男人說道：

「……那麼團長大人，有沒有什麼靈感啊？」

「…………」

把湯喝完才放下麵碗的希茲克利夫，凝視著碗底類似漢字的圖樣說：

「……這不是拉麵。絕對不是。」

「嗯，我也這麼認為。」

「那麼，我就給你跟這碗冒牌拉麵價值相當的回答吧。」

結果他抬起頭來，啪嘰一聲放下免洗筷。

「……光靠目前的情報，我沒辦法斷定『究竟發生了什麼事情』。不過我可以這麼說——你聽好了……這個事件中能稱得上『絕對可靠』的線索，就只有你們親眼所見、親耳所聞的第一手情報而已。」

「……？這是什麼意思……？」

「意思就是……」

希茲克利夫用那對黃銅色雙眸依序凝視並排坐在一起的我和亞絲娜，接著說道：

「在艾恩葛朗特的所見所聞，全都是可以轉換為程式碼的數位檔案。這裡面不可能有所謂的幻覺或是幻聽出現。反過來說，不是數位檔案的各種情報，通常會帶有幻想或欺瞞的可能性。如果要追蹤這起殺人……『圈內事件』，那麼最後還是只能相信自己的眼睛與耳朵，總之就是自己腦部直接擷取到的檔案。」

希茲克利夫最後說了一句「謝謝你的招待，桐人」後便站了起來。

我思考起這名神秘劍士所說的話，同時也跟著起身，對店主說了聲「我們吃飽了」便鑽過門簾離開。

站在前面的希茲克利夫那「為什麼會有這種店存在」的細微呢喃聲，輕輕傳進我的耳裡。

當團長殿下彷彿融化在如迷宮般的街道中一樣消失後，我便轉向一直站在旁邊的亞絲娜，對著她問：

「……妳聽得懂他剛才的意思嗎？」

「……嗯。」

看見她點了點頭，我不由得有種「不愧是副團長」的念頭。

「就是啊……總之剛才端出來的是『沒有加醬油的東京風味拉麵』。所以才會出現那種半調子的口味。」

「啥？」

「我決定了。總有一天我要做出醬油來。不然的話，這種無法滿足的感覺好像永遠都不會消失。」

「……是嗎，那加油了……」

我點了點頭後，才順便補了句「我不是問這個吧！」來吐槽。

「咦？桐人，你剛才說什麼？」

「抱歉帶妳吃了那麼奇怪的東西。是我不對，拜託趕快把它忘了吧。我剛才問的是，希茲克利夫那傢伙剛才說了些像在打禪機的話對吧。那是什麼意思？」

「啊啊……」

亞絲娜這次確實點了點頭，然後這麼回答我：

「他的意思就是說，不要完全相信從別人那裡聽來的第二手情報。在這次的事件裡，指的就是動機面……關於公會『金蘋果』的稀有戒指事件。」

「咦咦～？」

我忍不住發出低吟聲。

「妳在懷疑夜子小姐嗎？也是啦，那是完全沒有證據的一段話……不過，剛才亞絲娜妳不也說現在沒辦法確定真假，所以懷疑她所說的事也沒有意義嗎？」

結果亞絲娜不知道為什麼瞄了我一眼後迅速別過視線，接著輕輕點了兩三下頭。

「這、這個嘛，我確實是說過沒錯啦。不過，正如團長所說，要斷定ＰＫ手段的情報還是太少了。既然如此，我們就去問問另一個關係人吧？忽然提出戒指的事情，說不定他會一時緊張而透露出什麼情報也說不定。」

「咦？妳說的是誰？」

「當然是從你那裡把槍奪走的人啦。」

6

視野右下端的數字，顯示目前剛好是下午兩點。

如果是平常，現在正是午飯時間結束，迷宮區攻略．下午時段火熱進行中的時刻。但今天已經沒有那個空閒離開街道區了。光是穿越最前線的練功區再走到迷宮中的人跡未至區，差不多就要天黑了。

像我這種會因為「天氣很好」就偷懶的懶人也就算了，但因為這事件而連著兩天沒參加攻略的「閃光」心裡一定覺得很難受吧。

我一邊這麼想，一邊側眼觀察走在旁邊的亞絲娜有什麼反應，結果這女人竟然出乎意料地散發出比平常還要柔和的感覺。她不但挖苦著阿爾格特暗巷裡的詭異商店，還探看不知究竟通到哪裡去的暗渠——注意到我的目光時，她甚至還一副「怎麼了？」的樣子對我微笑呢。

「怎麼了？」

她這麼問道，而我則是拚命搖著頭然後回答：

「沒……沒什麼事啦。」

「怪人一個。雖然我早就知道了。」

她說完便噗哧一笑，把手合起來放在腰後，接著又用鞋跟不停地踩出聲音來。

拜託，不知道誰才是怪人哦。這跟昨天大發雷霆地指責我睡午覺的那個攻略之鬼真的是同一個人嗎？還是說，她雖然抱怨一堆卻迷上了「阿爾格特麵」的口味呢？如果是這樣，下次務必要找她試試同一家店裡口味更加混沌的「阿爾格特燒」才行。

當我這樣想時，終於聽見轉移門廣場的喧囂從前面傳了過來。幸好這次不用拜託路邊帶路的NPC就順利回到廣場上來了。

我為了強行中止心裡那種莫名的興奮感而乾咳了一下。

「咳……那麼，我們接著就要去向修密特主將問話了。不過現在這個時間點，DDA的成員會不會都跑出去打怪啦？」

「嗯～我不這麼認為。」

亞絲娜收起微笑，把手指放在嬌小的下顎上這麼說道：

「如果夜子小姐的話屬實，那麼修密特也是『反對賣戒指派』之一……也就是說他和凱因茲先生有相同的立場。從他昨天出現在你面前的樣子，就能明顯知道他本人也已有所警覺了。在被不知名『紅色玩家』盯上的情況下……你想他還會貿然離開圈外嗎？」

「嗯……妳這麼說也有道理。不過那名『紅色玩家』很可能擁有圈內PK的方法唷。就算待在街道區，也沒辦法保證絕對安全。」

「正因如此，他才要盡最大努力來保障自己的人身安全啊。若不是躲在旅館，就是……」

聽到這裡，我終於搞懂亞絲娜打算說什麼了。我彈了一下手指，接下去說道：

「就是採取『守城』策略吧。直接躲在ＤＤＡ本部裡面。」

最強公會之一聖龍聯合在第56層設立華麗的公會本部，其實只是前不久的事。而把本部設立在比血盟騎士團本部所在的第55層還要高一層之處，也絕不可能是偶然。不知道為什麼，當時連我也受邀參加了那場極盡奢華能事的展示派對，但我在看見那個與其說是「根據地」，倒不如說是「城堡」或「要塞」的誇張建築物後，也不禁受不了他們那種露骨的程度。我和克萊因、艾基爾為了給他們點顏色瞧瞧而把桌上的菜一掃而空，之後卻因為輸入了過多的味覺訊號被肚子的腫脹感困擾了整整三天之久。

從阿爾格特轉移門走出來的我，看著那棟建立在小山丘上睥睨整條街道的恐怖飽食之館，忍不住打了一個飽嗝。但亞絲娜似乎沒什麼特別的感觸，直接快步走上那條紅磚鋪設的坡道。

我抬頭看著飄揚在白色尖塔群上那些銀底藍龍圖案的公會會旗，故意低聲說：

「話說回來，即使ＤＤＡ是知名大公會，能拿出資金來買下這種建築物也實在是不簡單。ＫｏＢ的副團長大人對這件事不曉得有什麼樣的看法？」

「還好啦，若只看公會人數，DDA的成員確實比我們多出了一倍。不過關於資金這一點確實有點奇怪。我們的會計大善先生也說過『他們應該擁有好幾個高效率的刷怪地點吧』之類的話呢。」

「這樣啊？」

所謂的刷怪呢，就是持續高速狩獵大量MoB的MMO用語。去年冬天，我因為某件事而決定進行極度冒險的練等活動時，曾利用過第46層的「螞蟻谷」，那就是個具代表性的地點。不過，那種地點在單位時間內產生的經驗值超過了一定界限之後，支配SAO世界的數位之神「Cardinal System」自然就會調降其效率。

因此攻略組之間便有了「對所有玩家公開優良的刷怪地點，大家平均分配豐富資源直到其枯竭為止」這樣的紳士約定，但DDA說不定違反了該項約定而隱藏了好幾個這樣的地點——亞絲娜的話大致上就是這意思。

雖然這麼做確實是很狡猾，不過DDA強化就結果上來說也等於攻略組整體的強化，所以大家也沒辦法當著他們的面指責這種行為。

要是這麼做，最後面臨的將會是伴隨著攻略組這種存在的自我矛盾。我們這群人打著讓大家從死亡遊戲裡解放出來的旗號，光明正大地佔據了系統所供給的大部分資源，但這或許只是為了滿足我們站在金字塔頂端的私慾也說不定。

一想到這裡，我忽然覺得與攻略組完全相反的組織「艾恩葛朗特解放軍」主張的方針——強迫徵收所有玩家獲得的一切資源進行公平分配，似乎也不全是在痴人說夢了。沒錯——如果「軍隊」的主張實現，那也就不會發生這次的「圈內事件」。成為殺人原因的戒指從怪物身上掉下來之後就會被徵收並賣掉，所得的利益將細分到每個玩家身上。

「真是的……創造這個死亡遊戲的傢伙實在太惡劣了……」

為什麼一定要選擇「ＭＭＯ」呢。明明有那麼多ＲＴＳ或ＦＰＳ這種更加公平且能輕鬆在瞬間分出勝負的遊戲啊。

ＳＡＯ一直在考驗高等級玩家的私慾。它強迫玩家把自身矮小的優越感與夥伴——或者可以說全部玩家的性命放到天秤上去衡量。

而戒指事件的犯人，就是被自己的慾望給吞噬了。

其實我自己也正接受這嚴苛的考驗。因為我的屬性視窗裡，存在著連稀有魔法道具都比不上的重大秘密，而我目前仍選擇獨佔它。

——可能是聽見我的呢喃了吧，亞絲娜就像完全理解我腦袋裡的想法般低聲說道：

「所以，這個事件一定得由我們來解決才行。」

亞絲娜用力握我的右手一下，臉上露出能夠掃除任何疑慮的堅強笑容。她對一時慌了手腳的我說了句「在這裡等一會兒」，然後以沉穩的腳步邁向近在眼前的巨大城門。我把尚有餘溫的手插進大衣口袋後，便靠在附近的樹幹上。

基本上，只有該公會成員才能進入這棟登錄為公會根據地的建築物裡面。也就是說這裡跟玩家的私人小屋沒有兩樣，所以本來就不需要守衛，但人手充裕的公會還是會輪流派人站在門前。不過他們的主要目的不是守衛，而是為了傳遞來訪客人的訊息。

而聖龍聯合也是一樣，華麗的城門口有兩名重裝槍戰士像門神一樣站在那裡。

——他們兩人與其說是守衛，倒不如說是ＲＰＧ的中魔王。想到這裡我的內心便開始有所警戒，但亞絲娜卻毫不猶豫地直線往右側的男人接近並對他打招呼。

「你好。我是血盟騎士團的亞絲娜……」

高大的戰士瞬間挺直了上半身，輕聲細語地說道：

「啊、妳好！辛苦了！有什麼事嗎，怎麼會特別跑到這裡來呢？」

完全不像門神也不像中魔王嘛。亞絲娜很大方地也對從左邊跑過來的大漢露出可愛笑容，然後說出來訪的目的。

「我有點事情想要找你們公會的成員，所以才到這裡來的。可以請你們幫我聯絡一下修密特先生嗎？」

兩個男人互看一眼後，其中一個歪著頭說：

「那個人現在應該在前線的迷宮區裡吧？」

但另一個則這麼回答：

「啊，但是吃早餐的時候他好像說過『今天頭痛所以要休息一天』耶。說不定現在還在自己的房間裡，我試著叫叫看吧。」

他們如此配合，著實讓我嚇了一大跳。從公會角度來看，DDA與KoB絕對稱不上關係良好，但個人之間的關係就不一定了——當然也有可能是亞絲娜魅力參數的力量就是了。如果是後者所發揮的力量，那我還是一直站在這裡別出面比較好。

當我把身體緊靠在城門附近的樹幹上試著稍微提升隱蔽程度時，其中一名守衛開始迅速打著訊息並傳送出去。

結果似乎不到三十秒就有了回信，守衛的手指再度移動到視窗上。看來修密特果然躲在城堡裡面。如果他在前線的迷宮裡戰鬥，不可能這麼快就回信。

守衛看了一下訊息內容，馬上很困擾地皺起眉頭。

「他今天果然休息……不過，他要我先問妳有什麼事情……」

於是亞絲娜考慮了一下之後便簡短地回答：

「那你只要告訴他『想談談戒指的事』就可以了。」

結果對方馬上有了反應。

原本應該因為頭痛而臥病在床的男人，飛快地衝到城門前丟下一句「換個地方談」，隨即快步走下山丘。當跟在修密特身後的亞絲娜經過我面前時，我便裝出一副沒事的表情從樹蔭裡走出來會合。修密特雖然瞄了我一眼，但他可能早知道我和亞絲娜一起調查這件事了，因此並沒有做出什麼反應，只是再度加快了腳步。

快步走在我前面數公尺處的修密特，還是跟昨晚從我這裡奪走短槍時一樣穿著高級鎧甲，而且底下還穿了一層薄薄的鎖子甲。雖然沒有背著那把巨大的長槍，不過這些裝備的重量應該相當可觀才對。他那種完全感覺不到負擔、只是以前傾姿勢高速前進的模樣，已經不只是名擔任坦克的戰士，更像是個美式足球選手了。

這名ＳＡＯ裡少見的體育健將型壯漢，在走下坡道進入市街區後才終於停下腳步。他晃動著身上的盔甲轉過身來後，不是對亞絲娜而是直接對著我問：

「誰告訴你的？」

「啥？」

我才剛這麼反問，馬上就察覺他省略了「戒指的事」這個受詞，於是我慎重地回答：

「……我從『金蘋果』以前的成員那裡聽來的。」

我剛這麼說，他那頭倒豎短髮下方的濃眉立刻動了一下。

「是誰？」

這時我稍微猶豫了一下，如果修密特就是昨天事件的犯人，那麼他應該知道凱因茲是跟夜子在一起。現在隱瞞夜子的姓名也沒什麼意義了。

「夜子小姐。」

此話一出，壯漢瞬間便像失了魂般把視線上移，接著又「呼～」地吐了一口長長的氣。

我雖然還是面無表情，但腦袋卻已迅速思考了起來。如果他現在的反應正如我所感覺的是「放心」，那一定是因為他知道夜子和自己一樣是「反對賣戒指派」的緣故。

昨天的事件可能是包含葛利牧羅克在內的「出售派」中某人對「反對派」復仇，這點修密特果然也已經想到了。所以他才會稱病而不去狩獵，直接躲在安全的公會本部裡。

現在這個時間點，修密特已經不太可能是殺害凱因茲的兇手了，不過他當然還是有犯案的動機。比如說戒指事件的犯人就是凱因茲與修密特，而修密特可能是為了不讓消息洩漏而殺人滅口。我一邊這麼想著，一邊直接提出疑問：

「修密特先生。你知道製造昨天那把短槍的葛利牧羅克現在人在哪裡嗎？」

「不……不知道！」

修密特大叫出聲，同時猛搖頭。

「自從公會解散之後我們就沒連絡過了。我甚至不知道他是不是還活著！」

他迅速說著，視線還不停地在街道上游移。簡直就像害怕有短槍忽然從某處飛來一樣。

這時，一直保持沉默的亞絲娜忽然以沉穩的聲音說道：

「修密特先生，我們並不是在搜索殺害金蘋果公會會長的犯人。而是在找引起昨天事件的人……更明確地說，是要找出犯人究竟是用什麼方法殺人。這一切都是為了確保『圈內』能夠像現在一樣安寧。」

她稍微停頓了一下，接著用更為嚴肅的聲音繼續說：

「……很遺憾，目前最可疑的人，就是打造那把槍……同時也是身為公會會長結婚對象的葛利牧羅克。當然，也可能是有人故意讓我們這麼認為，所以為了弄清楚這一點，我們必須直接跟葛利牧羅克先生談一談。如果你知道他現在人在哪裡或者是他的聯絡方法，可不可以請你告訴我們呢？」

被淡褐色大眼珠緊緊盯著的修密特，上半身微微往後倒去。看起來他不太習慣和女性玩家說話。當然我也是一樣。

他直接別過了臉，然後緊緊閉起嘴巴。連亞絲娜的正面攻擊都沒有用，那麼他確實是個相當棘手的敵人，我想到這裡便把原本要嘆出來的氣吞了回去。但不久之後——

「…………我真的不知道他人在哪裡。不過……」

修密特開始吞吞吐吐地說道：

「當時葛利牧羅克非常喜歡一家ＮＰＣ餐廳，幾乎每天都會去那兒。說不定現在也……」

「真、真的嗎！」

我探出身子，同時思考了起來。

在艾恩葛朗特裡，吃東西可以說是唯一的享受。但在這同時，也很難從廉價的ＮＰＣ料理中找到自己喜歡的口味。既然中意那家店到了每天都去的程度，那麼要他長期不去光顧應該很難才對。因為我每天三餐也幾乎只輪流在三間餐廳裡進食而已。順帶一提，那三間餐廳裡不包含剛才那間充滿謎團的食堂。

「那麼，請告訴我們那家店的名……」

「我有個條件。」

修密特打斷了我說到一半的話。

「我可以告訴你們，不過我有個條件…………讓我和夜子見面。」

我和亞絲娜讓修密特在附近的道具店裡稍候，隨即就對方提出來的條件展開簡短討論。

「應該……不會有危險吧？還是你覺得有呢？」

「嗯，這個嘛……」

亞絲娜雖然這麼問，但無法馬上回答的我也只能先沉吟半晌。

如果說修密特——或者幾乎不可能的夜子是昨天圈內殺人的犯人，那麼他們很可能會把對方當成接下來要殺害的對象。在讓他們見面的同時，其中一方便會當場使出「圈內ＰＫ技」，造成新的犧牲者出現。我無法否定這種可能性。

只不過如果是那樣，對方一定要先裝備武器然後發動劍技。這樣的操作，必須打開視窗重新設定裝備人偶並按下ＯＫ鍵，就算再怎麼快也得花上四、五秒。

「……只要我們在旁邊盯著，應該沒機會ＰＫ才對。不過——如果目的不是ＰＫ，修密特那傢伙為什麼事到如今才要求和夜子小姐見面呢？」

我輕輕攤開雙手，而亞絲娜也顯得相當納悶。

「誰知道呢……該不會……他已經暗戀人家很久了吧……嗯，不會的。」

「咦，真的嗎？」

我忍不住想轉頭看那個外表相當木訥的修密特，但亞絲娜卻搶先一步拉住我的衣領阻止我這麼做。

「我都說不是了！總之……如果沒有危險，那就要看夜子小姐是否答應了。我傳個訊息過去確認一下。」

「好、好吧，那就拜託妳了。」

亞絲娜一打開視窗，隨即以飛快的速度敲著全息圖鍵盤。這種「朋友訊息」是能夠立刻跟遠方玩家取得聯絡的便利功能，但光知道對方的名字也沒用，得將對方登錄為朋友或身為同公會的成員，又或者是結婚對象才行。因此我們沒辦法用它來連絡葛利牧羅克。雖然也有知道名字就能傳送的「即時訊息」，但那得要雙方都在同一層裡才能傳達，而且也沒辦法得知對方是否已經收到訊息了。

夜子似乎馬上有了回音，亞絲娜看了一眼還沒有關上的視窗後便點頭說：

「她說ＯＫ。那……雖然有點不安，不過還是把人帶去吧。地點就選在夜子小姐所住的旅館好了。」

「嗯。要她到外面來實在太危險了。」

我同意之後，這次終於順利轉頭看向仍在道具店裡等待的修密特。一看見我對他做出ＯＫ的手勢，這個重武裝壯漢臉上便明顯地露出了放心的表情。

我們三人從第59層轉移到第57層主街區馬廷。從藍色轉移門裡走出來時，街頭早已經染上夕陽的顏色。

廣場上有許多ＮＰＣ與商人玩家的攤販並排在一起，到處都有熱鬧的叫賣聲傳過來。而攤販之間則有許多來這裡讓一日辛勞得到歇息的劍士們穿梭其中，然而他們都避開了廣場上的一小塊地方，讓該處顯得相當空曠。

那是片面對教堂的土地。不用說也知道，將近二十四小時前那個名叫凱因茲的男人就是在這個地方神秘身亡。我強迫自己把一直忍不住會飄過去的視線固定在前方，開始朝昨天也走過的道路前進。

幾分鐘後我們便抵達旅館並上到二樓。漫長走廊的最深處，就是夜子住宿——或者可以說躲在裡面的房間。

我敲敲門，說了句「我是桐人」。

房裡立刻有了回應，於是我轉開門把。設定為「只有朋友才可開門」的門鎖，在發出輕微的聲音後解開了。

打開門之後，可以見到門的正前方，也就是房間中央部分放著一組相對的沙發，而夜子就坐在其中一張沙發上。她迅速站起身來，晃動暗藍色頭髮輕輕行了個禮。

我站在門口沒動，依序看了一下夜子以及背後修密特臉上緊繃的表情，這才開口說：

「那個……首先，為了安全先跟兩位確認一下，雙方都不能裝備武器，也不能打開視窗，希望你們都能遵守。我知道這讓人有點不愉快，不過還是拜託了。」

「……好的。」

「我知道了。」

夜子以幾乎快聽不見的聲音，而修密特則是以焦躁的聲音同時這麼回答。我這才緩緩踏進入室內，帶領修密特與亞絲娜走了進去。

應該已經許久沒有見面的兩位前「金蘋果」公會成員，一開始只是默默地看著對方。

雖然夜子和修密特過去曾是同一公會的夥伴，但現在兩人之間至少已差了二十級左右吧。不用說，等級較高的一定是屬於攻略組的修密特了。但在我眼裡看來，這個強壯的長槍使反而比夜子還要緊張。

事實上先開口的人也是夜子。

「……好久不見了，修密特。」

接著她露出微笑。修密特則是先用力咬緊嘴唇，然後才用沙啞的聲音回答：

「……嗯。原本以為不會再見面了。我可以坐下嗎？」

夜子點點頭，於是這個全副武裝的大漢便在鎧甲不斷發出聲響的情況下，走到另一張沙發前面坐了下來。我想這樣應該很不好坐才對，但他卻絲毫沒有卸甲的意思。

我關上門並仔細確認已經上鎖後，便站到相對而坐的兩人東側。亞絲娜則站在我對面。

我們替得窩在屋內好幾天的夜子租下了最高級的房間，所以就算四個人圍成一圈，室內依舊相當寬廣。這裡的門在北邊的牆壁上，西邊則是連接寢室的另一道門，此外東邊與南邊各有一扇大窗戶。

南邊的窗戶完全敞開，帶有春天夕陽的風輕快地吹進來晃動著窗簾。當然窗戶也受到系統保護，就算打開也沒有任何人能夠侵入。由於這裡比周圍的建築物都要高出一些，所以可以從白色窗簾的縫隙裡看見遠方陷入一片深紫色的街景。

乘著風傳進來的街頭喧囂，蓋過了夜子略嫌細微的聲音。

「修密特，聽說你目前是聖龍聯合的成員？真是太厲害了，聖龍聯合在攻略組裡算是頂尖的公會對吧。」

雖然我認為這是出自真心的稱讚，修密特眉毛附近的皺紋卻變得更深了。他低聲回答：

「妳是什麼意思。想說太不自然了嗎？」

這種異常尖銳的答案讓我不禁皺起眉頭，但夜子卻沒有受到絲毫影響。

「怎麼可能。我只是覺得，公會解散後你一定很拚命地提升等級而已。我和凱因茲在升等時碰上挫折便放棄努力了，相較之下你真的很了不起呢。」

夜子輕輕撥開垂在肩膀上的深藍色頭髮，然後再度微微一笑。

雖然沒有裝備全身鎧的修密特那麼誇張，不過夜子今晚也穿了不少服裝。她在厚厚的洋裝上加了皮革背心，又披了一件紫色的天鵝絨短外套，肩膀上甚至還蓋著披肩。雖然比不上金屬防具，不過穿了這麼多衣服應該還是能增加不少防禦力才對。她表面上看起來很平靜，但內心應該還是會感到不安吧。

這時毫不隱藏緊張心情的修密特，抖著鎧甲探出身子道：

「別管我的事了！跟這比起來……我比較想問關於凱因茲的事情。」

他忽然壓低聲音後說下去：

「為什麼事到如今凱因茲還會被殺？是那傢伙……搶走戒指的嗎？殺死ＧＡ會長的人是那傢伙嗎？」

我馬上就理解他嘴裡的ＧＡ是指GOLDEN APPLE，也就是公會「金蘋果」的簡稱。然而，方才這番話就等於修密特在表示自己與戒指事件及圈內殺人都沒關係。如果這是演技，那他真的可以去當演員了。

聽見他這麼低聲叫著，夜子的表情首次有了變化。她收起微笑，從正面瞪著修密特說：

「不可能。我和凱因茲都打從內心尊敬會長。我們之所以會反對賣掉戒指，是因為與其把它換成珂爾而隨便花掉，倒不如拿來增加公會的戰力還比較實在。我想會長她應該也跟我們有同樣的想法才對。」

「我……我當時也是這麼想啊。別忘了，我也反對賣掉戒指。說起來……也不是反對派才有搶走戒指的動機。贊成賣掉……也就是想要珂爾的那些傢伙裡，說不定有人想要獨佔所有的拍賣所得啊！」

他戴著金屬護手的右手啪一聲拍了一下自己的膝蓋，然後抱著頭說：

「但是……為什麼到了現在葛利牧羅克還要對凱因茲下手……他是想把反對賣掉的三個人都殺掉嗎？我和妳也會變成他的目標嗎？」

——這看起來實在不像演戲。在我看起來，修密特咬緊牙根的側臉有著相當明確的恐懼。

相對於感到害怕的修密特，已經恢復平靜的夜子只是對他丟出了一句話。

「還不能確定就是葛利牧羅克殺死凱因茲。說不定是委託他製造短槍的其他成員所為……也說不定是……」

她將空洞的視線移到沙發前面的矮桌上，輕聲呢喃著：

「說不定是會長自己展開復仇了呢。畢竟一般玩家根本不可能在圈內殺人。」

「什………」

壯漢不停開闔著嘴巴並喘起氣來。聽她這麼說，就連我也開始有點感到害怕了。

修密特呆呆看著微笑的夜子，接著表示：

「但是，妳剛才不也說戒指並非凱因茲搶走的……」

夜子沒有馬上回答，她只是默默站了起來，然後往右走了一步。

她的雙手在腰部後方交握，保持面對著我們的姿勢緩緩往南邊的窗戶退去。接著一道細微的聲音配合著微弱的拖鞋聲流了出來。

「我昨晚一夜沒睡，一直在思考。說起來，殺死會長的雖然是公會成員中的某人，但也可以說是我們全體。那個戒指掉下來時，根本不用進行什麼投票，直接聽從會長的指示就好了。不對，應該乾脆讓她裝備那個戒指就好了。會長本來就是我們之中最強的劍士，最能夠發揮戒指力量的人也是她。可是，我們全都沒辦法捨棄自己的慾望，沒有人提出這樣的建議。大家嘴裡雖然都說著有一天要讓ＧＡ變成攻略組，然而大家其實都不是為了公會著想，只是希望自己變強。」

說完這一大段話的同時，夜子的腰剛好碰到了南邊窗戶的邊框。

夜子一邊準備坐上去，一邊繼續補了一句話。

「只有一個人，只有葛利牧羅克先生說交給會長來處置。那個人捨棄了自己的慾望，考慮到公會整體的發展。所以那個人才會像這樣，對我們這些沒辦法放棄私慾的人展開報復，而他也確實有幫會長討回公道的權利……」

在忽然籠罩房間的沉默當中，一陣冰冷的晚風微微晃動著房內空氣。

不久之後，突然可以聽見「喀嚓喀嚓」的微弱金屬聲響，來源正是輕輕發抖的修密特那身鎧甲。這個身經百戰的頂尖玩家，臉色發白地低下頭，如夢囈般輕聲說著：

「……別開玩笑。別開玩笑了。事到如今……都過了半年……為什麼現在才……」

他啪一聲挺起上半身，突然大叫：

「妳能接受嗎，夜子！妳都拚命活到了現在，怎麼能被這種不知所謂的手法殺掉呢！」

修密特、我以及亞絲娜的視線，都集中在窗邊的夜子身上。

這名周身纏繞著虛幻氣息的女性玩家，在讓視線於空中游移的同時，似乎也想著該怎麼回答修密特的問題。

不久後她的嘴唇輕啟，似乎想要說些什麼——

就在這個瞬間。

「咚」，房間裡忽然響起一道低沉的聲音。同一時間，夜子也瞪大眼睛並張大了嘴。

那纖細的身體接著便開始劇烈地晃動。她先是用力往前踏出一步，然後搖搖晃晃地轉身，把手放在開啟的窗戶邊緣。

這時一陣強風吹過，夜子背後的長髮也隨風擺動。

我這才看見了令人難以置信的景象。

有一隻小小的黑色棒狀物體，從帶著紫色光澤的短外套中央伸了出來。

由於那物體實在太小了，我一時無法理解那究竟是什麼東西。但是，當我發現包圍那個棒狀物體的閃爍紅光後，我內心立刻湧起一股顫慄感。

那是飛刀的柄。而刀身已經完全刺進夜子的體內。也就是說——那把黑色飛刀從窗外某處飛來，然後貫穿了夜子的背部。

「啊……！」

亞絲娜發出參雜著慘叫的喘息。而我立刻在第一時間衝了出去。

我伸出手準備把夜子的身體拉過來。但是……

手指僅僅掠過披肩的邊緣，夜子無聲地往旅館外摔了下去。

「夜子小姐！」

就在從窗口探出身子並放聲大叫的我面前……

夜子的身體就這樣墜落在下方的石地板上，一陣反彈過後被藍色效果光包圍。

「啪嚓」的細微破碎效果音隨即響起。多邊形碎片隨著炸裂的藍光散開並往外擴散——

一秒鐘後，一陣清脆的落地聲響起，只剩下黑色飛刀留在地上。

7

怎麼可能！

這時在我腦海裡響起的無聲尖叫，其實帶著多重意義。

首先是旅館客房應該有受到系統上的保護。就算打開窗戶，也絕對沒有人能侵入或是丟東西進來。

再來，就是實在很難相信那把小型飛刀所引起的貫通持續傷害，能夠把中層玩家的ＨＰ消耗殆盡。從飛刀命中到夜子墜落．消滅為止，再怎麼長也不會超過五秒鐘。

不可能會有這種事情發生。這種殺人手法已經不能稱呼為「圈內ＰＫ」了，這根本是恐怖的即死攻擊嘛。

我摒住呼吸，感受著背上縱橫的極低溫戰慄，同時強迫自己把視線從夜子消失的石地板上移開。然後順勢抬起頭來，把張大的雙眼當成照相機般擷取窗外的街景。

終於，我看見了那個。

距離旅館兩個街區以外，一棟差不多高的建築物屋頂。

以深紫色夕陽做為背景，有一道黑色人影就站在那裡——

由於對方身穿附兜帽的漆黑長袍，所以沒辦法看清楚其容貌。我把「死神」這個單字硬是從腦海裡擠出來後便大叫了起來。

「這傢伙……！」

我把右腳往窗框上一踩，頭也不回地叫道：

「亞絲娜，剩下來的就拜託妳了！」

接著便一口氣往隔了條街的建築物屋頂跳去。

但是就算有敏捷屬性上的修正，在沒有助跑的情況下要跳過五公尺還是魯莽了點；無法用腳著地的我，在千鈞一髮之際才用拚命伸長的右手抓住了屋頂邊緣。然後我又靠著力量屬性修正，利用倒立的要領把身體往上拉，在空中一個迴轉後站上屋頂，此時亞絲娜急切的聲音馬上從後面傳了過來。

「桐人，不行啊！」

我很清楚她為什麼要制止我。如果被那種飛刀射中，我也有可能會馬上送命。

然而，我實在無法為了自身安全放任終於現身的犯人逃走。

說要保護夜子人身安全的人是我。但是，我卻短視地認為躲在旅館裡就沒有危險，沒預想有可能會發生的情形。如果系統能提供保護，那麼街上——也就是「圈內」應該也都屬於安全範圍才對。對方既然能在圈內進行ＰＫ，自然也有可能讓旅館的保護失效，我為什麼沒考慮到這點呢？

遠方的屋頂上，黑色長袍就像在嘲笑懊悔不已的我一般被風吹得劇烈擺動。

「給我等一下……！」

大叫完之後，我再度開始往前猛衝，同時拔出背上的劍。雖然在街道裡我的劍無法給那人任何傷害，但至少可以彈開他扔過來的飛刀。

我注意不讓衝刺的速度慢下來，直接不斷由這個屋頂跳到另一個屋頂。在下方街道行走的玩家們，一定會覺得我是個炫耀敏捷屬性的瘋子吧，但現在已經沒空理這些事了。我拖著大衣的衣襬，不停藉著跳躍撕裂黑暗。

穿著長袍的刺客完全沒打算逃走或出手，只是眺望著逐漸接近的我。當雙方僅僅隔著兩棟建築物時，刺客忽然將右手插進穿著長袍的懷裡。我立刻摒住呼吸，把劍移到自己正面。

但是……

他把手伸出來時，取出的並不是飛刀。暮色之下，一道相當熟悉的寶藍色光芒忽然出現在我眼前。是轉移水晶——

「可惡！」

我這麼咒罵著，然後在極速奔跑的情況下用左手同時拔出三根短錐，一口氣將它們全投了出去。當然我不是要傷害他，而是希望藉由反射性的迴避動作拖慢他的詠唱速度。

可恨的是，對方異常地冷靜。那人絲毫不懼怕拉著銀色效果光朝他飛去的三根短錐，悠然地舉起轉移水晶。

三根短錐全部在長袍前被紫色系統障壁擋下，直接掉到屋頂上。我心想至少要聽見對方的語音指令而豎起了耳朵。只要知道他的目的地，就可以用水晶追過去。

但這個企圖也落空了。就在最重要的瞬間，忽然有一道巨大的鐘聲出現在馬廷街道上。

我的耳朵——正確來說應該是聽覺皮質區，有大部分都被宣告下午五點的多重聲響佔領，因此無法聽見兇手以最低限度音量說出來的指令。藍色轉移光迸發，接著漆黑長袍的身影便從已經靠近到只剩下一條街的我面前消失。

「…………嗚！」

我發出不成聲的喊叫，把劍刺進三秒鐘前那傢伙還站著的地面上。紫色閃光隨即飛散，沒有任何表情的【Immortal Object】系統標籤跟著在視野中央閃爍。

離開屋頂改從路上悄然回到旅館的我，在夜子消失的路旁停了下來，凝視掉落在石頭地板上的飛刀。

直到現在，我依舊無法相信幾分鐘前有一名女性就在這兒喪失了生命。對我來說，玩家的

死亡是只有在盡了所有努力、使出所有迴避策略都無法成功時，才會出現的結果。像那種即時且無法迴避的殺人手段，根本不應該存在於這個世界。

我彎腰撿起地上的飛刀。這柄小刀整體為同一金屬材質，雖然體積不大卻相當沉重。像剃刀般單薄的刀刃兩側，刻畫著讓人聯想到鯊魚牙齒的倒刺。毫無疑問，它的設計概念與殺害凱因茲的短槍相同。

如果它現在刺進我的身體，我的ＨＰ是否也會急遽減少呢？雖然內心有股想試驗看看的衝動，但我還是緊閉起眼睛來把這種念頭趕走，接著走進旅館裡。

爬上二樓自報姓名後，我便轉動門把。我一邊無奈地聽著「喀嘰」的系統開鎖音，一邊把門推開。

這時房裡的亞絲娜已經拔出細劍。一看見我，她臉上便浮現了參雜著怒氣與放心的表情，接著壓低聲音叫道：

「笨蛋，不要這麼魯莽好嗎！」

她長嘆一口氣，然後繼續壓低聲音說：

「……然後……結果如何？」

我輕輕搖了搖頭。

「不行，被他用轉移逃走了。別說長相或聲音了，就連對方是男是女都不知道。不過……

如果對方是葛利牧羅克，那麼應該是男的吧……」

ＳＡＯ裡沒辦法同性結婚。如果金蘋果的會長是女性，那和她結婚的葛利牧羅克就一定是男性。話又說回來，這種情報對指認犯人根本沒有任何幫助。因為ＳＡＯ的玩家有將近八成是男性。

但聽見我不經意的一句話後——

忽然有了反應的，是坐在沙發上拚命把巨大身軀縮成一團，然後因為發抖而不斷發出喀嘰喀嘰金屬聲的修密特。

「……不對。」

「你說什麼不對……？」

修密特沒有看向亞絲娜，反而把頭垂得更低然後呻吟道：

「不對。屋頂上那個黑色長袍客……不是葛利牧羅克。葛利牧他還要更高一點。而且……而且……」

他接下來的話，讓我和亞絲娜都倒吸了一口涼氣。

「那件有兜帽的長袍，是ＧＡ會長的衣服。她上街時總會穿那種不起眼的服裝。對了……去賣戒指的時候，她也是穿著那件衣服！剛才……剛才的人是會長。她來報復我們所有人了。那是會長的幽靈啊！」

哈哈、哈哈哈哈，他忽然發瘋似的笑了起來。

「若是幽靈就什麼都辦得到。圈內ＰＫ對她來說應該輕而易舉。乾脆請會長去打倒ＳＡＯ的最終魔王算了。反正沒有ＨＰ的她也不會死了。」

哈哈哈哈哈，修密特不斷歇斯底里地笑著。這時我把左手握著的飛刀輕輕拋到他面前的桌子上。

咚。沉重的聲響才剛出現，修密特就像關上開關般倏然停止大笑。他凝視著露出兇光的刀刃幾秒鐘後——

「咿………」

面對這個上半身像被彈開一樣向後仰的大漢，我壓低了聲音開口說道：

「那不是幽靈。這把飛刀是實際存在的物件，是寫在ＳＡＯ伺服器中的幾行程式碼，就跟你放進道具庫裡的短槍一樣。不信的話，就把這玩意兒也拿去好好調查一下吧。」

「不、不用了！短槍我也還給你！」

修密特慘叫著，然後迅速打開選單視窗。雖然他因為手指不停地發抖而操作失誤好幾次，但最後還是把黑色短槍實體化了。他彷彿要擺脫麻煩一般，把浮現在窗戶上的凶器給扔到飛刀旁邊。

接下來，亞絲娜便用沉穩的聲音對再度抱起頭的大漢說：

「……修密特先生。我也認為剛才那個人不是幽靈。因為，如果艾恩葛朗特裡真有幽靈出現的話，絕對不只金蘋果的會長一個。至今為止死亡的三千五百人，每個人應該都一樣不甘心才對。難道不是嗎？」

我也認為亞絲娜說的一點都沒錯。若死在這裡，我也有信心滿腔怨念足以讓自己變成幽靈。我所認識的人裡面，能夠接受命運而成佛升天的，大概也只有ＫｏＢ的會長大人而已吧。

不過，依然垂著頭的修密特又再度搖了搖頭。

「因為你們不認識她……那個人……葛莉賽達她真的很強，而且總是非常沉穩……但是對於說謊或怠惰卻又很嚴厲。她嚴格的程度甚至比妳還誇張啊，亞絲娜小姐。所以如果讓葛莉賽達知道有人設下陷阱殺害她……那她絕對饒不了那個人。甚至會不惜變成幽靈來給那個人最嚴厲的制裁……」

房間裡籠罩著一片沉重的靜默。

窗戶應該是亞絲娜關上的吧，上了鎖的窗外已經幾乎看不見太陽了。有好幾盞街燈開始露出橘色光芒，街上現在應該充滿忙著尋找住宿地點的玩家而顯得熱鬧非凡。但不可思議的是，那些喧囂都沒有傳進這個房間裡。

我用力吸了口氣，然後開口打破緊張的寂靜。

「……如果你要這麼想，那我也沒辦法。不過我不相信這種事。這兩起『圈內殺人事件』

之中，一定有某種系統上的邏輯存在。而我一定會找出那種方法……所以你也要按照約定提供協助。」

「協、協助……？」

「你說過要告訴我們葛利牧羅克常去的店對吧。現在，這已經是唯一的線索了。不管得在外面監視多久，我一定要把他找出來。」

老實說，就算找到打造黑色短槍以及旁邊那把飛刀的鐵匠葛利牧羅克，我也不知道接下來該怎麼辦。我又不能像「軍隊」那樣把他監禁起來審問。

但是，夜子遭到殺害之前所說的話——「所以那個人才會像這樣，對我們這些沒辦法放棄私慾的人展開報復，而他也確實有幫會長討回公道的權利」——如果葛利牧羅克真如這句話所說的，想要向反對賣掉戒指的三個人或所有前公會成員展開報復……如果動機是來自於葛利牧羅克對過世的會長兼另一半那股強烈思念……

或許我當面和他談過之後，能夠互相理解也說不一定。應該說，現在也只有把一切賭在這個可能性上了。

聽見我的話之後，修密特再度低下頭去，過了一會兒後很吃力地從椅子上撐起身體。他走到牆壁邊的書桌，拿起放在上面的羊皮紙與羽毛筆，寫下店的位置與名字。

這時我忽然想起一件事，於是對著他的背說道：

「啊，可不可順便把前金蘋果所有成員的名字也寫給我。我之後想再到『生命之碑』去確認一下生存者。」

巨漢無神地點了點頭，然後重新拿好準備放下的筆又寫了幾秒。

不久後，他用一隻手拿著寫好的羊皮紙走了回來，把紙張交給我並開口道：

「…………身為攻略組的玩家這麼做實在有點丟臉……不過我最近不想到外頭去了。魔王攻略時的隊伍編制也不用把我算進去。還有……」

這時他過去的剛毅表情已經完全消失，這名在聖龍聯合公會擔任隊長的長槍使，只能用空洞的眼神看著我呢喃：

「……麻煩等一下送我回DDA本部。」

我和亞絲娜都沒辦法嘲笑修密特膽小。

我們從第57層的旅館經由轉移門來到第56層。在走路回到聖龍聯合本部之前，我和亞絲娜把這個已經被恐懼侵蝕的巨漢夾在中間，視線不停地在黑暗中四處掃動。如果這時有個身穿剛才那種長袍的無辜路人出現，我們或許會反射性地衝過去也說不定。

即使通過了本部的巨大城門，修密特還是一臉不安的表情。我看著他小跑步衝進建築物裡的背影輕輕嘆了口氣。

接著我便和亞絲娜互看了好一陣子。

「…………夜子小姐的事情……真讓人懊悔……」

亞絲娜低聲說完便咬緊嘴唇，而我也用沙啞的聲音回了一句「就是說啊」。

老實說，跟凱因茲出事時相比，夜子的死給了我們更大的衝擊。我回想著她從窗戶裡掉下去的模樣繼續說：

「之前一直是『反正遇上了，就處理一下吧』的心態……但現在已經不能這樣想了。為了夜子小姐，我們無論如何都要解決這件事——我等一下就到修密特寫的餐廳外面去監視。亞絲娜有什麼打算？」

「我當然也去。一起找出事件的真相吧。」

「……這樣啊。那就拜託妳了。」

老實說，我有點猶豫要不要讓亞絲娜和我一起查下去。如果我們繼續追究這個事件，很有可能會成為葛利牧羅克的下一個攻擊對象。

但亞絲娜就像要斬斷我的猶豫般迅速轉過身子，直接往轉移門廣場走去。我大大地吸了一口冷空氣並用力吐出來，然後追上前方的栗色長髮。

8

修密特所寫的店家，是間位於第20層主要街道的小小酒館。這家在蜿蜒小路旁掛著招牌的店，外表看起來實在不像能做出「每天吃都不會膩」等級的料理。

但是，隱藏的美食往往出現在這種店裡卻也是不爭的事實，我費了不少工夫才壓抑下自己闖進店裡把菜單從頭試到尾的慾望。如果葛利牧羅克是那個長袍刺客，那麼他應該已經看過我的長相才對，要是先被他發現，那他可能再也不會出現在這個地方了。

我和亞絲娜躲在附近的陰影處，開始確認周圍的地形，接著發現一間可以清楚看見目標酒館的旅館。我們兩個看準人潮中斷的瞬間衝進旅館裡，然後租下二樓面對街道的房間。

正如我們所料，從房間的窗戶就可以清楚地看見酒館入口。我們關上燈後把兩張椅子拿到窗邊，接著並排坐下開始監視。

但亞絲娜馬上就說了句「那個……」然後皺起眉頭。

「……監視歸監視，但我們根本不知道葛利牧羅克長什麼樣子吧。」

「嗯。所以我原本想帶修密特一起來的，但看他那個樣子應該是死都不會願意來才對……

雖然對方當時穿著長袍，但我剛才也算是從近距離看過那個疑似葛利牧羅克的玩家了。只要注意身高和體型，等到有相似的傢伙出現，我就豁出去直接邀請決鬥來確認是不是本人。」

「什麼——？」

亞絲娜隨即瞪大眼睛叫出聲來。

在ＳＡＯ裡頭，只要把目光聚焦在其他玩家身上，就會出現綠色或是橘色的情報視窗——「彩色游標」。但是初次見面的對象，游標裡只會出現ＨＰ條與公會標籤，根本無法得知對方的名字與等級。

這是為了預防各種犯罪行為所做的必然手段。要是姓名單方面被人得知，就有可能碰上不當使用「及時訊息」的惡作劇；此外如果能簡單得知別人等級，就能夠輕鬆地在街上尋找等級低的獵物，然後跟蹤他到練功區後才進行強盜．恐嚇等犯罪行為。

但像這次一樣需要找人時，這種無法得知對方姓名的系統就會讓事情變得更加棘手。

若要確實得知初次見面的玩家姓名，我所知道的方法就只有一種。那就是一對一的決鬥，也就是得向對方提出決鬥的邀請。

按下選單視窗的決鬥鍵，在選擇決鬥模式時用手指指定對方的彩色游標，我的視野裡面便會出現【向誰提出了１對１決鬥的邀請】這樣的系統訊息。只要看見這個，就能夠知道對方姓名的正式拼法了。

但同一時間，對方的視野裡也會出現我向他提出決鬥邀請的訊息。所以我沒辦法躲起來調查對方的名字，而忽然提出決鬥又是相當沒禮貌的行為，更糟糕的是對方很可能會接受決鬥而拔出武器。

聽見我的話後，亞絲娜開口似乎準備說些什麼——她應該是想說「這樣太危險了」吧。但亞絲娜馬上又閉起嘴唇，一臉嚴肅地點了點頭。她應該也理解除此之外別無他法，於是她接下來所說的是——

「……但是，和葛利牧羅克說話的時候我也要一起去唷。」

聽見她若無其事地這麼說道，原本要叫她在房間裡等待的話也只能吞了回去。

這次換成我猶豫地點點頭，然後確認了一下目前的時間。現在是下午六點四十分，差不多快到各層街道因為來吃晚飯的玩家而變熱鬧的時候了。那間酒館雖然外表不怎麼起眼，但是店門卻時常被拉開。不過目前還沒有任何身高．體格與那個長袍嫌疑犯相近的玩家出現。

雖然我們只能把一切賭在這間成為最後線索的酒館上，不過其實還有一個無法忽視的不安要素存在。那就是在第57層的旅館裡，修密特宛若呻吟般說出來的話。『屋頂上那個黑色長袍克……不是葛利牧羅克。葛利牧他還要更高一點』——我雖然懷疑嚇得驚慌失措的修密特是否能在那一瞬間做出正確判斷，但如果他所言不虛，這場監視行動就會變得毫無意義，只是在浪費時間而已。而且只能一整晚在這裡看著那間隱密名店的門不斷被拉開，然後連一道菜都嚐不了…………

剛想到這裡就有一股強烈的饑餓感襲上心頭，讓我不由得按住胃部。

此時，忽然有一包東西被推到我面前來。那玩意兒用白紙包著，散發出誘人香氣。當我仔細凝視著那包東西時，視線依然看著酒館的亞絲娜簡短地說了句「拿去啊」。我反射性地再度確認了一次。

「……要、要給我嗎？」

「在這種狀況下不給你要給誰？難道你以為我只是拿出來炫耀一下而已？」

「不、不是啦，抱歉。那就謝謝啦。」

我縮了縮脖子，迅速把紙包接過來；接著我又瞄了亞絲娜一眼，發現她還是繼續在監視，但正相當靈巧地把另一個紙包實體化。

我馬上把包裝紙剝開，裡面出現一大塊歐風三明治，烤得相當脆的麵包中間夾著滿滿的蔬菜與烤肉。正當我呆呆望著三明治出神時，亞絲娜再次用冷靜的聲音說：

「耐久值差不多要歸零了，很快就會消失，所以你還是快點吃比較好。」

「咦，好、好的，那我不客氣了！」

聽她這麼說我便知道現在不是發呆的時候了。除非使用特殊食材，否則食物道具的耐久值算是相當低，我也曾有過好幾次正要吃的便當忽然從手中消失的經驗。但只要把東西放進由大師級工匠才能製作的「永久保存盒」裡，就算放在練功區裡也永遠不會腐爛，可惜盒子的尺寸實在很小，大概只能放進兩粒花生米而已。

因此我盡可能張開嘴巴迅速地咬了下去，然後立刻沉浸在歐風三明治多層次的口感當中。調味雖然簡單卻帶有適當的刺激性，讓人忍不住一口接著一口地吃下去。食物的耐久度不會影響味道，所以只要還存在，吃起來就不會有任何改變。

我雖然將視線固定在酒館入口上，不過還是一口氣將一大塊歐風三明治吃了個精光，然後滿足地呼出一口氣來。我瞄了一眼在旁邊優雅嚼著三明治的亞絲娜，道了聲謝後才接著說：

「多謝招待。不過妳什麼時候買了便當？剛才經過的攤販裡沒有賣這麼好吃的料理啊？」

「我剛才不是說過耐久值快要歸零了嗎？這是我想到可能會有這種情況發生，所以今天早上特別準備的。」

「哇……不愧是KoB攻略組的負責人啊。我完全沒有想到吃飯的事情耶。順便問一下，是在哪家店裡買的？」

剛才那份香脆麵包搭配蔬菜與烤肉的歐風三明治，已經可以排進我的美味店家排行榜前幾名了；由於我決定接下來好一段時間裡要把它拿來當成攻略時的糧食，所以才會繼續這樣問。

然而亞絲娜微微聳肩，給了一個我意想不到的答案。

「非賣品。」

「咦？」

「不是店裡賣的。」

不知道為什麼她說到這裡便安靜下來，似乎不打算多開口了，感到很奇怪的我在想了一陣子後才終於理解。若非購自ＮＰＣ商店，亦即自製道具是也，這便是ＫｏＢ副團長大人想要表達的意思。

我愣了十秒後，才想到得快點說些什麼才好，卻因此陷入了輕微的恐慌當中。絕對不能再做出早上完全忽視亞絲娜精心打扮那種丟臉至極的事情了。

「那……那個，該怎麼說呢……沒、沒有仔細品嚐就吃光實在太可惜了。啊對了，應該拿到阿爾格特的市場裡去拍賣才對，一定可以大賺一票的哈哈哈……」

喀滋！亞絲娜以白色皮靴用力踢了一下我這張椅子的腳，讓我整個人嚇得挺直了背桿。

充滿緊張氣氛的幾分鐘過去後，自己也用餐完畢的亞絲娜才低聲說了句：

「…………都沒出現耶。」

「咦、唔、嗯。不過根據修密特所說，葛利牧羅克也不是每天晚上都會來。而且如果那個黑袍人就是葛利牧羅克，剛ＰＫ完之後應該也不會馬上想吃東西吧……看來我們要有在這裡待上兩、三天的心理準備了。」

我連珠砲般說著，並且再次確認了一下時間。從開始監視到現在還沒滿三十分鐘。雖然我

已經決定不論得花多少時間、多少日子，都要在這裡監視直到找出葛利牧羅克為止，但不知道副團長閣下是怎麼打算的。

想到這裡，我再度看了亞絲娜一眼。但她還是整個人靠在椅子上，毫無起身的意思。

……難道說，剛才那段話意思也有可能變成「一起在這裡住兩、三天」？我現在才注意到這點，手心不禁開始流起汗。此時亞絲娜忽然丟出一句：

「我說桐人啊。」

「什……什麼事！」

幸好——或許也能說可惜，她接下來所說的話跟我剛才的想法完全沒有關連。

「換成是你會怎麼做？如果你是金蘋果的成員，然後遇見超稀有的寶物掉下來時，你會說什麼？」

「…………」

我先啞口無言了幾秒，接著又默默思考了幾秒，然後才開口這麼說：

「……這個嘛，我本來就是討厭這種情況才選擇當獨行玩家的……在接觸ＳＡＯ之前玩的遊戲裡，曾經有過成員藏匿稀有寶物，或是侵佔販賣寶物之後的利益，而使得公會發生糾紛，最後讓公會整個崩潰的經驗……」

大部分ＭＭＯ玩家玩遊戲的原始動機是要獲得優越感，這點我無法否定。而把優越感換成更簡單易懂的指標，便是所謂的「強度」。極端一點來說好了，靠著鍛鍊出來的能力值以及強力稀有裝備來打倒怪物或者是其他玩家，這種快感大概只有在網路遊戲裡才能嘗到。而被稱為「攻略組」並獲得受人敬畏的快感，無疑是讓我到現在還願意長時間打怪練等的理由之一。

假如我屬於某個公會，然後在組隊時遇上帶有強力性能的稀有裝備掉了下來——而公會裡也有適合這種裝備的成員……

我能夠對那個人說「應該由你來使用」嗎？

「…………不，我說不出口。」

低聲說完後，我便搖了搖頭。

「雖然不會跟同伴說自己想裝備，但我也不是能把它笑著讓給其他成員的聖人。所以……如果我是金蘋果的成員，我應該會贊成拍賣戒指吧。那亞絲娜呢？」

我一這麼問，亞絲娜馬上毫不遲疑地回答：

「屬於撿到的那個人。」

「咦？」

「KoB裡有這樣的規定。組隊時隨機掉下來的寶物，全部都歸幸運的拾獲者所有。因為SAO沒有戰鬥過程紀錄（Combat log），所以只能自行申告撿到了什麼樣的寶物。那麼為了避免藏私也只有這麼做了。而且……」

亞絲娜稍微停了下來，這時她雖然還看著酒館入口，不過眼神已經不再那麼嚴厲了。

「……正因為這種系統，這個世界裡『結婚』的責任才如此重大。只要結婚，兩個人的道具庫就會合併對吧？這樣一來，原本可以輕易隱藏的寶物，結婚後也就藏不住了。反過來說，如果曾隱藏過自己撿到的稀有寶物，那麼就沒辦法和自己公會的成員結婚。『道具庫共通化』其實是個相當現實（Pragmatic）的系統，但我同時也覺得它相當浪漫。」

她那種口氣，讓人感覺到某種憧憬，於是我忍不住眨了兩三下眼。接著我不知道為什麼忽然緊張了起來，在沒有仔細考慮之下便以興奮的聲音說：

「是、是嗎，原來是這樣。那、那如果和亞絲娜組隊，我一定不會私藏獲得的寶物。」

亞絲娜隨即因為連人帶椅往後飛退而發出「喀噠！」的聲音。

由於房間裡沒有點燈，所以無法看清她的臉，不過在藍白色光線下還是可以見到「閃光」臉上輪流出現了好幾種表情，她最後才舉起右手大叫著：

「別……別說蠢話了！你永遠等不到那一天！啊，那、那一天指的是和你組隊的日子唷。還有，你、你好好監視酒館啦！要是漏看嫌疑犯怎麼辦！」

哇——一聲怒吼完，亞絲娜便迅速把臉轉到一邊去。在對話中一秒也沒將視線從酒館上移開的我多少有點受傷，但在軟弱地反駁完「我有在看啦」後，忽然有了這樣的想法。

造成金蘋果崩潰的那只戒指。說起來，一開始是掉到誰的道具庫裡的呢？

事到如今這或許已經不重要了。但如果不惜殺害會長也要把戒指奪走，那麼一開始就把它藏起來不是簡單多了嗎？也就是說，自我宣告撿到寶物的玩家絕對不是殺害會長的犯人。

想到應該順便問修密特這件事情的我，忍不住繃起臉來。由於我和亞絲娜都沒有將修密特登錄成朋友，所以也沒辦法傳訊息向他確認。雖然只要知道姓名，就算不是朋友也能傳送即時訊息，但這種訊息不在同一層裡就沒辦法送達，而且能寫的文字數也相當少。

反正下次遇見修密特時再問他就好了。因為我們追查的並非半年前的「戒指事件」，而是目前仍在進行當中的「圈內殺人事件」。我一邊這麼想，一邊不死心地拿出修密特寫給我的羊皮紙。

對著亞絲娜依然浮現奇妙表情的側臉說了句「暫時別把視線從酒館上移開」後，我便確認起羊皮紙上列舉的所有金蘋果成員的姓名。

葛莉賽達、葛利牧羅克、修密特、夜子、凱因茲……由潦草的字母所寫出來的八個名字。當中至少有三人已經不在這座浮游城裡了。

不能再讓犧牲者出現。絕對要阻止葛利牧羅克，找出圈內殺人的手法。

我在心裡這麼告訴自己，然後準備將羊皮紙收進道具庫裡。

但是，當小小的羊皮紙要從實體轉換成文字所表示的道具名稱時——

我的視線忽然被羊皮紙上的一點給吸了過去。

「…………咦……？」

我急忙把眼睛靠近羊皮紙。結果聚焦系統立刻產生作用，羊皮紙上頭文字的表面解析度馬上隨之增加。

「……這、這是怎麼回事…………」

聽見我的呢喃後，依然注視著酒館的亞絲娜便小聲問道：

「怎麼了？」

但我現在根本沒有多餘心思回答她的問題，只是拚命思考眼前情況的意義、理由，以及推測究竟為什麼會出現這種情形。

——幾秒後。

「啊……啊啊…………！」

我邊叫邊踢倒椅子站起身。右手上的羊皮紙反映出我所受到的衝擊而劇烈地晃動起來。

「原來啊……原來是這樣嗎！」

我喘息般大叫完後，亞絲娜便發出了疑惑、不耐以及焦躁的聲音。

「什麼啦，你到底發現什麼了？」

「我……我們……」

我從喉嚨裡擠出沙啞的聲音，然後用力閉起雙眼。

「……根本沒看見事實。我們以為看見了，但其實根本沒有。實現『圈內殺人』的武器、技能、邏輯，打從一開始就不存在啊！」

9

這是我之後才聽說的事。

身居公會「聖龍聯合」重裝盾戰士（Defender）隊隊長要職的攻略組玩家．修密特，即使在回到公會本部自己的房間之後，也完全不想就寢或解除重金屬鎧甲。

他的房間位於石造城堡——或許稱為要塞會比較合適——深處，四面牆上完全沒有窗戶。其實就系統上來說，也只有會員才能進入公會根據地，所以只要待在房間裡就很安全。他雖然這麼告訴自己，但還是無法將視線從門把上移開。

眼睛一離開的瞬間，門把會不會無聲無息地轉動呢？穿著長袍的死神會不會像影子般滑進來，於不知不覺間站在自己的背後呢？

雖然周圍的人都認為他是個大膽的坦克戰士，但修密特之所以會拚命讓自己的實力保持在攻略組的前幾名，其實最大的動機就是「害怕死亡」。

這個死亡遊戲開始後大約一年半，某一天他在「起始的城鎮」的中央廣場努力地考慮……

不對，或許應該說是迷惘。到底要怎麼樣才能活下去。最有效的辦法當然就是絕不踏出起始的城鎮一步。因為所有的主街區都有「禁止犯罪指令」保護，只要待在裡面，數值化的生命——HP條就不會有任何減少。

但現實世界裡除了是網路遊戲玩家外也是運動員的修密特，很清楚規則是會改變的。誰能夠斷言「街道是安全區域」這SAO的規則在未來——一直到遊戲被完全攻略的瞬間都不會改變呢？假如有一天街道不再是「圈內」，全部的門都有怪物像雪崩一樣衝進來該怎麼辦？從來沒有離開過起始的城鎮，也就是從未獲得任何經驗值的玩家，這時只能像無頭蒼蠅般逃亡。

所以，要活下來果然還是得變強。而且要用安全的手段。絕對不能冒任何的險。

煩惱了一整天的修密特，最後選擇了「變得更加堅固」這個選項。

他首先到武器店去，買下手頭上的金錢所能夠買到的最高級鎧甲與盾牌，然後用剩下來的錢買了棒狀武器。接著便到城裡的北門去，在無數募集成員的小隊中找到最重視安全的隊伍並加入他們。他第一次的狩獵，是十個人一起圍殺SAO最弱的怪物——小型山豬。

之後，修密特便用長時間彌補低報酬的方式來賺取經驗值。升等的效率當然遠遠不及少人數隊伍或獨自進行高風險狩獵的封弊者們，但是對「堅固」的無窮執著，最終還是讓他爬上了攻略組最強公會「聖龍聯合」的隊長職位。

修密特的努力終於有了成果，現在他的最大HP、裝備的防禦力以及鍛練出來的各種防禦技能，已經可以說到達艾恩葛朗特最堅固的程度了。

他有自信，只要右手拿著巨大的護衛長槍、左手拿著塔盾展開防禦，就算有同等級的三隻怪物從正面來襲，也能夠撐個三十分鐘左右。對修密特來說，身上穿戴像紙一樣的皮革裝備同時武器與技能構成完全偏向攻擊的傷害製造者——就像數十分鐘前碰過面那個全身漆黑的獨行玩家——全都是腦袋有問題的怪人。事實上，所有的角色構成裡，死亡率最低的確實是全身穿著堅硬鎧甲的坦克戰士。當然，由於他們欠缺殲滅敵人的能力，所以一定得參加大規模的隊伍才行。

總之身上已經擁有「最強防禦力」的修密特，終於能夠不讓「死亡的恐懼」對自己產生影響了。原本應該是這樣才對。

但是——

能夠無視大量ＨＰ、鎧甲性能以及防禦技能……總之就是能夠穿越所有系統性保護的殺人者已經出現了。而且那傢伙還很明顯地針對自己而來。

當然他並未真的相信對方是幽靈。

不對，或許連這一點都已經無法確定了。禁止犯罪指令目前依然是這裡的絕對規則，但這個死神卻能夠像黑霧般穿越這種限制，然後用一隻小小的短槍或飛刀來輕鬆奪取玩家的性命。

那會不會是「那個女人」被殺之際，將怨念透過NERvGear傳入伺服器而生的電子幽靈呢？

如果是這樣，無論多堅固的城牆、多厚重的門鎖、甚至是公會本部的不可侵犯性，全都發揮不了作用。

那個人一定會來。她一定會趁今晚自己睡著時到這裡來。然後用第三把有倒刺的武器奪去這條性命。

修密特坐在床上，用包覆著銀色護手的雙手抱住頭部拚命思考著。

要從她的報復下存活，只剩下一種手段了。

那就是乞求她的原諒。直接下跪並把額頭貼在地面上向她謝罪，希望她能夠因此而消氣。要親口坦白自己的罪過──那個半年前，為了追求更強的實力，不對，應該說更加堅固的防禦好轉移到強力公會時所犯下的唯一一個過錯──然後由衷地表示懺悔。這樣一來，就算對方是真的幽靈應該也會大發慈悲才對。因為自己也是誤上賊船，是被人慫恿之後一時鬼迷心竅，才會做出那種輕微的犯罪行為──不對，不能稱為犯罪，應該說是稍微違反禮儀的行為。自己真的沒想到，最後竟然會引起那樣的悲劇。

修密特搖搖晃晃地站起身並打開道具庫，選出一顆為了緊急時刻而庫存的轉移水晶並讓它實體化。接著他用無法使力的右手握住水晶，深吸了一口氣後才用沙啞的聲音呢喃著。

「轉移……『拉貝魯庫』。」

修密特的視野立刻被藍色光芒包覆，當光芒變淡時，他已站在一片夜色當中。

目前已經過了晚上十點，而且這裡又是偏僻的攻略完畢樓層，所以第19層的轉移門廣場前幾乎看不見任何玩家的身影。周圍的商店也早已關上鐵門，路上可以說連一個ＮＰＣ都沒有，所以修密特頓時有種不是來到圈內而是跑到練功區裡了的錯覺。

大約半年以前，金蘋果公會在這個村莊的邊緣設置了小小的公會本部。雖然已經很熟悉這裡的景象，但修密特這時甚至有種整個村子都在抗拒自己的感覺。

厚重鎧甲下的壯碩身軀雖然微微顫抖著，卻依然死命地拖動那雙隨時都要喪失力量的腳往村外走去。

他的目的地，是離開主街區後步行約二十分鐘的小山丘上面。那個地方當然是「圈外」，所以禁止犯罪指令也就無法發揮效用。但修密特卻有無論如何都得到這裡來一趟的理由。若要讓那個黑衣死神饒過自己，他也只想得到這個辦法了。

修密特拖著雙腳登上山丘頂端，從稍遠處凝視山丘頂唯一一棵蜿蜒矮樹下方的某個物體，接著身體便開始劇烈地抖動了起來。

那是一塊已經風化且長滿青苔的墓碑。這當然就是「金蘋果」的會長，過世的女性劍士．葛莉賽達的墳墓。空中照射下來的朦朧月光，將十字架影子刻畫在乾燥的地面上。不時吹起的夜風，讓枯木的枝椏發出嘎嘎聲。

樹木和墓碑原本都只是地形物件。沒有經過什麼特別設計，只是系統放在那裡當成風景的裝飾品而已。但是葛莉賽達被殺後數天，金蘋果決定解散的當日，剩下來的七名玩家便決定把這裡當成她的墓碑，並將她遺留下來的長劍埋於此地——正確來說是放在墓碑底部，任由耐久值歸零而消滅。

所以墓碑上沒有碑文。但如果要向葛莉賽達謝罪，修密特也只想得到這裡了。

他忽然重重地跪下，然後爬行著靠近墓碑。

修密特額頭貼著滿是沙石的地面，用力咬緊牙根數次之後，才擠出所有的意志力來張開嘴說話。從他嘴裡發出來的聲音竟然還相當清晰。

「抱歉……是我不對……饒了我吧，葛莉賽達！我……我沒想到事情會變成那樣……我完全沒有料到妳會被殺啊！」

『真的嗎……？』

忽然有聲音響起。那是一道有著奇妙回音的女性聲音，彷彿是由地底傳出來的。

修密特拚命不讓自己昏厥過去，然後畏畏縮縮地往上看。

有一道黑影無聲地由彎曲的樹幹陰影裡出現。那人身穿漆黑長袍，袖子重重地垂了下來。在黑夜中根本看不見兜帽深處的臉。

然而，修密特還是能清楚地感覺到由兜帽深處放射出來的冰冷視線。他用雙手按住幾乎要發出慘叫的嘴巴，接著開始不停地點頭。

「是……是真的。我什麼都不知道。我……我只是按照指示……做了……做了一點點小事而已……」

『你做了什麼……？你對我做了些什麼，修密特……？』

修密特瞪大的雙眼，看見從長袍的右邊袖子裡伸出一條細線。

那是一把劍。但是劍身非常細。那是幾乎沒人在用的單手用近距離貫通武器，「刺劍」。讓人聯想到大型縫衣針的圓斷面劍身上，有著排列成螺旋狀的密密麻麻倒刺。

第三把「倒刺武器」。

修密特由喉嚨深處發出「咿～～」的細微慘叫，然後不停重複磕著頭。

「我……我！我只是……在決定拍賣戒指當天，不知道什麼時候，腰包裡多出了水晶和一張紙條……然後上面寫著指示…………」

『是誰啊？修密特。』

這次換成了一個男人的聲音。

『是誰給你指示的？』

修密特的脖子頓時變得僵硬，整個人像被冰凍住了一般。

他好不容易才抬起似乎變得跟鐵塊一樣重的頭部，往聲音來源瞄了一眼。這時剛好第二個死神也從樹蔭裡現出身影。這人身上也穿著完全相同的黑色長袍。身材大約比第一個人還高了一點。

「…………葛利牧羅克……？」

修密特馬上再次低下頭，然後發出幾不成聲的呻吟。

「你也……你也死了嗎…………？」

死神沒有回答他的問題，反而無聲地向前踏出一步。這時候從兜帽底下又傳出了陰森的扭曲聲音。

『是誰……是誰在背後操縱你……？』

「我……我不知道！真的不知道！」

修密特以沙啞的聲音大叫著。

「紙條裡……紙條裡只寫著要我跟在會長後面……等、等她進了旅館登記完住房，到外面去吃飯時，就潛入她房間設定迴廊水晶的位置，然、然後把水晶放進公會共用的道具庫裡……我、我所做的就只有這些事情！我沒碰到葛莉賽達一根汗毛！真、真的沒想到……對方偷走戒指之後……還、還把她給殺掉了！」

當他拚命為自己辯解時，兩名死神完全沒有任何動靜。只有吹拂而過的夜風晃動著枯木樹枝與長袍的衣襬。

修密特的恐懼雖然已經達到界限，但他腦海裡還是回想起事情發生時那短暫的時間。

半年前的那一天。當他從腰包裡拿出羊皮紙並看見上頭所寫的指示時，馬上就覺得這種計畫根本不可能成功。但同時他內心也為這種縝密的手法感到驚嘆不已。

系統雖然會將旅館的客房上鎖，但除了睡覺之外通常會設定成朋友／公會會員可以開啟的狀態。對方就是利用這一點，要他潛進房間後把迴廊水晶的轉移位置設定在房間裡，然後趁房間主人熟睡時才入侵。接著就只要提出交易申請，自行動著對方的手指按下承諾鍵，然後選擇戒指再按下交換鍵就可以了。

雖然有被發現的危險，但修密特直覺這應該是在圈內奪取寶物的唯一方法。紙條末尾所寫的報酬，是賣掉戒指之後的一半所得。只要成功，就能一舉獲得四倍金額；如果失敗——會長在交易中醒過來，被她看見的也只會是給自己紙條的人，也就是盜取戒指的實行犯。就算那傢伙事後想把自己拖下水，也只要打死不承認就可以了。自己只是潛入旅館把轉移的座標設定在房間裡，並不會留下任何證據。

修密特雖然猶豫了一陣子，但產生迷惑這一點就已經算是背叛了公會與會長。這一切都是為了早一點升上攻略組。如果這樣對完全攻略遊戲有所幫助，那結果也算幫到會長了，修密特就這樣把自己的行為正當化，然後完全按照紙條上的指示去做。

隔天晚上，修密特才知道會長被殺害的事實。又過了一天之後，正如紙條裡所寫的，他就在自己床上發現了裝滿珂爾的皮袋子。

「我……我很害怕啊！要是把那張紙條的事情告訴同伴，下次就會有人想要謀害我了……所、所以我真的不知道那究竟是什麼人寫的！請、請饒了我吧，葛莉賽達、葛利牧羅克。我、我真的沒想過要幫忙人家殺人。拜託你們一定要相信我……………！」

修密特在尖銳的慘叫裡硬是擠出聲音這麼說道，接著又不停地磕著頭。

這時夜風開始變強，枝椏晃動的聲音也跟著大了起來。

當一切聲響停下來時，一道完全沒有之前那種陰森回音的女性聲音忽然靜靜地響起。

「我全部錄音下來囉，修密特。」

這是相當熟悉的聲音——應該說最近才剛聽過而已。修密特畏畏縮縮地抬起頭來，然後因為驚訝而瞪大了雙眼。

黑色兜帽迅速被摘下來後，出現的臉孔正是幾個小時前才被這長袍死神所殺的那位女性。

她那波浪狀的深藍色頭髮，正輕輕隨風飄揚著。

「……夜子……？」

修密特幾乎不成聲的呢喃道，但隨即又因為看見旁邊另一個死神露出樸實的臉孔而差點暈過去，不過他還是低聲叫了一句：

「……凱因茲。」

10

「你、你說他們還活著……？」

面對發出驚愕叫聲的亞絲娜，我緩緩地點了點頭。

「嗯嗯，還活著。不論是夜子小姐還是凱因茲都一樣。」

「但、但是…………但是……」

急促呼吸了好幾次之後，亞絲娜才在膝上闔起雙手，然後用沙啞的聲音反駁：

「但是……我們昨天晚上不是親眼看見了嗎？被黑色短槍貫穿然後從窗戶上吊下來的凱因茲他……『死亡』時的模樣……」

「錯了。」

我用力搖了一下頭。

「我們所見到的，只是凱因茲的角色灑下大量多邊形碎片，然後散發出藍色光芒『消滅』的現象而已。」

「所、所以啦，那不就是這個世界的『死亡』嗎？」

「……妳還記得嗎？昨天從教堂窗戶被吊在半空中的凱因茲，忽然凝視著空中的一點。」

我伸直了右手食指放在臉前面並這麼說道。亞絲娜點了點頭回答：

「應該是看自己的ＨＰ條吧？看著它因為貫通持續傷害而不斷減少……」

「我本來也這麼想，但並非如此。他看的東西其實不是ＨＰ條，而是自己身上那件全身鎧的耐久值。」

「你、你說他看的是耐久值？」

「嗯。今天上午試驗貫通傷害在圈內會變成怎麼樣時，我不是脫下左手的手套了嗎？若是在圈內，無論玩家做什麼ＨＰ都不會減少。不過物體的耐久值還是會降低……就像剛才的歐風三明治一樣。當然裝備類的耐久值不像食物一樣會在街道裡自然減少，不過那是在沒有受到損傷的狀況下。聽好，那個時候凱因茲的鎧甲已經被短槍貫穿了。所以短槍所削減的不是凱因茲的ＨＰ，而是鎧甲的耐久值。」

說到這裡，原本皺著眉頭的亞絲娜忽然瞪大眼睛說：

「那、那麼……那時候飛散的不是凱因茲的肉體而是……」

「沒錯。只是他身上的鎧甲而已。說起來我原本就覺得很奇怪，明明是去吃飯，為什麼還要穿著那麼厚重的鎧甲呢……結果那是為了要讓多邊形爆散的效果盡可能誇張一點。而凱因茲算準了鎧甲毀壞的瞬間，立刻就……」

「利用水晶轉移了。」

亞絲娜這麼低聲說完後，像是要在頭腦中播放當時的畫面般閉上眼睛，接著又繼續說：

「……結果發生的就是『散發出藍色光芒且有多邊形粉碎，玩家也隨之消滅的現象』……也就是雖然近似於死亡效果，卻沒有人死亡的現象。」

「嗯。我想凱因茲應該是在圈外用那把槍貫穿自己的鎧甲及胸口，然後利用迴廊水晶移動到教堂二樓，把自己的脖子掛到繩子上後，在鎧甲快要被破壞之前才從窗口跳下去，最後配合鎧甲破壞的時間使用轉移水晶移動到別的地方……大概就是這樣吧。」

「…………原來如此……」

依然閉著眼睛的亞絲娜緩慢且深深點了點頭，最後還吐出一口長長的氣來。

「……那麼，傍晚夜子小姐的『消滅』應該也是用相同的手法吧。原來如此……他們還活著嗎…………」

亞絲娜無聲地說了句「真是太好了」，接著又馬上用力咬緊嘴唇。

「但、但是……雖然她確實穿了許多衣服在身上，不過飛刀是什麼時候刺進去的呢？在圈內的話會被指令阻擋，根本就碰不到身體才對吧。」

「從一開始就刺在她身體裡面了。」

我馬上這麼回答。

「仔細想想。從我們和修密特進到房間裡起，她從來沒有讓我們看見她的背後對吧？當我們傳過去即將到訪的訊息後，她就馬上跑到圈外在背上刺了飛刀，然後穿上披風與長袍之類的衣物再回到旅館裡。她又留著那種髮型，只要緊靠在沙發上，那種小飛刀的刀柄一定不會被別人看見。然後她一邊確認衣服耐久度減少的情形一邊和我們對話，算好時間才面對著我們倒退至窗邊，最後用腳踢牆壁或是什麼東西來弄出效果音並向後轉。在我們看起來，就像她轉過來的瞬間馬上被從窗外飛進來的刀子給刺中了一樣。」

「接著再自己從窗戶上掉下去……那是為了不讓我們聽見轉移指令對吧。這麼說……桐人你追蹤的那個黑色長袍就是……」

「我看八成不是葛利牧羅克，而是凱因茲。」

我一如此斷定，亞絲娜便往上空看去，然後短短嘆了口氣。

「那根本不是犯人而是受害者嘛。咦……不過，稍等一下……」

她皺起眉頭，探出了身子。

「昨天晚上，我們不是親自到黑鐵宮去確認過『生命之碑』了嗎。凱因茲的名字上確實被劃了一條橫線啊。死亡時刻也沒錯，而且死因也確實是『貫通屬性攻擊』。」

「妳還記得那個凱因茲的拼音嗎？」

「嗯……我記得應該是K、a、i、n、s對吧。」

「對，因為夜子小姐是這麼告訴我們，而我們也就深信不疑了。但是……妳看這個。」

我把引導出這一連串推理的那張羊皮紙遞給了亞絲娜。那是幾個小時前，修密特寫給我的「金蘋果」成員一覽表。

伸手接過去的亞絲娜看了一下紙片的內容，然後隨即發出「咦——」的叫聲。

「『Caynz』……？這才是凱因茲真正的拼音嗎？」

「如果只是一個字就算了，既然有三個字不同，那應該就不是修密特記錯了吧。也就是說夜子小姐故意告訴我們錯誤的拼法。而這全都是為了讓我們把K字頭的凱因茲誤認為C字頭的凱因茲。」

「咦……那、那……」

亞絲娜繃著臉，壓低了聲音說：

「所以說……那時候我們在教堂前面目擊C字頭凱因茲偽裝死亡的瞬間，艾恩葛朗特的某個地方也同時有位K字頭的凱因茲因為貫通傷害而死亡了嗎？這應該……不是偶然吧……？難道說……」

「不是啦不是啦。」

我一邊輕笑，一邊用力揮動右手。

「不是夜子小姐他們的共犯配合在那個時間點殺害了K字頭的凱因茲。妳想想看，生命之碑上面的死亡記錄是這樣的……『櫻花月22日，18點27分』……艾恩葛朗特裡的櫻花月，也就是四月的二十二日呢，其實昨天已經是第二次了。」

「啊…………」

亞絲娜頓時啞口無言，接著才跟我一樣露出了無力的笑容。

「…………怎麼會這樣。我完全沒想到這一點呢。那是去年的今天對吧。去年的同一天、同一時間裡，K字頭的凱因茲，也就是跟這件事完全無關的玩家就已經去世了……」

「嗯，我想這應該就是他們這個『計畫』的出發點。」

我深深吸了口氣，在整合思緒的同時繼續說下去：

「……夜子小姐和凱因茲，應該在很早之前就知道同樣唸成凱因茲的某人在去年四月時死亡了。一開始可能只是當成聊天的話題而已，但那時他們其中一人便注意到似乎可以利用這個偶然來製造凱因茲死亡的假象。而且還不是一般在對怪物戰鬥時的死亡……而是加上了恐怖演出的『圈內殺人』。」

「…………確實，我和你都輕易地上當了。發音與自己相同的死者姓名、在圈內由貫通持續傷害所造成的裝備破壞，以及同時間的水晶轉移……利用這三個要素，就能讓圈內ＰＫ看起來像真的一樣…………而這麼做的目的就是……」

亞絲娜輕聲說下去：

「為了將『戒指事件』的犯人逼入絕境，好讓他露出馬腳。夜子小姐和凱因茲反過來利用自己也可能是犯人的立場，演出自己遭到殺害的殺人事件，創造出一個虛幻的『復仇者』。這個能夠無視禁止犯罪指令在圈內進行PK的恐怖死神出現之後……會因為恐懼而展開行動的就是……」

「修密特。」

我點了點頭，然後用指尖摩擦了一下額頭。

「我想，他們一開始就有點懷疑修密特了吧……雖然這麼說有點不太禮貌，但修密特確實是從中堅公會『金蘋果』跳級加入了在攻略組裡最大規模的『聖龍聯合』，這實在是很少見的例子。如果不是經過瘋狂的練等，或者是花了大筆金錢更新裝備根本不可能辦到……」

「因為加入DDA的條件相當嚴格啊。不過……那他就是戒指事件的犯人嗎……？殺害葛莉賽達小姐，奪走戒指的人就是他嗎……？」

身為攻略組作戰參謀的亞絲娜，曾經在會議裡見過修密特好幾次。這時她睜大了眼睛直盯著我看。

我先在腦海裡回想那個長槍使的模樣，然後才微微搖了搖頭。

「……我不知道。雖然確實有令人懷疑的動機……但要是說到那傢伙有沒有『紅色玩家』的特質嘛……」

ＳＡＯ裡的殺人者，也就是紅色玩家，通常都帶著一種超乎常軌的氣息。其實在某種意義上來說，這也是理所當然的事。因為在這裡殺害其他玩家，也就等同於阻礙攻略遊戲，換言之那些紅色的傢伙甚至認為「不能離開這裡也沒關係」——又或者他們可能積極地希望「這個死亡遊戲永遠不要結束」。

這種負面的願望，時常會在他們的言行舉止裡表現出來。但是，從那個打從內心害怕黑衣死神、甚至要我們護送他到公會本部去的修密特身上，我感覺不到「紅色玩家」的瘋狂氣息。

「……我沒辦法確定。不過我相信他跟那個事件一定有某種程度的相關……」

聽見我的呢喃後，亞絲娜像是要表示同意般也點了點頭。我們把背靠在並排在窗口那兩張椅子的椅背上，像是已經忘記正在監視對面酒館一般把視線往街道上空移去。

「……無論如何，修密特現在應該已經被逼到絕境裡了。他完全相信復仇者的存在，連圈內……不對，應該是連位於公會本部的自己房間都覺得不安全了吧。他接下來會採取什麼行動呢？」

「假如戒指事件有共犯，那麼他應該會和那個傢伙連絡吧。我想夜子小姐和凱因茲先生正是想讓他這麼做。不過，如果就連修密特本人也不知道共犯者目前的所在地，嗯……如果換成是我……」

如果換成是我會怎麼做呢？因為一時的慾望而殺害其他玩家，等事情結束才覺得後悔時，我還能夠做些什麼呢？

我在這個世界裡，還沒直接奪走過玩家的性命。不過，卻有因我而死的夥伴。我的愚蠢加上那醜陋的自我表現慾，讓除了我之外的所有公會同伴全都喪失了生命，這件事經常讓我感到懊悔不已。那時當成本部的旅館後院裡有一棵小樹，而我就將那棵樹當成他們的墓碑，雖然這麼做也沒辦法贖罪，但我還是時常拿著酒或花束去祭拜他們。所以，修密特恐怕也——

「…………如果葛莉賽達小姐有墳墓，修密特應該會到那裡去請她原諒自己吧。」

亞絲娜似乎很敏感地察覺我說話的語調有所改變，於是從椅子上筆直看著我，同時露出平穩的微笑。

「是啊。如果是我也會這麼做。KoB本部裡，也替之前在魔王攻略戰中喪生的成員做了墳墓——對了，我想夜子小姐和凱因茲先生一定也在那裡……他們一定也到葛莉賽達小姐的墳墓去了。他們會在那裡等待修密特的出現…………」

她說到這裡便閉上嘴巴，露出有些沉重的表情。

「……？怎麼了？」

「沒事……只不過忽然想起一些事情。如果葛莉賽達小姐的墳墓在圈外呢？那麼修密特到那裡去懺悔……夜子小姐和凱因茲先生會就這麼饒過他嗎？雖然我覺得應該不至於，但他們這次要是真的準備復仇……」

這出乎意料之外的話語，讓我的背部瞬間感到一陣寒意。

我無法否定絕對不會有這種情形出現。因為夜子和凱因茲對戒指事件犯人的憎恨，已經足以讓他們做出如此費功夫的「圈內殺人事件」演出了。他們至少因此而使用了兩個轉移水晶，說不定還用了一個迴廊水晶。這對他們兩個人的等級來說，應該是筆相當大的開銷。在經過如此精心準備之後，光是讓犯人到墳墓前謝罪這種結果真的能滿足他們嗎……？

「啊……對了……原來是這樣……」

但我忽然注意到一件事，於是便搖著頭說道：

「不會的。那兩個人不會殺掉修密特。」

「為什麼你可以這麼肯定？」

「因為亞絲娜跟夜子小姐應該還是處於朋友狀態吧？沒看到對方解除登錄的表示對吧？」

「啊……聽你這麼一說，確實是這樣。因為我相信她已經在旅館遇害，所以認為已經自動解除了；如果她還活著的話，狀態應該沒有變化才對。」

亞絲娜揮動左手叫出視窗，迅速操縱了一下後點點頭說：

「確實還是登錄狀態。如果能早點察覺，就能發現事件的手法了……不過，既然如此，為什麼夜子小姐當初要接受我的朋友登錄呢？計畫很有可能從這兒露出破綻不是嗎？」

「我想……」

我閉起眼睛，腦袋這次換成回想那個有著一頭深藍色頭髮的女性。

「……除了是對欺騙我們所做的謝罪之外，還有一個意思就是她相信我們吧。就算從朋友登錄狀態發現她還活著，並且從這一點推測出他們的真正企圖，也不會去阻止他們讓修密特說出真話。亞絲娜，妳試著追蹤看看夜子小姐的位置。」

我睜開眼睛這麼說完之後，亞絲娜便點了點頭並再次敲了一下視窗。

「……她目前在第19層的練功區裡。那是距離主街區有點距離的一座小山丘上……那麼這裡就是……」

「金蘋果的會長，葛莉賽達小姐的墳墓。凱因茲和修密特應該也在那裡才對。如果修密特在那裡死亡的話，我們便會判斷是夜子小姐他們下的手。所以他們兩個應該不會殺害修密特才對。」

「那……反過來呢？戒指事件的祕密被發現後，修密特會不會因為想要滅口而殺了他們兩個人……？」

聽見亞絲娜依然有些擔心的口氣，我也稍微考慮了一下，但這次還是搖了搖頭。

「不會的……這樣也會被我們發現是他幹的好事，說起來那個人根本無法忍受自己因為變成犯罪者（橘色），不對，應該說是殺人者（紅色）而被攻略組放逐吧。所以不用擔心他們會殺害對方。就交給他們自己去解決吧…………我們在這次事件裡的任務已經結束了。雖然完全上了夜子小姐他們的當，然而……我倒是不會覺得不高興。」

我這麼一說，亞絲娜也沉思了一陣子，最後點頭並且露出微笑。

但是，我和亞絲娜這時還沒看清楚事件的真相。

事件其實根本就沒有結束。

11

這也是我事後才聽說的。

修密特雖然因為過度震驚而差點喘不過氣來，卻還是交互看著從死神長袍底下露出臉來的兩個人。

原本以為是葛莉賽達與葛利牧羅克的兩個死神，真實身分竟然是夜子與凱因茲。但是這兩個人應該也早已經死了才對。凱因茲的死亡雖然是來自於傳聞，但夜子的死——那是幾個小時之前自己親眼見到的。從窗外飛來的黑色小刀貫穿了她的身體，而且從窗戶上掉下來時她的角色就已經四散了。

所以他們果然是幽靈嗎？一想到這裡修密特又差點暈過去，但夜子在露出真面目前所說的那句話，在最後關頭挽救了修密特的意識。

「錄……錄……音……？」

夜子像是要回答這從喉嚨裡擠出來的沙啞聲音般，從長袍懷裡伸出手來讓修密特看。她手上握著發出淺綠色光芒的八角形水晶柱。而那正是錄音用水晶。

幽靈不可能會使用道具來錄下剛才的對話。

也就是說夜子與凱因茲的死都是偽裝的。雖然想不出是用什麼方法，但是兩個人藉由演出自己的「死亡」來創造出不存在的復仇者，用來將第三個真正該被復仇的人逼入絕境。最後更將感到恐懼的第三人自己對罪過的告白及懺悔給錄下來。這一切都是為了——暴露遙遠過去某個殺人事件真相所訂下的計畫。

「…………原來……是這樣嗎…………」

終於了解事情真相的修密特發出幾乎不能稱為聲音的呢喃，接著就軟倒在現場。

對於自己完全上當而且對方還握有證據這件事，修密特並沒有特別感到生氣。他只是對夜子與凱因茲竟有這麼深的執著——以及對葛莉賽達有這麼深的景仰感到相當驚訝。

「你們兩個……竟然這麼仰慕會長…………」

凱因茲聽到他的呢喃後，靜靜地回答道：

「你不也跟我們一樣嗎？」

「咦……？」

「你也不討厭會長吧？雖然你對戒指有強烈的執著，卻絕對沒有想要殺掉她，這話應該是真的吧？」

「那……那是當然的，是真的，拜託你們相信我。」

修密特的臉扭曲了起來，然後不停點著頭。

以戰力上來說，就算他們兩個聯手應該也打不過修密特才對。但他完全沒有想過要拔出武器在這裡將他們兩個滅口。除了「如果變成紅色玩家，就沒辦法待在公會甚至是攻略組裡了」這樣的心情之外，他也確信如果在這裡殺掉夜子和凱因茲，自己將沒辦法繼續當個正常人。

所以，修密特即使知道水晶還在錄音當中，依然不斷說出自己過去曾經犯下的罪。

「我只有……潛進會長在旅館的房間，然後設定轉移的出口而已。當然……我承認是靠這麼做所得到的金錢買來稀有武器與防具，才能夠通過ＤＤＡ的入團標準……」

「你真的不知道那張紙條是誰寫的嗎？」

一聽見夜子嚴厲的聲音，他馬上再度用力點了點頭。

「我、我到現在還是不知道啊。應該是八個人裡面，除了我和你們、會長和葛利牧羅克之外所剩下的三個人其中之一……但之後我完全沒有和他們連絡過……你們也沒有線索嗎？」

修密特這麼問道，結果夜子只是輕輕搖頭並回答：

「他們三個人在公會解散之後全都加入了與『金蘋果』相近的中堅公會，過著相當普通的生活。沒有一個人購買稀有裝備或玩家小屋。忽然升級的就只有你而已唷，修密特。」

「…………這樣啊……」

修密特低聲說道，接著低下頭去。

葛莉賽達死後不久，出現在房間的皮袋子裡裝著當時所無法想像的鉅款。原本自己只能以羨慕的眼神看著拍賣場寄售清單的最上層，但有了那些錢之後甚至能夠一口氣買齊整套清單上的超高性能裝備。

獲得這麼大筆的金錢後，真的要有鋼鐵般的意志力才能夠把它們丟在道具庫裡不去動用。

不對，更重要的是——

修密特瞬間忘記自己正身處絕境，抬起頭來將自己心中的疑問給說出口：

「……但、但是……這很奇怪吧……如果不花這筆錢，為什麼即使殺掉會長也要把戒指搶走呢…………？」

夜子與凱因茲也像是被問倒了一般，上半身稍微往後縮了一下。

在艾恩葛朗特裡面，把賺來的錢一直放在道具庫裡幾乎沒有好處。因為在Cardinal System縝密的掉寶機率操作之下，1珂爾的價值根本就不會有什麼變動，既不可能出現通貨膨脹也不可能出現通貨緊縮。所以就算買下高價的劍或是鎧甲，只要仔細地進行維護，等哪一天不要時就能夠以跟買價沒什麼差別的價錢將它賣掉。把珂爾放著不用根本沒有意義。也就是說——

「就是說……寫下那張紙條的人……」

修密特拚命攪盡腦汁，把隱隱約約浮現的推測說了出來。

但可能是意識太過於集中了吧，當他注意到「那個」時已經太遲了。

「修……！」

眼前夜子發出沙啞的聲音時，從背後伸出來的小刀已經「噗哧」一聲由胸口與喉嚨護甲中間的縫隙刺了進去。這是藉由小型突刺武器專用技「透甲」，以及非金屬防具專用技「躡足」結合而成的偷襲——

在最前線所鍛練出來的反應能力，讓修密特從瞬間的驚訝當中恢復過來，他隨即準備飛身退後。這個世界裡就算喉嚨被割斷也不會馬上死亡。雖然因為傷到重要部位所以損傷稍微大了一點，但與修密特極高的ＨＰ相比根本算不了什麼。

但是——

在修密特準備轉身時，雙腳已經快一步失去了知覺，於是他整個人滾倒在地上發出了金屬碰撞聲。ＨＰ條已經被閃爍綠色光芒的框線圍了起來。這是麻痺狀態。身為坦克的他明明已經提升了抗毒技能，但目前所中的卻是能夠無視抗性的高級毒藥。到底對方是何方神聖——

「倒了一個！」

如少年般無邪的聲音從天而降，修密特只能拚命將視線往上移。

他首先看到有著銳利鞋釘的黑色皮靴。然後是同樣為黑色的緊身長褲。貼身的皮革護甲也是黑色。來者右手上拿著一把泛綠的細長小刀，左手則插在口袋裡面。

而此人的頭部，則被類似頭陀袋（註：日本的和尚、比丘於路邊托缽時掛在胸前的袋子）的黑色面罩給覆蓋著，只有眼睛處開了圓形的洞。當修密特注意到從洞裡透出來的黏稠視線時，視野裡跟著出現了玩家游標。上面的顏色不是平常見慣的綠色，而是相當鮮豔的橘色。

「啊……！」

背後傳來細微的慘叫，修密特將視線轉過去後，發現夜子與凱因茲同時被一名拿著極細長劍的矮小玩家威脅。這個人也是穿著一身黑，但衣服材質不是皮革，全身都有像破布般的布條垂下來；此外頭上還戴著一個骷髏型面罩，黑暗眼窩深處有對露出紅光的小眼睛。他右手上握著的劍，雖然與夜子手上那把有倒刺的劍同為刺劍，但從劍會自己發出血紅色光芒這點，就能知道其性能要比夜子手上那把高出許多。而男子身上的浮標也同樣是橘色。

骷髏面罩男伸出左手，輕鬆地從呆立當場的夜子右手上拿下黑色刺劍。他看了一下劍身，然後以混雜著咻咻摩擦聲的聲音說：

「設計、還算、過得去。就把它、加入我的、收藏品吧。」

修密特知道這兩個人。雖然沒有直接見過面，但在公會本部傳閱的「需特別警戒的玩家」前幾名中就有他們的全身素描。

某種意義上來說，攻略組仇視他們的程度甚至在魔王怪物之上。這兩個男的都是殺人玩家（紅色），還在當中最大最兇惡的公會裡擔任幹部。讓修密特麻痺的是毒小刀使「強尼・布萊克」。

而牽制著夜子與凱因茲的刺劍使則是「赤眼沙薩」。

也就是說……難道——連「那傢伙」也……

騙人的吧。千萬不要啊。別開玩笑了。

隨即有一道新的腳步聲響起，彷彿要嘲笑修密特內心的嘶吼。

修密特畏畏縮縮地看過去，那讓人感受到艾恩葛朗特裡最大級恐怖的身影，隨即出現在他瞪大的眼睛前面。

那人身穿長達膝蓋的雨披。頭上戴著完全蓋住眼部的兜帽。

他輕鬆垂下來的右手上，握著一把宛若菜刀的四角型厚重大型短刀，而且那把短刀還有著如血般的暗紅色刀刃。

「……………『PoH』…………」

從修密特嘴唇裡擠出來的一句話，已經因為充滿恐懼與絕望而強烈顫抖著。

殺人公會「微笑棺木」。

他們是在SAO這個死亡遊戲開始一年之後所組成的公會。在這之前，所謂的犯罪玩家都只是以絕對優勢的人數圍住獨行或是少數玩家來搶奪珂爾或道具而已；但在這些人當中，部分擁有激烈思想的人自行集合起來組成了這個激進的團體。

他們的中心思想就是——「既然是死亡遊戲，那麼殺人便是理所當然」。

現代日本社會所不允許的「合法殺人」，在這個極限狀況之下就能夠實現。因為所有玩家的身體都在現實世界裡完全潛行當中，也就是所謂的無意識狀態，本人的意識甚至沒辦法運動一根手指。在日本的法律涵蓋範圍內，「殺害」ＨＰ歸零玩家的是殺人裝置NERvGear以及它的設計者茅場晶彥，而不是讓死者ＨＰ減少的玩家。

——那為何不殺呢？我們要好好享受這款遊戲。因為這是遊戲賦予所有玩家的權利。

像劇毒般的煽風點火，讓不少橘色玩家為之心動並被其洗腦，最後走上瘋狂ＰＫ的歧途。散播這種思想的罪魁禍首，正是眼前這個身穿黑色雨披、手握切肉菜刀的男人——ＰｏＨ。

這名高瘦男子有著令人發噱的名字，眼神卻如寒冰般冷酷。他在走近修密特身邊後，便發出簡短的命令。

「把他翻過來。」

強尼．布萊克用靴子尖端戳進趴倒在地的修密特腹部下方。黑色雨披男隨即從被翻轉過來的修密特上方望著他，再度發出了聲音。

「Ｗｏｗ……確實是條大魚。這不是ＤＤＡ的隊長大人嗎？」

明明是個充滿彈性與活力的動人聲音，但語調裡不知為何藏著某種特異的氣質。雖然表情被雨披的兜帽給遮住了，但還是有一縷黑髮垂了下來隨夜風飄動。

修密特雖然知道自己已經陷入絕境，但腦袋裡還是有一半的思緒不停想著「為什麼？他們怎麼會來這裡」。

這幾個傢伙，怎麼會出現在這種地方呢？「微笑棺木」的三大巨頭可以說是恐怖的象徵，同時也是窮凶極惡的通緝犯，不可能毫無理由就在這種下層的練功區裡閒晃。

也就是說，這三個人是知道修密特在這裡，才會特別前來襲擊。

但這根本就不合理。自己沒有告訴ＤＤＡ的成員要去哪裡就出門了，而夜子與凱因茲也不可能把情報流出去。何況他們兩個也被「赤眼沙薩」用刺劍威脅著，臉上早已失去血色。就算是微笑棺木的成員偶然在第19層主街區看見獨自走在路上的修密特而連絡了ＰｏＨ，他們來的速度也實在太快了。

難道自己真的這麼倒楣，剛好碰上了因為別的事情而到這層來的三人？還是說——這個偶然本身就是死去的葛莉賽達對我的報復……？

ＰｏＨ低頭看著像根圓木般滾倒在地上、思緒亂成一團的修密特，接著輕輕歪頭說：

「那麼……雖然很想馬上說句It's showtime……但是要怎麼玩比較好呢……」

「就玩那個吧，頭兒。」

強尼．布萊克馬上用尖銳的聲音興奮地說著。

「『互相殘殺，活下來的傢伙就饒他一命』遊戲。不過這三個人實力懸殊，還是得設定公平的條件才行。」

「你嘴裡雖然這麼說，上次還不是把最後留下來的傢伙幹掉了。」

「啊、啊——！現在講出來就玩不成了啦，頭兒！」

聽見這種毫無緊張感卻令人發毛的對話後，手裡舉著刺劍的沙薩便發出咻咻的笑聲。

到這個時候，現實的恐怖與絕望感終於侵入修密特體內，讓他忍不住閉起眼睛來。

包覆全身的厚重金屬鎧甲，在動彈不得的此刻也只是重擔而已。這幾個傢伙馬上就要結束像餐前酒那樣的閒聊，露出渴望鮮血的獠牙。尤其是PoH手上這把從怪物身上掉落的大型短刀「切友菜刀」，性能更是超過了目前最高等級的鐵匠所能打造出來的最高級武器，也就是所謂的「魔劍」。應該很容易就能夠貫穿全身鎧甲的裝甲值才對。

——葛莉賽達。葛利牧羅克。

如果這就是你們的復仇，那麼我死在這裡也沒甚麼好抱怨的了。

但是，為什麼要連累夜子和凱因茲呢？他們為了找出害死你們的真犯人，可是費盡了全副心力啊。為什麼還要讓他們遇上這種事情呢？

修密特那充滿絕望的思緒就像泡沫般浮現，但就在這個時候——

他緊貼著地面的背部似乎感到有些微的震動傳了過來。

「咚咚咚、咚咚咚」，這充滿律動感的節奏愈來愈強烈，當修密特確定這一點時，耳朵裡已經可以聽見清脆的低音了。

ＰｏＨ隨即以尖銳的呼吸聲警告兩名部下。強尼立刻舉起淬毒小刀往後飛退，而沙薩手上的刺劍則是更加用力地抵住夜子與凱因茲的脖子。

脖子無法動彈的修密特只能拚命移動眼珠，接著他發現從主街區方向有一道白色燐光往這裡直線前進。

幾秒之後，他才看清楚那道不停上下躍動的光芒。那是一匹幾乎融入夜色當中的黑馬蹄上所包覆著的冷焰。馬背上有一名同樣一身黑的騎士。這個不知名人士簡直就像是從冥府裡出現的不死騎士一樣，在荒野上劃出白色的火焰軌跡，同時以猛烈速度往這裡接近。這時馬蹄聲已經變成直衝耳裡的巨響，而且還能聽見黑馬尖銳的嘶叫。

瞬間到達小丘山麓的馬匹，在經過幾次跳躍後便爬上山頂並用後腿立了起來，而且牠鼻孔裡還猛烈噴發出白色的火熱氣體。強尼被馬匹的氣勢給逼退了好幾步。接下來，用力拉住韁繩的騎士——便從馬背上往後滾了下來。

屁股「碰咚」著地的同時，騎士一聲「痛死了！」隨即脫口而出，修密特立刻發現自己曾經聽過這個聲音。

這名摸著腰部站起身子的闖入者，手裡依舊握著馬匹的韁繩。他在看了修密特以及夜子、凱因茲後，便用毫無緊張感的聲音說：

「看來勉強趕上了。交通費就由DDA來出啦。」

艾恩葛朗特裡，沒有能夠拿來當成坐騎的動物道具。但是一部分的街道或村子裡有NPC經營的廄舍，玩家能在那裡租借馬匹騎乘，或是租用牛車搬運無法收在道具庫裡的大量行李。但是要操控這些動物不但需要相當高超的技巧，租金還頗為昂貴，所以幾乎沒什麼人在利用。這個死亡遊戲裡面，會浪費時間來練習騎馬的閒人可以說相當少——

修密特緩緩呼出堵在胸口的氣息，抬頭看著闖入者——攻略組獨行玩家．「黑衣劍士」桐人的臉。

桐人用力拉了一下手裡的韁繩讓馬回過頭來，然後啪一聲拍了一下牠的屁股。租借契約就這樣解除，而黑馬也立刻離去，但牠的蹄聲已經沒有剛才那樣的魄力了。

「哈囉，PoH。好久不見了。你怎麼還是那種遜斃了的打扮啊？」

「……你沒資格說我。」

PoH回答的聲音裡，可以聽出帶有濃濃的殺意。

隨後向前踏出一步的強尼．布萊克，則是用明顯相當激昂的聲音叫道：

「你這混帳……！少在那邊裝鎮定了！你知道現在是什麼狀況嗎！」

PoH用左手制止了揮動淬毒小刀的部下，然後用右手上切肉菜刀的刀背咚咚敲著自己的肩膀。

「正如這傢伙所說的。桐人啊，這樣登場固然是很帥沒錯，不過就算是你，也不會以為能孤身同時對付我們三個人吧？」

修密特用力握住在麻痺狀態當中全身唯一能夠活動的左手。

狀況正如ＰｏＨ所言。就算是戰鬥力可謂攻略組頂尖的桐人，也不可能一次打倒微笑棺木的三名幹部。他為什麼不把「閃光」也帶過來呢？

「嗯，我想也是。」

把左手放在腰上的桐人輕鬆地回答道。但他馬上又接著說：

「不過我已經先喝了耐毒藥水，身上還帶著不少回復水晶，撐個十分鐘沒什麼問題。有這點時間，已經足夠援軍趕到這裡了。就算是你們，也不會以為能靠三個人同時對付三十名攻略組成員吧？」

聽見對方回了一句自己才剛說過的話後，ＰｏＨ便在兜帽深處輕輕咋舌。強尼與沙薩則是有些不安地讓視線在四周的黑暗中游移。

「…………Suck！」

不久後，ＰｏＨ短短咒罵了一聲，右腳也跟著往後退去。

他彈了一下左手手指，兩名手下立刻往後退了數公尺。從紅色刺劍下解放出來的夜子與凱因茲當場無力地跪倒在地。

PoH舉起右手上的菜刀筆直對準桐人，低聲丟下一句：

「……『黑衣劍士』。總有一天我會讓你這傢伙趴在地上求饒。我要讓你重要的夥伴血流成河，而你只能狼狽地在裡面打滾。好好等著吧。」

說完之後，他便靈巧地將切肉菜刀在手指上旋轉了一圈，然後才把它收進腰間的刀鞘裡。

其餘兩人隨即追著翻轉黑皮雨披悠然走下山丘的首領離去。

強尼．布萊克似乎相當在意往這邊趕來的攻略組集團而走得相當快，但全身披著爛布條的刺劍使——赤眼沙薩卻在前進了幾步後便轉過頭來，以骷髏面罩裡發出昏暗光芒的雙眼緊盯著桐人低聲說：

「別以為、那樣登場很帥。下次換我、騎馬、來追你了。」

「……那麼，你可要努力練習啊。騎馬不像看起來那麼簡單唷。」

聽見桐人的回答後，沙薩只是發出咻咻的沉重呼吸聲，隨即追著同伴們離開了。

12

三道影子走下山丘並消失在夜色裡之後，搜敵技能的效果使得他們橘色的游標依舊顯示在視野當中。

我以前曾經遇過一次微笑棺木的首領ＰｏＨ且與他交談過幾句，但見到他的兩名心腹還是頭一遭。這兩人是有著小孩子態度與外表的毒小刀使以及穿著破爛衣服的刺劍使，而他們的游標上當然沒有顯示姓名；原本我為了慎重起見打算等一下跟修密特確認他們的名字，但轉念一想後還是放棄了這個念頭。下次和那些傢伙見面時，應該就是決一死戰的時刻。將用劍互相殘殺的對手之名，我實在不想知道。

因此，我只是默默地注視著已經到達搜敵技能的極限距離而開始閃爍的游標。

罪犯玩家原則上無法進入由禁止犯罪指令保護的街道或村莊內，也就是所謂的「圈內」。當他們踏上這些地方的境界時，就會有強如鬼神的ＮＰＣ守衛大舉來襲。而各層的轉移門都位於該層圈內的主要街道區，所以那三個人要移動到其他層時，就只有利用轉移水晶將目的地指定為「圈外村」，或者使用高價的迴廊水晶，再不然就是徒步由已經攻略完畢的迷宮區高塔來上下移動。

我想他們應該是用第一種方法吧，不過光是這樣來回就得花掉六個轉移水晶，對那些傢伙來說應該也是筆不小的開銷才對。即使內心為此而暗自感到痛快，但當三個游標從視野裡消失之後，我還是下意識地鬆了一口氣。

真是夠了，竟然會有這種意料之外的恐怖對手冒出來。但這也就表示，那三個人早就知道修密特——聖龍聯合的前衛隊長，攻略組裡擁有最高ＨＰ與防禦力的男人，將會在這個時間出現在此處。

而我們也馬上就會知道這個情報是從哪邊流出去的。

我把目光從籠罩在黑暗中的荒野那兒收了回來，叫出視窗之後，迅速對應該帶了十幾個人往這裡趕來的克萊因傳了【微笑棺木逃走了，先在街上待機吧】的訊息。

接著我又讓修密特的左手握住從腰包裡拿出來的解毒藥水。看著這個巨漢用顫抖的左手舉起它一飲而盡後，我便將視線移到稍遠處的兩個人身上。

身穿死神長袍的兩名玩家此時臉上依然沒有半點血色，但我還是忍不住用調侃的語氣對他們搭話，不過其實這也不能怪我吧。

「很高興能再見到妳，夜子小姐。還有……這應該算是我們初次見面吧，凱因茲先生。」

幾個小時之前才在我眼前變成多邊型碎片四處飛散的夜子，這時候抬起眼睛看著我，然後露出了苦澀的笑容。

「本來打算等一切結束之後要好好向你們道歉的……不過現在才這麼說，你應該也不會相信了吧。」

「我相不相信，就要看你們請客時的菜色來決定了。話先說在前面，我不接受什麼詭異的拉麵或是大阪燒哦。」

夜子聽見後著實嚇了一跳，而她身邊的男人這時也脫下了黑色長袍，露出樸實的面容——這位「圈內事件」的頭號死者．凱因茲，隨即對我低下頭。

「初次見面——應該不能這麼說囉，桐人先生。那時我們的眼神曾經對上過一次吧。」

他以沉穩的低音這麼說道，這時我才想起來確實是這樣。

「這麼說來的確如此。那時候你不是快要死亡，而是準備在鎧甲破壞的瞬間轉移到別處去對吧？」

「嗯。那個時候我就有種預感，覺得可能會被這個人識破假死的手法。」

「那你真的太抬舉我了。我完全被你們騙過去了。」

這次換我露出了苦笑。好不容易稍微緩和下來的空氣，卻因為修密特那緊張的聲音而再度緊繃。他坐起身子，那件全身鎧隨之噹啷作響。

「……桐人，很感謝你救了我……不過你為什麼知道那三人會來這裡呢？」

我回望著緊緊瞪著我的巨漢，稍微猶豫了一下該怎麼解釋比較好。

「我也不算是知道。只是推測可能會發生這種事。要是一開始就知道對手是那個ＰｏＨ，搞不好我早就嚇得逃走了。」

最後之所以選擇這種模糊的回答方式，其實是有理由的。

我接下來要說的，應該會對這三個人——尤其是會對夜子和凱因茲造成很大的衝擊。寫下所有劇本並擔綱主角賣力演出的兩人完全沒有注意到，其實還有個「製作人」躲藏在整個事件後面。我緩緩吸了口氣，以能夠發出來的最平穩聲音開始說道：

「…………其實我是在三十分鐘前，才覺得事情有點奇怪……」

事件到此為止。接下來就交給夜子、凱因茲以及修密特就可以了。

在能夠俯瞰第20層主街區某間酒館的旅館二樓裡，我對著亞絲娜這麼說道，然後把身體整個靠到椅背上。

他們應該不會自相殘殺。那麼，這個「圈內事件」還是由成為起因的「戒指事件」當事人自己來解決比較好。如此確信的我這麼說完後，亞絲娜也點點頭答了一句「說的也是」。

但是在籠罩現場的寂靜當中——我忽然有種胸口卡了根小刺的感覺。

我應該多考慮些什麼才對。明明覺得有什麼不對勁，卻不知道從哪個方向去想，心裡充滿這樣的焦躁感。

剛才亞絲娜待在房間裡監視酒館時所說的話，似乎跟現在的感覺有所關連。我才剛有了這種想法，就下意識地開口對她搭話：「那個……」

「……什麼事？」

我面對著旁邊椅子上稍微揚起視線的ＫｏＢ副團長大人，一邊將思緒的大半拿來分析這種不協調感，一邊提出了大膽至極的問題。

「亞絲娜，妳有結過婚嗎？」

回答我的是帶著冰冷殺氣的眼神、用力握緊的右拳以及半彎腰前傾身子準備出手的動作。

「沒事，當我沒問過！」

我在被揍之前趕緊這麼大叫，然後用力搖動雙手並急忙補充道：

「不是啦，我沒有什麼特別的意思……只是妳剛才對結婚發表了些感想對吧？」

「我是說了。那又怎麼樣？」

對方開始狠狠瞪著我，而我只能發著抖拚命動著嘴巴說：

「那個……說、說得具體一點……就是什麼浪漫又塑膠（註：「現實的」英文為Pragmatic，「塑膠的」英文為Plastic，兩者發音相近。）的啊……」

「我才沒這樣說呢！」

結果亞絲娜以差點觸發禁止犯罪指令的氣勢迅速踢了我的小腿一下，然後糾正我的記憶。

「我是說浪漫又現實！我告訴你，Pragmatic是『現實』的意思！」

「現實……妳說ＳＡＯ裡的結婚嗎？」

「是啊。因為道具庫共通化之後，在某種意義上根本就沒有個人的隱私嘛。」

「道具庫……共通化…………」

就是這個。

這句話就是造成我胸口卡了根小刺的原因。

結婚之後的玩家道具庫會完全統合，道具容量的上限會擴張成兩個人力量值的總和。雖然這樣會帶來很大的便利性，但也衍生出結婚詐欺──拿到稀有道具便逃走的危險性。

為什麼這個系統會讓我覺得這麼不妥呢。

我在極為強烈的焦躁感煎熬之下，繼續提出下一個問題。

「那、那……離婚的時候道具庫又會變得怎樣呢？」

「咦……？」

聽見這意料之外的問題，亞絲娜也不由得瞪大了眼睛。她微微歪著頭，把原本準備拿來揍我的拳頭輕輕放在小小的下巴上。

「這個嘛……我記得是有幾種選項唷。像是自動分配、輪流選擇所有道具等等的……其他還有幾個，不過我不記得了……」

「真想知道詳細的情形。怎麼辦才好呢……對了，亞絲娜，要不要試試看和我……」

這時候沒有把話說完，真不知道該說是自己決斷英明或者只是僥倖。

「閃光」帶著比剛才強烈數倍的殺氣，左手抓住名劍「閃爍之光」露出了微笑。

「試試看和你怎樣？」

「…………和、和我…………一起傳訊息問希茲克利夫吧？」

——大約過了一分鐘就傳回來的訊息裡，詳盡且簡潔地記錄了離婚時道具庫的相關處置。

這男人真的是遊戲系統的活字典啊。

除了剛才亞絲娜曾經提過的自動等價分配、交互選擇分配之外，好像還可以用百分比多寡來進行自動分配。這也就是說，可以向離婚對象收取贍養費的意思。的確是很現實的系統。

我聽著亞絲娜閱讀訊息的聲音，拚命地繼續思考。

這些選項當然是在離婚時經過雙方同意之後才能選擇。反過來說，如果有一方不同意分配的方式，那在系統上就沒辦法離婚了。但是，不可能所有離婚的例子都是在理性討論之下所完成。遇上無論如何都想離婚的對象，另一方卻怎麼樣都不肯離婚時，該怎麼辦呢？這個世界裡根本不存在能幫忙調解離婚手續的離婚調解庭。

而回答我這個疑問的，是希茲克利夫寫在信件末尾的一句話。

「……『順帶一提，無條件離婚只有將自己的道具分配率設定為零、將對方設定為百分之一百時才能成立。而在這個例子裡面呢，當離婚成立．道具庫分割時，另一方所無法容納的道具就會全部掉在腳邊。桐人啊，如果另一半準備要無條件離婚時，我推薦你還是選擇躲在旅館的單人房裡會比較好唷』……上面是這麼寫的。」

讀完訊息的亞絲娜，用微妙的表情將視窗消除。

我呆呆地望著她那種表情，同時在口中不斷重複著剛才那封訊息的一個地方。

自己是零，對方是一百。自己是零……對方是一百……

「啊…………」

刺在胸口深處讓人感到很不舒服的小刺，忽然帶給我一股尖銳的疼痛感。

原本細微的尖刺，瞬間開始不停地變大。我的心情也從原本的焦躁轉為懷疑，接著又通過確信化成驚愕，最後更變質成了恐懼。

「啊…………啊啊啊……！」

大叫著翻倒椅子站起來的我，用力抓住眼前亞絲娜的雙肩。嚇了一跳往後退的「閃光」，改用沙啞的聲音說：

「等……怎、怎麼……你難道是想在這裡…………」

我沒有多餘的心思去想這句話的意思，只能從喉嚨裡擠出呻吟。

「自己一百，對方零。要做到這樣的離婚，就只有一種方法而已。」

「……咦……？你在說什麼啊………？」

我用力抓住她纖細的肩膀，把她的小小的臉龐拉過來，然後在她耳邊低語：

「那就是死別。結婚對象死亡的瞬間，道具庫就會變回原來的容量，沒辦法收納的道具就會全部掉在腳邊。也就是說……就是說………」

我動了一下顫抖的喉嚨，繼續說出接下來的答案。

「……就是說，金蘋果的會長．葛莉賽達被某人殺害的瞬間，放在她道具庫裡的稀有戒指其實不會被犯人拿走……而是會留在結婚對象葛利牧羅克的道具庫裡，不然就是會在葛利牧羅克的腳邊實體化才對。」

近在眼前的栗子色雙眸緩緩地眨了一兩下。

原本浮現在眼裡的疑惑，忽然轉變為深沉的戰慄。

「戒指……沒有被奪走……？」

但我卻沒辦法立刻回答她這幾乎不成聲的問題。我放開亞絲娜的肩膀撐起身體，把背部重重靠在窗沿然後低聲說道：

「不對……不是那樣。應該說被奪走了。葛利牧羅克他奪走了在自己道具庫裡的戒指。他不是『圈內事件』這個假象裡的犯人。而是半年前『戒指事件』的黑幕。」

從亞絲娜左手上掉下來的細劍刀鞘，在落到地面上之後發出了沉重的金屬聲。

「…………其實我是在三十分鐘前，才覺得事情有點奇怪……我說啊，凱因茲先生、夜子小姐。那兩把武器……有著倒刺的短槍與飛刀，你們是怎麼入手的？」

聽見我的問題後，夜子先與自己的夥伴交換了一下眼神，然後才開口說：

「……我們『偽裝成圈內ＰＫ』的計畫，無論都如何需要強化持續傷害的貫通屬性武器。我們在許多武器店裡找了很久，都沒發現有這種特殊型態的武器……若是找鐵匠訂做，武器上又會留下他們的姓名。這樣只要詢問鐵匠，就能知道訂製的人是我們兩個受害者自己了。」

「所以，我們在不得已的情況下，在公會解散之後首次跟那個人……也就是跟會長的丈夫葛利牧羅克取得了聯絡。這當然是為了向他說明我們的計畫，並請他製作需要的貫通性武器。雖然不知道他身在何方，不過因為還是在朋友登錄的狀態下……」

從凱因茲接下去說明的話裡，終於出現了那個名字。我把全部神經集中在耳朵上，仔細聽著他接下去怎麼說。

「葛利牧羅克原本不太願意幫助我們。回覆的訊息裡寫著『就讓她安眠吧』。但在我們拚命請求之下，他終於還是幫我們做了這兩件……不，應該是三件武器。我們是在另一個凱因茲死亡的日子前三天左右，才收到這些武器的。」

從這些話中，就能聽出夜子和凱因茲果然都相信葛利牧羅克是喪妻的受害者。

我用力吸了口氣，硬是從胸口把應該會對兩個人造成強烈衝擊與深切傷害的話擠了出來。

「…………很可惜，葛利牧羅克他反對你們的計畫並不是為了葛莉賽達小姐。他是害怕發生『圈內ＰＫ』這種誇張的事件，到時候如果引起許多人注意，『那件事』或許會被人發現也說不定。結婚之後的道具庫共通化，在不是離婚而是死別時……裡面的道具會變得如何？」

「咦……？」

夜子他們像是無法理解我說什麼般，顯得十分納悶。

也難怪他們聽不懂，因為艾恩葛朗特裡就算感情再怎麼好的情侶，也沒有幾對能發展到結婚的地步。離過婚的人已經很少了，而離婚是因為另一半死亡的例子更是少之又少。我就不用說了，連亞絲娜都深信葛莉賽達小姐被殺死後，戒指一定就此落入殺人者的手裡。

「聽好……葛莉賽達小姐的道具庫，同時也是葛利牧羅克的道具庫。就算殺害了葛莉賽達小姐，也沒辦法奪走戒指。因為在她死亡的瞬間，戒指就會傳送到葛利牧羅克的道具庫裡去。修密特……你幫忙對方完成計畫後，有收到酬金對吧？」

聽見我的問題後，盤腿坐在地上的巨漢只是呆呆點了點頭。

「要準備那麼多錢，就只有真的把戒指賣掉才有可能。也只有拿到戒指的葛利牧羅克才能夠這麼做，而且他還知道修密特就是那個計畫的共犯。這也就是說……」

「是葛利牧羅克……？那傢伙就是寫下那張紙條……然後把葛莉賽達搬到圈外去殺害的真正犯人嗎？」

休密特用斷斷續續的聲音呻吟著。我考慮了一下之後，只否定了他話裡的一個地方。

「不，我想直接下手的應該不是葛利牧羅克。從旅館裡把睡著的葛莉賽達小姐轉移到圈外時，她很有可能會忽然醒過來。如果那時被看見，就沒有辯解的理由了。我想應該是委託了專門幹這種骯髒事的紅色玩家動手吧，但葛利牧羅克的罪行不會因此而減輕……」

「…………」

修密特再也沒有開口，只是無力地凝視著天空。

這時夜子和凱因茲臉上也露出跟他一樣失魂落魄的表情。幾秒後，夜子才開始輕輕搖起深藍色頭髮，不過她的動作隨即愈來愈激烈。

「騙人……不可能會這樣的！那兩人總是形影不離……葛利牧羅克先生總是笑咪咪地站在會長身後……而且，如果那個人是真正的犯人，為什麼還要幫忙我們的計畫呢？如果他不幫我們打造武器，我們根本什麼都不能做。『戒指事件』也就不會被挖出來了。不是嗎？」

「你們對葛利牧羅克說明了全部的計畫，對吧？」

我這唐突的問題讓夜子先暫時閉起嘴巴，然後才輕輕點了點頭。

「……也就是說，他知道計畫如果完全成功會出現什麼結果。充滿罪惡感的修密特會到葛莉賽達的墓前懺悔，而扮成幽靈的夜子小姐和凱因茲會在這裡逼問他，這些事他全部都知道。那麼，他就可以利用這個情況來將『戒指事件』徹底埋葬在黑暗當中。也就是把共犯修密特以及追求真相的夜子小姐、凱因茲先生等三人一起解決掉。」

「……原來如此。所以……所以那三個人才會…………」

瞄了一眼以空虛表情這麼呢喃道的修密特後，我才沉重地點了點頭。

「就是這樣。『微笑棺木』的三大幹部之所以會突然出現，就是因為葛利牧羅克提供情報給他們。葛利牧羅克告訴他們……會有ＤＤＡ幹部這種大獵物在沒帶同伴的情況下來到這裡。我想，應該在委託殺害葛莉賽達小姐時，他們之間就有了聯絡管道……」

「…………怎麼會……」

膝蓋失去力量的夜子整個人軟倒，幸好凱因茲用右手將她撐住。但即使在月光照耀之下，也能看出她的臉已經變成一片慘白。

夜子就這樣抓著凱因茲的肩膀，以失去所有活力的聲音低語：

「葛利牧羅克先生……他想要殺掉我們……？但是……為什麼……？說起來……為什麼不惜殺掉自己的結婚對象也要拿到那枚戒指呢…………？」

「我也沒辦法推測出他的動機。不過，『戒指事件』時他為了確保不在場證明多半沒離開過公會據點，這次一定會想來看看你們三個人是不是已經被殺掉、兩起事件是不是終於完全葬送在黑暗當中了。所以……詳細的情節，我們就直接問他吧。」

我話才剛說完，就聽見山丘西邊斜面傳來兩道往這裡爬上來的腳步聲。

首先映入眼簾的，是在黑暗當中依舊顯得相當鮮豔的紅白相間騎士服。不用說也知道那個人是「閃光」亞絲娜。她右手上垂著一把近似透明的銀刃細劍。據我所知，那是艾恩葛朗特最為纖細美麗的劍，同時也是能夠貫穿所有防禦的猙獰武器。

旁邊還有一個男人，他被細劍尖銳的劍尖以及其主人兇狠的眼神逼得不斷往前走。

男人的身材相當高大。他穿著下襬相當長的寬鬆前扣式皮衣，戴著有寬帽沿的帽子。從他陰沉的臉上，還可以看見不時反射著月光的眼鏡。此人整體的印象其實不像是鐵匠，倒比較像是香港電影出現的殺手。當然，這可能是因為我已經有了先入為主的觀念。

兩個人身上的游標都是綠色。本來以為亞絲娜為了阻止那個男人逃走很有可能得暫時變成罪犯——若是這樣，我當然也打算陪她一起解非常麻煩的任務，好讓她恢復成原本的狀態——看見這種情形後不禁讓人鬆了口氣。不過我也馬上打起精神，從正面看著爬上山丘的男子。

他銀框眼鏡底下的臉，確實給人一種柔和的印象。瘦削的輪廓配上有些下垂的眼角，看起來相當溫柔。但是，鏡片深處那對偏小的黑色眼睛裡，也確實存在著讓我提高警覺的某種危險氣息。

男人在離我三公尺左右的位置停下腳步。他先是看了修密特，接著是夜子、凱因茲，最後才瞄了一眼長滿青苔的小墓碑並開口說：

「嗨……好久不見啦，各位。」

過了幾秒之後，夜子才對這低沉平穩的聲音有了反應。

「葛利牧羅克……先生。你真的……你真的…………」

殺害葛莉賽達小姐奪走戒指了嗎。然後為了隱藏整起事件，甚至要殺了我們三個滅口。

面對這雖然沒有發出聲音但大家都聽見了的問題，男人——前「金蘋果」副會長，鐵匠葛利牧羅克沒有馬上開口回答。

他看見背後的亞絲娜把細劍收回劍鞘裡並走回我身邊，這才動起保持著微笑的嘴唇說：

「……這是誤會。我只是覺得有責任看這件事究竟有什麼結局，才會來到這裡。而之所以乖乖遵從這個恐怖大姊的威脅，也是為了要向你們解開誤會。」

——喔？竟然否定嗎？我暗暗在內心感到驚訝。雖然沒有確實的證據顯示他把情報透露給ＰｏＨ，但戒指事件的系統設定他應該沒有辦法辯解才對。

「不要騙人了！」

亞絲娜隨即嚴厲地反駁他。

「你剛才明明躲在樹叢裡面。要不是被我識破，你根本沒有打算走出來對吧！」

「這怎麼能怪我呢？我只是個小小的鐵匠，如你們所見，我根本沒有戰鬥力，為什麼得因

為沒有跑到那幾個橘色玩家面前而被你們罵得狗血淋頭呢？」

他冷靜地反駁著，然後輕輕張開戴著皮手套的雙手。

修密特、凱因茲以及夜子都靜靜聽著葛利牧羅克說話。看來他們對我說的話還是覺得半信半疑。過去的公會副會長，竟然委託兇惡的紅色玩家來殺害自己，這種事果然還是很難讓人相信，而且我想他們也不願意去相信。

用左手制止了準備再次反駁他的亞絲娜後，我這時才終於開口說道：

「初次見面，葛利牧羅克先生。我叫做桐人……嗯，說起來我其實只是個外人。確實——目前沒有明確的證據能證明『微笑棺木』襲擊這裡和你在這裡出現有任何關聯。我想就算問那些傢伙，他們也不會作證才對。」

其實，現在要葛利牧羅克叫出視窗並將其可視化，然後檢查他已經送出的訊息，收件者中應該就會有負責替「微笑棺木」接受委託的玩家才對。但很可惜的是，我也不知道究竟是哪個名字。

不過，就算不管謀殺修密特未遂這件事好了，關於戒指事件的犯行總無法辯解了吧？內心這麼確信的我開口繼續說道：

「但是，去年秋天成為公會『金蘋果』解散原因的『戒指事件』……這一定和你有關，不對，應該說是由你主導的。因為不論殺害葛莉賽達的人是誰，戒指都會留在和她共用道具庫的你身邊。你隱瞞了這件事，偷偷地把戒指賣掉，然後把一半的金額給了修密特。這是只有犯人才能辦到的事。因此，你會和這次『圈內事件』扯上關係的唯一動機……就是想要殺了相關人士滅口，好讓戒指事件永遠不會被提起。我有說錯嗎？」

我一閉上嘴，厚重的沉默就馬上籠罩在荒野的山丘上。不知從何處降下的藍色月光在葛利牧羅克臉上形成了濃厚的陰影。

「原來如此，確實是很有趣的推理啊，偵探小弟。不過……很可惜，還是有個破綻。」

「什麼？」

瞄了反射性這麼問的我一眼後，葛利牧羅克便用帶著黑手套的右手把帽子往下拉。

「當時我和葛莉賽達的道具庫的確已經共通化了。所以她被殺之後，原本放在那個道具庫裡的所有道具也都留在我手邊……到這裡的推論都很正確。只不過……」

高瘦鐵匠先是從反射月光的圓眼鏡底下放射出嚴厲的眼神盯著我，接著才用沒甚麼抑揚頓挫的聲音接著說下去：

「如果那個戒指沒在道具庫裡呢？也就是說，如果葛莉賽達將它實體化後戴在手上，又會如何呢……？」

「啊…………」

亞絲娜發出細微的叫聲。

其實我也跟她一樣嚇了一大跳。我確實沒想到這種情況，只能說自己實在太大意了。實體化之後的道具，在裝備它的玩家被怪物或其他玩家所殺時，就會無條件掉落在現場。所以，如果葛莉賽達裝備著引發問題的戒指，那麼戒指沒有轉送到葛利牧羅克道具庫而被犯人奪走的說法，就有可能成立。

可能是自認為形勢已經逆轉了吧，葛利牧羅克的嘴角開始有些上揚。但這種表情很快就消失了。鐵匠接著把右手指尖放在額頭上，然後像是相當惋惜般動著脖子。

「……葛莉賽達原本就是速度型的劍士。想要在賣掉那個戒指之前感受一下它所帶來的強大敏捷加成，應該也是人之常情吧？聽好，她被殺死的時候，放在我和她共有的道具庫裡的所有道具確實都留在我身邊了。但是裡面沒有那枚戒指。事情就是這樣，偵探小弟。」

我下意識咬緊自己的牙根。雖然拚命想要找出反駁葛利牧羅克主張的資料，但能夠證明戒指有沒有裝備在葛莉賽達手指上的，就只有實際下手殺害她的犯人——也就是某個微笑棺木的成員而已。

葛利牧羅克向保持安靜的我輕輕挑起帽沿。然後他環視其餘四人，很有禮地鞠了個躬。

「那麼，我也差不多要走了。可惜沒能找出殺害葛莉賽達的首謀，但修密特的懺悔應該就能讓她的靈魂得到安息了吧。」

鐵匠再次深深地拉下帽子，輕巧地轉過身子準備離開——

但夜子卻對著他的背部發出平靜裡帶著某種熾烈情緒的聲音。

「請等一下……不對，你給我站住，葛利牧羅克。」

男人倏然停下腳步，把臉稍微轉向這邊。鏡片後那對柔和的眼睛裡，似乎浮現某種不愉快的感情。

「還有什麼事嗎？可不可以別再拿些沒有根據而且不客觀的指責來煩我了？對我來說這裡可是個神聖的地方啊。」

葛利牧羅克平順且傲慢地這麼說道，但夜子卻繼續向他跨出一步。

不知道為什麼，少女把白皙的雙手舉到胸前並瞥了一眼。當她再度抬起頭來時，那對深藍色眼珠裡，已經出現至今為止從未見過的強韌意志。

「葛利牧羅克，你剛才說會長裝備著那枚戒指，所以戒指沒有傳送到你這裡而是被殺人犯奪走了，對吧。但是……那是不可能的。」

「……哦？妳有什麼證據？」

葛利牧羅克緩緩轉過身來，而夜子則依然以嚴厲的聲音對著他說：

「你應該也記得公會全員開會討論怎麼處置戒指時的事吧？我、凱因茲還有修密特，都說該留下來增加公會的戰力而反對賣掉。在會議裡，凱因茲明明想自己裝備，卻先把會長給抬了出來。他說——『金蘋果』裡最強的人是會長。所以應該由會長來裝備。」

夜子身邊的凱因茲臉上浮現了尷尬的神情。不過夜子絲毫不在意，只是夾雜著肢體語言繼續說道：

「而會長當時回答他的話，我到現在還記得一清二楚。那個人笑著這麼說了——在ＳＡＯ裡，一隻手只能夠裝備一枚戒指。我右手上已經戴著公會的印章，而且……也不能把左手上的結婚戒指拔下來，所以沒辦法使用。你聽好囉？那個人不可能解除這兩枚戒指之一，來偷偷嘗試稀有戒指的能力！」

當她尖銳的聲音響起時，我們幾個人都摒住了呼吸。

確實，主要選單的裝備人偶所設定的戒指格，只有左右手各一個而已。要是兩邊都填滿，就沒辦法裝備新的戒指道具。但是——

這論點還是太薄弱了。

葛利牧羅克像是擷取到我內心的想法般低聲回答：

「我還以為妳要說什麼呢。什麼叫『不可能』？真要這麼說，那麼你們就應該先聽聽我的講法——和葛莉賽達結婚的我不可能會殺害她。妳所說的，根本是毫無根據的抹黑。」

「你錯了。」

夜子呢喃般答道。我摒住呼吸，看見這名嬌小的女性玩家緩慢而明確地搖了搖頭。

「你完全錯了。我有證據…………殺害會長的犯人，把認為沒有價值的道具全都留在練功區裡的殺人現場。發現道具的玩家剛好認識會長，把她的遺物送回公會根據地。所以我們……在決定把這個墓碑當成會長的墳墓時，才會把她的劍放在墓碑底部任由耐久度減少然後消失。但是……但是，其實不只是那把劍而已。我沒跟大家說……其實我還埋了一個遺物在這裡。」

夜子說完，馬上就在旁邊的小小墓碑後面跪了下來，用手挖起土壤。在現場所有人無言的凝視之下，不久後夜子起身亮出右手上的東西給大家看。她手上的小箱子雖然剛出土，但受到月光照射之後卻還是發出了銀色光芒。

「啊……是『永久保存盒』……！」

亞絲娜輕輕這麼叫道，正如她所言，夜子拿出來展示的東西，正是只有大師級工匠才能製造的「耐久值無限」的保存盒。由於它最大的尺寸也不過十公分見方，所以沒有辦法裝大型的道具，不過應該可以容納下幾個首飾才對。而道具只要放在這裡面，就算擺在練功場也絕對不會因為耐久值的自然現象而消滅。

夜子靜靜伸出左手，打開銀色小箱的蓋子。

放在裡頭白色絹布上的兩枚戒指馬上發出光芒。

夜子首先拿起其中一枚較大的銀戒指。它平板的頂部雕刻著蘋果的圖案。

「這就是經常裝備在會長右手上的『金蘋果』印章。因為我也有一枚一樣的戒指，所以比較一下就能知道了。」

說完她便把戒指放回去，接著悄悄拿起另外一枚——閃耀金色光芒的小戒指。

「而這就是——她一直戴在左手無名指上的結婚戒指了，葛利牧羅克！戒指內側還清楚地刻著你的名字！這兩枚戒指出現在這裡——就是會長被搬到圈外殺害的瞬間，它們都還裝備在會長手指上的鐵證！我有說錯嗎？有錯的話你倒是反駁看看啊！」

話說到最後，已經變成夜子參雜著淚水的大叫。

臉上流下大滴淚珠的夜子，直接把閃爍著金色光芒的戒指拿到葛利牧羅克面前。

好一陣子都沒有任何人開口。凱因茲、修密特以及亞絲娜和我，都只是摒住呼吸、瞪大著雙眼持續看著他們兩個人。

瘦高的鐵匠嘴角依然略微歪斜，整個人僵住了十秒以上。最後他的嘴終於開始微微顫抖，緩緩張開——

「那個戒指……夜子，妳曾經在喪禮那天問過我想不想保留葛莉賽達的結婚戒指，對吧？然後我回答就任由它和那把劍一起消失吧。如果那時候……我說想要的話……………」

葛利牧羅克深深垂下頭，把臉藏在寬帽沿底下，接著整個人就像失去支撐的玩偶般當場跪倒在地。

夜子把金戒指放回盒子裡並闔上蓋子，然後將其緊緊抱在胸前。她仰望著天空，被淚水濡濕的臉龐整個扭曲，用洩氣的聲音低語：

「…………為什麼……為什麼要這麼做……葛利牧羅克。為什麼要為了奪取那枚戒指而不惜殺害自己的妻子？你就這麼想要錢嗎？」

「…………錢？妳說我想要錢？」

跪在地上的葛利牧羅克用沙啞的聲音笑了起來。

他揮動左手，叫出選單視窗。經由簡短操作所出現的，是一只略大的皮袋子。葛利牧羅克拿起袋子後隨意往地上一扔，立刻有好幾道沉重的金屬聲從袋子裡傳了出來。光是聽聲音，我就知道那袋子裡面裝了大量的珂爾。

「這是賣掉那枚戒指後剩下來的另一半珂爾。我沒有花到任何一分錢。」

「咦…………？」

葛利牧羅克先抬頭看了一眼感到疑惑的夜子，接著又依序看著我們每個人，最後才用尖銳的聲音說：

「我不是為了錢。我……我無論如何都得在她還是我妻子的時候殺了她。」

鐵匠的圓眼鏡轉向長滿青苔的墓碑，接著他繼續開口表示：

「葛莉賽達。葛利牧羅克。名字開頭的發音相同根本不是偶然。我和她在進入ＳＡＯ之前所玩的網路遊戲裡，也經常使用這兩個名字。而且如果系統允許，我們倆也一定會結為夫婦。因為……因為，她在現實世界裡也是我的妻子。」

打從心裡感到驚訝的我，微微張開嘴巴。亞絲娜急促地倒抽了口氣，而夜子等人臉上也出現訝異的表情。

「對我來說，她是個沒有缺點的理想妻子。甚至可以說夫唱婦隨這句成語，就是為了她這種女性所創造的，她是那麼地可愛、順從，我們根本沒有吵過一次架。但是……一起被囚禁在這個世界中之後……她就變了……」

葛利牧羅克隱藏在帽沿下的臉靜靜地左右搖動，接著他低聲嘆了口氣。

「只有我一個人因為這無法逃脫的死亡遊戲而感到害怕、恐懼。沒想到她竟然會有這樣的才能……不論是戰鬥力還是狀況判斷能力，葛莉賽達……不對，『優子』她都遠超過我。而且還不只是這樣。她最後終於不顧我的反對成立了公會、募集會員，並且開始鍛鍊自己。她……跟在現實世界裡相比，可以說整個人充滿活力……而且過得相當充實……在旁邊看見她那種模樣，我也不得不承認，我愛的那個優子已經消失了。就算有人完全攻略遊戲，我們終於能夠回到現實世界，那個凡事順著我的優子也永遠不會回來了。」

他穿著前釦式大衣的肩膀輕輕抖了起來。這究竟是他的自我嘲笑，抑或是他喪失愛妻的感嘆？我沒有辦法判斷。而他呢喃般的聲音又繼續說：

「……你們能夠了解我的恐懼嗎？如果回到現實世界時……優子說要和我離婚的話……我實在沒有辦法忍受那種屈辱。既然這樣……既然這樣，乾脆在我還是她丈夫的時候……在這個可以合法殺人的世界裡……把傻子永遠封印在我的回憶當中……試問又有誰可以責備我的這種心願呢……？」

即使他這一長串獨白已經停止，在場的所有人還是好一陣子沒有出聲。

這時候，我聽見自己硬是從喉嚨裡擠出斷斷續續的聲音。

「屈辱……你說那是屈辱？就因為太太變得不聽你的話……你竟然就因為這種理由而把她殺掉？為了能從ＳＡＯ中解放而鍛鍊自己與同伴……希望有一天能加入攻略組的人，你竟然……因為這種理由……就把她……………」

我的右手瞬間想往背上的劍伸去，但左手隨即強行將它壓了下來。

葛利牧羅克緩緩抬起頭來。眼鏡下端發出些許微光的他接著又對我低聲說道：

「這種理由？你錯了，這是很充分的理由。總有一天你也會了解的，偵探小弟。等你得到愛情，而又快要失去它的時候……」

「不，錯的人是你，葛利牧羅克。」

反駁他的人不是我，而是亞絲娜。

她那清純姣好的臉龐上，浮現了我看不透的表情。這個細劍使靜靜地如此宣告：

「你對葛莉賽達小姐抱持的根本就不是愛情，只是個人的佔有慾而已。如果敢說自己還愛著她的話，就把你左手上的手套脫下來。葛莉賽達小姐直到遇害時都還把戒指戴在手上，而你應該早就把它扔掉了吧。」

葛利牧羅克的肩膀微微抖動。他像是剛才的我一樣，右手用力抓住了左手。但是鐵匠的手至此就沒有任何動作，只是保持沉默而沒有準備脫下皮手套的樣子。

之前一直保持沉默的修密特，這時開口打破再度降臨的沉默。

「……桐人。可不可以把這個男人交給我們處置？當然，我不會動用私刑。但一定會讓他為自己的罪過付出代價。」

他沉穩的聲音裡，已經聽不出幾個小時前的膽怯了。

「我知道了。就交給你們吧。」

修密特無言地對我點了點頭，接著抓住葛利牧羅克的右臂讓對方站起來。他用力抓緊垂頭喪氣的鐵匠後，短短地說了一句「受你關照啦」便往山坡下走去。

之後，再度把銀色小盒子埋回去的夜子與凱因茲也準備離開。他們在我和亞絲娜旁邊停下腳步並深深一鞠躬，接著互看了一眼。最後夜子開口說：

「亞絲娜小姐。桐人先生。真的不知道該怎麼向你們道歉……以及道謝。如果不是你們兩位趕到，我們早就已經被殺……而且也無法揭發葛利牧羅克的惡行了。」

「沒有啦……最後還是多虧了夜子小姐想起那兩枚戒指，才能讓他無所遁形。回到現實世界後，妳很適合去當檢察官或律師唷。」

夜子聳了聳肩並微微一笑。

「不……或許你們不會相信，但那個瞬間，我似乎聽見了會長的聲音。她要我快點想起戒指的事情。」

「……這樣啊……」

兩人再度深深一鞠躬，然後隨著修密特的腳步走下山丘，而我和亞絲娜就這樣站在原地目送他們離開。

「……我說，桐人啊。」

亞絲娜忽然冒出這麼一句話。

「如果換成是你……如果你和某個人結婚之後，發現了那人隱藏的一面，到時候你會有什麼想法？」

「咦？」

面對這完全沒有想過的問題，我頓時說不出任何話來。畢竟我不過是個十五歲零六個月的小鬼頭。根本沒有試著去理解這種人情事故。

但是我在拚命想了老半天之後，竟然講出了一個有點淺薄的答案。

「我想，我會覺得很幸運吧。」

「咦？」

「因……因為啊，我就是喜歡上了那個人的每一面才會結婚的吧？所以，結婚之後如果能發現對方新的一面並再度喜歡上……那、那不是得到了兩倍的好處嗎？」

雖然這種說法俗氣到了極點，但亞絲娜皺了皺眉頭後，隨即又歪著頭露出了微笑。

「呵呵，真是個怪人。」

「怪……怪人…………」

「算了。話說回來……實在發生太多事，讓我的肚子都餓了。我們去吃點東西吧。」

「說、說的也是。那……我們就來試試阿爾格特名產，外表是大阪燒但醬料卻沒有味道的那個…………」

「駁回。」

當場被拒絕的我垂頭喪氣地準備邁步離去，亞絲娜卻忽然從後面抓住我的肩膀。

嚇了一跳而回過頭去的我眼前——

出現了自從跟這個「圈內事件」扯上關係後，已經不知道是第幾次的不可思議景象。

艾恩葛朗特裡，所有的感覺情報都可以經由線路置換成數位檔案。所以絕對不可能出現所謂的靈異現象。

因此我現在看見的，若不是伺服器的ＢＵＧ，就是真實世界裡腦部所產生的幻覺。

在山丘北側稍遠處。豎立在彎曲古樹根部那塊長滿青苔的墓碑旁邊……

出現了一名閃爍著淡淡金光，而且身體有一半透明的女性玩家。

那人纖細的身體上，裹著最低限度的金屬鎧甲。她腰部掛著一把略細的長劍、背上還有一面盾牌。這名短髮女子的容顏，看起來相當和藹且美麗，眼中也跟我認識的數名玩家一樣帶著堅強的光芒。

只有希望靠自己的劍來終結這個死亡遊戲的攻略者，才會擁有那樣的眼神。

這名露出平穩微笑的女性玩家，只是靜靜凝視著我和亞絲娜；但不久後她便像要交給我們什麼東西般，對我們伸出張開的右手。

我和亞絲娜也同時對她伸出右手，當手掌感受到一股熱量的瞬間便緊握起手來。那道熱氣流進體內並在我心中點起了火，更在變成她想傳達的話之後從我的嘴唇流出。

「我們會繼承妳的遺志……總有一天，一定會攻略這款遊戲，把大家從這裡解放出去。」

「嗯，一定會。所以……請妳保佑我們，葛莉賽達小姐。」

亞絲娜的呢喃，就這樣乘著夜風傳到了那名女性劍士的身邊。她那透明的臉龐也跟著出現了非常燦爛的笑容——

下一個瞬間，那個地方再也看不見任何人的身影。

我們放下手後，又在現場站了好一段時間。

最後亞絲娜才用力握住我的右手，微笑著對我說道：

「回去吧。明天得繼續努力了。」

「……說的也是。希望能在這個禮拜內突破現在的最前線。」

接著我們便轉身走下小山坡，開始朝著主街區前進。

（完）

008-02

聖劍

§ 阿爾普海姆
二〇二五年十二月

SWORD ART ONLINE

1

「哥哥，你看這個。」

直葉邊說邊把薄型平板電腦拿到我面前，而我只是睡眼惺忪地看著畫面。

昨天晚上我睡了個難得的好覺，而且好像還作了個很長的夢。所以即使人已經坐在餐桌前面，腦袋的運轉速度依舊完全沒有辦法提升，現在正準備靠濃咖啡來強行提升它的轉速。不過就算處於這種狀態，腦袋角落裡的警示燈還是亮了起來，讓我有些猶豫該不該接下眼前的平板電腦。

因為大概兩個禮拜之前，在類似的狀況及時間遞到我手裡的影印紙上頭，就印著我秘密的惡行——這麼說或許有點誇張，不過那上面確實有我瞞著直葉擅自把角色由飛行型ＶＲＭＭＯ「ALfheim Online」轉移到槍戰型ＶＲＭＭＯ「Gun Gale Online」的證據。這次說不定又是類似的情形，不過當我思考自己最近又幹了什麼好事時，直葉已經苦笑著對我說：

「我又不是要把哥哥吊起來拷問。反正你看就對了嘛！」

我畏畏縮縮地接下再度遞來面前的平板電腦，然後往畫面上看去。

畫面所顯示的，跟上次一樣是國內最大的ＶＲＭＭＯＲＰＧ情報站「ＭＭＯTomorrow」的新聞報導，但遊戲種類不是ＧＧＯ而是ＡＬＯ。報導開頭的螢幕照片並非玩家角色而是一張風景照。看來確實不是某黑漆漆的守衛精靈又幹了什麼好事的報導。

放下心來的我這才開始注意報導的標題。

但我隨即就受到了另外一種衝擊，結果還是發出了驚叫聲。

「什……什麼～！」

【最強的傳說級武器「斷鋼聖劍」終於出現了！】

報導上面寫了這幾個大字。

我完全忘記剛才的倦怠感，聚精會神地讀著本文並且發出了很長的沉吟聲。

「嗯————終於被發現了嗎……」

「嗯，不過其實也已經算很久了呢～」

坐在我對面替吐司塗上藍莓果醬的直葉，也噘起嘴唇這麼回答我。

「斷鋼聖劍」。

據說，那是ＡＬＯ裡唯一能夠超越火精靈將軍尤金那把「魔劍瓦蘭姆」的武器。但是長期以來，都只能在公式網站的武器介紹網頁最下方那段小小記述與照片裡確認其存在，沒有人知道在遊戲裡要如何得到它。

——不，正確來說有三個……不對，應該說有四個人知道它的所在處。那就是我、直葉、亞絲娜以及結衣。我們是在今年年初，也就是二〇二五年一月才發現它的。而今天是十二月二十八日，所以斷鋼聖劍的秘密幾乎已經保存了長達一年的時間。

「唉唉……早知道就再去挑戰一次了……」

我一邊這麼抱怨，一邊從直葉那裡接過自家製果醬瓶並把湯匙插了進去，然後挖出一大坨紫色膠狀物質丟在吐司上面。接著又在上面轟炸了一塊奶油，讓它們混在一起後才好好塗在吐司上。最近似乎在控制體重的直葉，看到我的所作所為後便比較起自己右手上的吐司與我這裡的成品，臉上露出了忍耐的表情；不過最後意志力輪盤還是轉到了「吃吧」那一格，於是她便默默將裝奶油的盆子拉了過去。

可能是想藉著減少用量展現最後一絲骨氣吧，她僅僅挖起些許奶油並仔細地塗在吐司上。直葉咬了一大口吐司之後，才糾正我的錯誤。

「你看仔細一點嘛，只是被找到而已。好像還沒被人拿走唷。」

「什麼！」

同樣準備大口咬下吐司的我停下手，再度凝視桌上的平板電腦。的確報導裡寫了確認到斷鋼聖劍的存在，但沒提到有人獲得的消息。仔細一想，如果已經有玩家獲得聖劍，那麼報導裡一定會刊登那傢伙驕傲地舉著黃金劍的照片才對。

「什麼嘛，別嚇人好嗎……」

我這次終於大口地咬下吐司，還邊嚼邊發出放心的聲音。看見我的模樣之後，直葉便露出「誰叫你這麼性急」的笑容，然後拿起牛奶盒幫我在眼前的杯子裡倒滿了牛奶。

二〇二五年十二月二十八日星期天，上午九點三十分。我和直葉的學校都是從今天開始放寒假，所以兩個人到現在才吃早餐。媽媽則是還有幾件得在今年內校正完畢的工作還未完成，剛才咬著吐司就直接衝出去了。不需要印刷廠的電子書籍，在這方面可以說是有好有壞。

而獨自在紐約工作的老爸好像還是很忙，傳了電子郵件表示三十號才會回國。因此餐桌上照慣例只剩我和直葉兩人，而這種時候我們談論的就幾乎都是ALO的話題了。

我吃完第一片吐司，開始在第二片上塗起鮪魚醬，同時開口提出了心裡的疑問：

「但是，到底是怎麼發現它的呢？幽茲海姆裡面沒辦法飛行，但不飛起來就沒辦法看見斷鋼聖劍的所在地吧？」

一年前，離開風精靈領地朝著中央都市「阿魯恩」前進的我／桐人以及直葉／莉法，在好不容易看見世界樹時被巨大蚯蚓怪物給吞了進去，經過牠的消化管掉到了地底世界幽茲海姆。

那個練功區裡，充滿了光靠兩個人絕對無法抗衡的巨大邪神級怪物，我們只能想盡辦法朝著通往地面的階梯移動，但這時候我們眼前卻出現了非常不可思議的光景。一隻四條手臂的人型邪神，竟然在攻擊一隻長著無數觸手與長鼻子的象型水母邪神。

我聽見莉法「幫助被欺負的那隻」的請求後，總算誘導四臂邪神到附近的湖裡，讓擅長水中作戰的象水母邪神獲得勝利。那隻後來被莉法取名為「噹嘰」的邪神不但沒攻擊我們，反而還讓我們坐在牠背上，然後帶我們到幽茲海姆的中央地帶。之後經過結繭及「羽化」的噹嘰，載著我和莉法飛到屋頂一條連接地面的通道——我們就在途中見到了那個。屋頂的中心部位，可以看見世界樹的樹根包裹著一座倒金字塔狀的迷宮，而發出光芒的黃金長劍就封印在迷宮最下端的水晶當中。

「哥哥，你那時候感到很猶豫對吧。不知道是要坐在噹嘰背上回到地面，還是跳進迷宮裡去拿取斷鋼聖劍。」

「確……確實我當時是猶豫了……不過呢，我要大膽地說一句，在那種時候不會猶豫的人，我就不承認他是網路遊戲玩家！」

「這句話一點都不帥唷。」

笑著說出評價之後，直葉像是在考慮什麼事情般低下頭去，看樣子應該不是在猶豫第二片吐司該做成什麼口味。她將手伸往裝有鮪魚醬的容器，低聲說道：

「……噹嘰只有我和哥哥呼叫時才會過來……而且也沒聽說過在幽茲海姆還有別的飛行方法。也就是說，有人像我們一樣救助了別的象水母邪神，成功完成了任務……」

「真的是這樣嗎……外表那麼噁心……不對，應該說是充滿個性的邪神，想不到還有其他

像小直的怪人……不對，應該說是博愛主義者會去救牠。」

「一點都不噁心！明明很可愛啊！」

今年已經十六歲的妹妹狠狠瞪了我一眼後這麼宣稱，接著才又繼續說道：

「不過如果是這樣，那有人突破那座迷宮得到聖劍也只是時間上的問題。由於成功解決任務的條件相當困難，所以才會一直都沒人發現，但已經過了一年，也加入了劍技的升級改版，所以迷宮的難度應該下降了才對。」

「說的……也對呢……」

我喝了一口牛奶，然後點了點頭。

我們是今年一月發現斷鋼聖劍。之後ＡＬＯ營運者從ＲＣＴ換成現在的新興企業，而遊戲也有加裝浮遊城艾恩葛朗特這樣的重大變革。等這些事情終於平靜下來的六月，我和莉法、結衣以及亞絲娜便一起再度坐上噹嘰的背部，挑戰獲得斷鋼聖劍的任務。

然後我們很簡單地就被打敗了。那個倒金字塔型的空中迷宮裡，有著許多欺負噹嘰的那種四臂巨大人型邪神，而且這些傢伙還更大更強，讓人忍不住想大聲喊出「這怎麼贏得了！」之類的感想。原本我打算把它當成正式挑戰前的偵查活動，所以才會只有三人加一隻妖精就衝進迷宮裡，但當時我們判斷即使找更多人來也很難成功，於是立下了「變強之後再來挑戰」這樣的誓言——

只不過，艾恩葛朗特上線之後開放到第十層，而九月則開放到第二十層，我們幾乎把時間都放在攻略浮遊城上。大夥兒只有需要素材道具時才偶而到幽茲海姆去，雖然有時會順便叫噹嘰出來一起玩，不過也僅止於此。至於斷鋼聖劍嘛，則是認為反正也沒人能拿到——應該說覺得根本不會有人發現，所以也就沒有積極地去挑戰，結果就這樣過了一年。

但是ＭＭＯＲＰＧ裡，根本不可能有永遠不會被發現的道具。雖然還不清楚詳細的經過，不過那把劍的所在既然已經像這樣被登在情報網站上了，那麼現在應該已經有許多玩家湧入幽茲海姆，說不定還有一部分玩家已經衝進空中迷宮了呢。

「……怎麼辦，哥哥？」

解決掉第二片吐司的直葉用兩手拿起牛奶杯，同時這麼對我問道。

而我則是輕咳了幾聲後才這麼回答她。

「小直。ＶＲＭＭＯ的樂趣不是只有追求稀有道具而已唷。」

「……嗯，說的也是。就算武器的性能再強……」

「不過，既然噹嘰都帶我們去看那把劍了，我認為我們不該辜負牠的一番心意。那傢伙內心想必期待著我們能夠突破那座迷宮吧，畢竟我們和噹嘰是朋友啊。」

「…………剛剛明明才說牠噁心……」

面對妹妹緊盯著我的視線，我露出了最燦爛的笑容然後問道：

「所以呢，小直，妳今天有空嗎？」

「……………嗯，社團活動也已經休息了啦。」

我立刻用右拳打在左掌上表現出「太好了！」的樣子，接著立刻全力運轉腦袋，用最快速度思考攻略方法。

「記得噹嘰最多只能載七個人對吧。我和小直、亞絲娜、克萊因、莉茲和西莉卡……還少一個人嗎？但艾基爾應該要顧店……克里斯海特又靠不住，而雷根應該在風精靈領地……」

「……要不要問問看詩乃小姐？」

「哦哦，沒錯！」我啪嘰一聲彈了一下手指，馬上拿出手機捲動電話簿。

這個月上旬，我碰上了某個事件而把桐人轉移到ＧＧＯ──「Gun Gale Online」裡，然後在那裡認識了名叫詩乃的女性玩家。事件解決之後，詩乃和亞絲娜及莉茲等人成了朋友，更在她們的邀請下也在ＡＬＯ裡開了一個新角色。

雖然只是剛創兩個禮拜的新角色，但在完全技術制的ＡＬＯ裡，能力值的數字並不是那麼重要。以詩乃的天分，應該已經能夠進入高難度迷宮了才對。

我開始以最快的速度打著簡訊，而對面的直葉則是迅速把盤子與杯子疊起來拿到廚房去。

這時她的腳步已經反應出本人雀躍的心情了。我想那傢伙雖然說了一堆，但打從一開始拿新聞給我看的時候就已經想要這麼做了吧。

和志同道合的夥伴衝進異世界裡，挑戰困難刺激的任務。沒有什麼比這個更快樂的了。

把簡訊傳給包含詩乃在內的五個人後，連我自己也不禁踩著興奮的腳步跑到廚房裡去幫直葉的忙。

即使是禮拜天，但在年關將近的上午還能這麼輕易就集合七人小隊，應該是靠了召集人的人望——抱歉，我太得意忘形了，應該說是「斷鋼聖劍」讓大家身為網路遊戲玩家的熱血都沸騰起來了吧。跟半年前我和亞絲娜、莉法&結衣去挑戰時相比，新團隊無論是人數還是個人能力都有了大幅的成長。

在集合地點——世界樹城市大道上打著「莉茲貝特武器店」招牌的工作室裡，小矮妖族店長正依序把大家的武器放到磨刀石上。在挑戰困難任務時，先完全恢復裝備的耐久度已經可以說是常識了。

把軟綿綿水藍色小龍頂在頭上的貓妖族馴獸師西莉卡，對著盤起了腿坐在牆邊的板凳上，以「提振精神」這種理由打從一大早就在喝酒的——不過現實世界裡的身體當然沒有吸收到一滴酒精——火精靈族刀使克萊因問道：

「克萊因的公司已經開始放年假了嗎？」

「嗯，昨天開始。就算我們想工作，這個時期也沒有貨會進來。社長那傢伙還很驕傲地說

『本公司在新年前後足足有一個禮拜的休假，可以說是福利超好的優良公司呢』！」

別看克萊因這樣，他可是在一間小規模貿易公司上班的社會人士呢。雖然時常說著社長的壞話，但看他被囚禁在SAO中兩年時公司還這麼照顧他，醒過來之後他也能立刻回去上班，實際上應該是間不錯的公司才對。而克萊因也確實很感謝公司的照顧，最近很認真地在構建利用「The Seed」程式套件與照相手機所組成的遠距離簡報系統。雖然只請被迫幫忙修正該系統照相機的我去過一次烤肉吃到飽這點讓人不太能接受，但看在他今天來幫忙挑戰任務的分上，就當他已經還我這個人情了吧——

當我靠在牆壁上這麼想時，克萊因本人卻瞪了我一眼然後說：

「喂，桐字頭的老大啊，如果你今天順利拿到『斷鋼聖劍』的話，下次也要幫本大爺去拿『靈刀迦具土』啊。」

「欸……那個迷宮熱死人了耶……」

「這麼說起來，今天要去的幽茲海姆還不是冷死人了！」

聽見我們這種低水準的爭執後，左邊忽然傳來了一句：

「啊，那我也想要『光弓神輝』。」

頓時說不出話來的我只得往聲音來源看去。和我同樣把背靠在牆上、雙手環抱胸前站在那裡的，是有著水藍色短髮與尖銳三角型耳朵的貓妖族女性玩家。如果說西莉卡是喜歡黏人的曼切堪貓，那麼這名女性就是冷酷的暹羅貓——不對，應該說是兇猛的山貓。

「才、才剛創造角色兩個禮拜，小姐您就已經想要傳說武器了嗎？」

聽見我恭敬地發問後，山貓便動了一下細長的尾巴回答：

「莉茲幫我打造的弓確實很不錯，但我還是希望射程能夠再遠一點……」

她這麼一說，正在作業台前替那把弓重新安弦的莉茲貝特馬上轉過身來，苦笑著說：

「我說啊，這個世界的弓呢，就只是射程在長槍以上但在魔法以下的武器耶！平常根本不會有人從距離一百公尺的地方就發射弓箭啦！」

山貓聽見這番話後只是聳了聳肩，然後臉上露出了輕鬆的微笑。

「真要說的話，我希望射程能有兩百公尺。」

由於我知道這女孩在ＧＧＯ裡其實擅長遠達兩千公尺的超長距離狙擊，所以這時候也只能在臉上擠出僵硬的笑容。如果真讓她拿到那種弓，在不限範圍的決鬥裡，要衝至能以劍攻擊到她的距離之前，應該就會先被箭射成刺蝟而死亡了吧。

水藍色頭髮的山貓——兩個禮拜前才剛來到ＡＬＯ的新朋友詩乃，練習一天之後就完全抓住了其實用起來相當困難的武器·弓箭的手感。ＡＬＯ裡的弓箭手，通常若不是由機動力十足的風精靈裝備短弓，就是由腕力與耐久力相當優秀的大地精靈裝備重弩擔任砲台；但她卻完全無視這樣的定律，選擇九個種族裡擁有最優秀視力的貓妖族，好使用專注於強化射程的長弓。

抱持「一開始就讓她自由地玩玩吧」這種想法的我，在看見詩乃從超越火屬性魔法的距離之外不斷用箭命中怪物、在對方接近之前就已經將其打倒的景象後，內心也不得不對她佩服得五體投地。

這個世界裡的弓箭，在適當的距離裡是跟魔法一樣能在系統幫忙下得到命中輔助，但超過一定的距離之後，弓箭就會因為風力與重力等影響而無法飛至瞄準的目標。但是詩乃在使用共同引擎的GGO裡，已經有了許多年自己調整「風力與重力影響」的經驗。這跟我到GGO去時，也有效利用了系統外技能「視線識破」是一樣的道理，也就是說往來於「The Seed」規格的VRMMO連結體這件事，其實還存在過去我從未想到過的意義——

當我想到這裡時，右邊的工作室房門被人用力打開。

「我們回來了！」「大家久等了！」

聲音的主人，是去購買藥水等物品的莉法與亞絲娜。她們似乎沒有把物品放進道具欄裡，而是直接提著籃子從市場走回來；兩個人隨即從籃中拿出各種顏色的小瓶子與果實，將它們堆放在房間中央的桌子上。

從亞絲娜肩上飛起來的小妖精——導航妖精結衣移動到我頭上，直接坐了下來。這個守衛精靈「桐人」原本有著倒豎的黑髮，但在結衣的要求下髮型已經變得跟以前差不多了。而她要求的理由是因為之前那樣「很不好坐」。

結衣在我頭上用銀鈴般的聲音清晰地說：

「買東西時人家順便收集了一下情報，現在還沒有到達那座空中迷宮的玩家或是隊伍唷，爸爸。」

「這樣啊……那為什麼『斷鋼聖劍』的所在位置會被人知道呢？」

「好像是除了我們發現的噹嘰任務之外，又有另一種任務被發現了。聽說該任務裡ＮＰＣ所提出來的報酬就是斷鋼聖劍。」

聽見結衣的話後，正在整理藥水等物的亞絲娜便晃動水妖精族獨特的藍色長髮轉了過來，繃著嬌小的臉點了點頭。

「而且那好像還不是什麼和平的任務呢。不是跑腿或護衛系的任務，而是屠殺系。所以聽說現在幽茲海姆裡因為要爭奪ＰＯＰ而充滿殺伐之氣。」

我聽見後嘴唇也有些扭曲。

「屠殺系」正如其字面上的意義一樣，是「打倒○隻叫做○○的怪物」或者「收集○個會從○○怪物身上掉下來的道具」這種類型的任務。所以玩家們必然會瘋狂地狩獵指定的怪物，而接下同樣任務的小隊要是在狹小的區域裡碰頭，就會為了爭奪ＰＯＰ，也就是怪物再度湧出的地點而產生衝突。

「可是啊～這不是很奇怪嗎？」

最後竟然真的把一整瓶火酒喝光的克萊因，擦了一下自己的嘴唇後才繼續說道：

「『斷鋼聖劍』不是被封印在裡頭有一大堆恐怖邪神的空中迷宮最深處嗎？那ＮＰＣ怎麼還可以把它當成任務的報酬？」

「聽你這麼一說，好像真的是這樣哦。」

從頭上把小龍畢娜抓到胸前來撫摸的西莉卡也感到不解。

「如果是提供移動到迷宮的移動手段，那就還能理解……」

「——沒關係，反正到那裡去看看就知道了。」

我旁邊的詩乃講出一貫的冷靜發言，接著工作室深處的莉茲貝特忽然大叫了起來。

「好！所有武器都完全回復了！」

「辛苦了！」

大家都開口感謝她的辛勞。然後接過發出新品般光輝的愛劍、愛刀、愛弓掛到自己身上。

接著我們又走到下一張桌子前面，領取由擁有優秀作戰指揮能力的亞絲娜分為七等分的藥水，並且將它們收到腰間的包包裡。沒辦法攜帶的量則是收進了道具欄當中。

瞄了一眼視野右下方的時間表示後，得知現在才十一點而已。雖然一定得找個時間吃午飯與上廁所休息一下，不過在那之前應該可以到達空中迷宮最初的安全地帶才對。

七人＋一隻妖精＋一隻小龍準備完成之後，我便環視了一下眾人，接著乾咳了幾聲並開口表示：

「謝謝大家撥空回應我的臨時召集！我一定會在精神上報答大家！那麼——就讓我們努力達成任務吧！」

感覺在眾人「哦——！」的聲音裡似乎還參雜了一些苦笑，不過那應該只是想太多了吧。

我轉過身子，打開工作室的門，靴子朝著在世界樹城市正下方的阿魯恩街道裡，那條通往地下世界幽茲海姆的秘密隧道踏出了一大步。

2

在連地圖上也沒有表示的阿魯恩小巷弄裡又是東拐西繞、又是多次上下樓梯，甚至還穿過民房的院子之後，我們才來到了那扇門的所在地。

它的外表看起來是一扇相當普通的木門，只會讓人覺得是無法打開的裝飾用物體。但在莉法從腰包裡拿出一把銅製小鑰匙並插入鑰匙孔一轉後，馬上就傳出「喀嚓」的清脆聲音。鑰匙是以前噹嘰把我們載到這條通道下方時，不知不覺間就出現在道具庫裡的物品。換言之，這是一開始絕對無法從阿魯恩打開的一扇門。

我握住鐵環往後一拉，木門便嘰一聲往左右打開，露出了內部通往下方的階梯。我們七個人排成一列走進裡面，當最後尾的克萊因再度關上門時，門立刻就自動鎖上了。

「嗚哇……這樓梯到底有多少階啊？」

也難怪第一次來到這裡的莉茲貝特會這麼說。直徑兩公尺左右的隧道地板，是由下降的樓梯所構成，而被牆上小小油燈藍白色燐光照耀的階梯，一直往眼前延伸到解析度的極限為止。

「嗯～應該有艾恩葛朗特一整座迷宮塔的分量吧～～」

在最前面開始下樓梯的亞絲娜這麼回答，莉茲與西莉卡、克萊因同時出現了「不會吧」的表情。我忍不住露出苦笑，熱切地對大家說明這條隧道的方便之處。

「我告訴你們，如果要走平常的路徑到達幽茲海姆，首先要移動到位於阿魯恩東西南北好幾公里處的樓梯迷宮，然後一邊和怪物戰鬥一邊走到最深處，最後打倒守護魔王才能到達唷。原本一個小隊最少也得花上兩個小時的時間，但從這裡走下去只要五分鐘就到了！我和莉法甚至可以在這裡展開走一次收一千尤魯特過路費的事業呢。」

「我說啊哥哥，就算能走到下面好了，如果嚕嘰沒有過來接人的話，也只會掉進幽茲海姆的中央大洞然後死亡而已唷。」

莉法露出「真受不了你」的表情這麼說道。實際上這番話一點都沒錯。

在這個廣大的地下世界幽茲海姆正中央，有一個直徑差不多有一．五公里的無底洞，通稱「中央大空洞」。封印斷鋼聖劍的倒金字塔型空中迷宮，就是從這個空洞正上方的屋頂往下突出來的。我們現在往下走的樓梯，出口則是設在空中迷宮附近，也就是大空洞的上空，所以一旦掉下去就會落入無底洞裡死亡，接著無條件被送回地面上的存檔地點去。

乾咳了幾聲把自己剛才那種死要錢的發言帶過後，我便繃著一張臉這麼說道：

「總之就是這樣，你們就別再抱怨了，要懷著感恩的心情一步一步走下階梯啊。」

「又不是你造出來的。」

走在我前面的詩乃突然冒出這麼一句話來。雖然這是她一貫的冷酷吐槽，不過在這種時候還願意吐槽我，我就該覺得感謝了。

「謝謝您正確的指責。」

我這麼向她道謝，接著為了取代握手而用力握住在眼前搖晃的水藍色尾巴前端。

「哇啊啊！」

山貓弓箭手立刻隨著非常淒厲的慘叫跳了起來。她轉過身子，靈巧地倒著下樓梯並伸出雙手來抓我的臉，但我當然輕快地避開了她的攻擊。

貓妖族特有的三角形耳朵與尾巴，當然是人類身上沒有的器官，然而不知道為什麼卻還是會有感覺。不習慣的玩家，要是忽然被別人用力握住這些地方，就會產生「奇怪的感覺」——西莉卡經驗談——而且表現出來的反應還相當有趣。

「我告訴你，下次再這麼做我就把火箭射到你鼻孔裡！」

詩乃「哼！」一聲轉過身子，前面的莉法、莉茲、西莉卡、亞絲娜以及她肩膀上的結衣都同時搖著頭表現出「真拿你們兩個沒辦法」的態度。後面的克萊因則是佩服地說著「你真是不怕死耶」。

跟預期的一樣，不到五分鐘隊伍便走完貫穿阿爾普海姆地殼的隧道階梯，前方稍微能看見一絲灰白色光芒。

同一時間，假想的空氣也變得更加冰冷。臉的四周已經開始有閃亮亮的冰晶飛舞。

幾秒後，我們終於穿過地殼，視野裡出現了幽茲海姆的全景。從巨樹樹根上雕出來的樓梯就這樣直接往空中延伸，在十五公尺左右的前方倏然中斷。

「嗚……哇啊……！」

「好壯觀……」

第一次看見幽茲海姆的西莉卡與詩乃這兩隻貓妖，同時發出了驚嘆聲。就連小龍畢娜都在西莉卡頭上拚命拍動翅膀。

下方是一整片被厚重冰雪覆蓋的永夜世界，雖然美麗卻也十分殘酷。這裡的照明，除了從結冰屋頂凸出來那幾根巨大水晶柱由地面導入的些微亮光之外，就只有散佈在地表各處的邪神族城堡或要塞裡燃燒的藍紫與黃綠色火光。由於目前所在的中央部位從地面到屋頂的高度足足有一公里，所以還無法用肉眼確認盤據在練功區的無數邪神。而正下方就是彷彿可以吸收所有光線的無底洞──「中央大空洞」了。

把視線從下方移回正面後，發現這裡也有只能用絕景才能形容的景象。

一塊由屋頂突出來的尖銳微藍冰塊，被無數四處盤繞的巨大樹根──這是屹立在阿爾普海姆地面上的世界樹樹根──給整個包圍住。而那個倒金字塔形的玩意兒，也就是我們的目的地

「空中迷宮」了。底部的一個邊大約有三百公尺，而全長大概也將近三百公尺。從目前的距離就能看見冰塊內部被挖掘出無數的房間與通道，此外還能看見徘徊在內部的巨大黑影。

我的視線最後移向倒金字塔最下方銳利的尖端。

即使是守衛精靈帶有夜視能力輔助的雙眼，也只能看見一小粒偶而會發出黃金色光芒的亮點而已。但那道光芒卻帶著讓人難以抗拒的吸引力。「斷鋼聖劍」。ＡＬＯ裡最強的傳說級武器就被封印在那個地方。

大概確認完目前的狀況後，亞絲娜首先舉起了右手，開始平順地詠唱起咒文。接著所有人的身體瞬間被淡藍色光芒包圍，視野左上方的ＨＰ條下也出現了一個小小的圖標。我立刻就像穿上了高級羽毛外套般，覺得不再那麼寒冷。這是提升凍結耐性的支援魔法。

「ＯＫ！」

莉法聽見亞絲娜的聲音便點了點頭，把右手手指放在嘴唇上吹起尖銳的口哨。

幾秒後，一道「咕哦哦哦哦……嗯」的嘀聲夾雜著風聲由遠方傳來。凝眼一看之下，就能發現有一道白色影子由無底洞的黑暗當中往上升起。

那像比目魚又像飯杓一樣的身體側面，伸出了四對總共八枚類似魚鰭般的白色翅膀。身體下方則垂著無數藤蔓狀的觸手。而除了頭部左右兩邊各有三顆黑色眼睛之外，前方還有長長的鼻子。這隻從象水母「羽化」得怪異又美麗的邪神，也就是我們口中的「噹嘰」了。

「噹嘰先生────！」

結衣從亞絲娜肩上拚命大喊，這個不可思議邪神竟然又「咕哦哦──」地叫了一聲。接著牠用力拍動翅膀，在空中畫著螺旋急速上升。隨著牠的形體愈來愈大，初次見到牠的四個人也開始往樓梯退去。

「不要緊～不要緊～別看這傢伙長成這副德行，牠其實是草食性的呢。」

我才剛這麼說，莉法便轉過頭來露出了笑容。

「不過，我上次從地面上帶了魚來，結果牠一口就吃掉了。」

「…………這、這樣啊……」

克萊因等人又往後退了一步，但狹窄的樓梯已經沒有空間再讓他們退後了。轉眼間來到我們面前的噹嘰，用唯一還像頭大象的臉依序環視我們一群人，然後牠伸長了鼻子，用長滿毛的前端──摸了一下克萊因往上翹的頭髮。

「嗚唷嚕哦！」

刀使立刻發出怪聲，但我還是無情地推了一下他的背。

「牠要你快點坐到牠背上去啦。」

「但……但是呢～我爺爺的遺言特別交代我千萬別坐美國車和會飛的大象啊……」

「你之前還在Dicey Cafe送我你爺爺做的柿餅吧！那真的很好吃，有機會多來點啊！」

我說完就又往他背上推了一下，克萊因這才戰戰兢兢地把腳放到噹嘰肩口並移動到牠平坦的背上。接著換老樣子相當大膽的詩乃以及把噹嘰也歸類為可愛動物的西莉卡坐了上去。莉茲貝特在發出「嘿咻！」這種完全沒有少女形象的聲音後也跟著移了過去。等不是第一次搭乘的莉法與亞絲娜也跳上去後，最後剩下的我便在噹嘰鼻子底部搔了幾下，然後才跳到這全長超過十公尺的邪神級怪物背上。

「好啦～噹嘰，請你帶我們到迷宮入口去吧！」

坐在牠頭部後方的莉法這麼一叫，噹嘰便舉起長鼻子再次叫了一聲，接著八枚翅膀才開始由前方依序緩緩拍動了起來。

包含單純只是遊玩在內，這已經是我第五次搭上飛行型邪神「噹嘰」了。雖然沒說出口，但每當我坐在牠背上時，總是會湧起某個念頭。那就是——

「……欸，你們覺得要是掉下去會怎麼樣？」

坐在後面的莉茲貝特，直接說出了我心中的想法。

沒錯。原則上任何種族的精靈都無法在幽茲海姆裡飛行，而如果從高處落下將像平常一樣受到傷害。雖然會根據能力值而有所差異，但通常大概十公尺左右的高度就會產生傷害，超過三十公尺以上就幾乎可以確定會死亡。

而現在噹嘰飛行的高度大概有一千公尺左右。從這裡掉下去會有什麼結果，其實不用想也能知道。當然說不定會有什麼安全措施——比如說會用牠腹部下方的觸手抓住我們——但當然沒有人想嘗試。

大家似乎都抱著同樣的恐懼感，只有坐在最前面那個早已經「速度中毒」的莉法、移動到她頭上的結衣、以及西莉卡抱在懷裡的畢娜，才會感到興奮。

這時候回答莉茲的，是坐在她身邊的亞絲娜。神情有些緊張的她，在看了我一眼並露出微笑後，才開口說：

「妳還記不記得，以前有人嘗試從艾恩葛朗特的外周柱子爬到上一層，結果卻掉了下去？我想一定會出現這種人跑來實驗的。」

「…………貓科動物應該比較能適應從高處落下吧。」

話才剛說完，身為貓科動物的兩人立刻一臉嚴肅地死命搖著頭。

當我們在閒聊的時候，噹嘰依然依序緩緩拍動四對翅膀，在空中像滑行般前進著。我們的目的地是設在冰製空中迷宮上層側面的入口平台。希望噹嘰能夠一路這樣平穩地帶我們到達目的地——

當我暗暗在心裡祈禱的瞬間。

噹嘰所有的翅膀忽然全部疊成銳角，開始進入緊急衝刺狀態。

「嗚哇啊啊啊啊啊！」

兩名男性發出低沉的大叫。

「呀啊啊啊啊啊！」

女孩子們也發出尖銳的哀嚎。

「唷呵——————！」

利法則是興奮地大喊。

我用雙手緊抓住寬廣背上密生的毛髮，拚命抵抗迎面而來的風壓。在近乎垂直的角度下，我們已經愈來愈接近遙遠下方的地面了。牠為什麼會突然這麼做呢？明明之前載我們來到這裡的時候，都只是按照一定的路線在樹根以及冰台之間緩緩地來回而已啊。

難道是不想再讓我們把牠當成交通工具了嗎？還是上次莉法餵的魚讓牠反胃了呢？

當我想著這種無關緊要的事情時，被冰雪覆蓋的地表細部開始變得愈來愈清晰。噹嘰似乎正朝著巨大「大空洞」的南端邊緣前進。是的，就是過去我和莉法與準備狩獵噹嘰的水精靈聯合部隊一戰之處。

隨後，因為急遽的減速G力加諸身體上，我們每個人都只能緊貼在邪神背部。噹嘰打開疊起的翅膀，減低緊急下降的速度。至少牠看起來沒有把背上行李隨意丟棄的意思。我這才鬆了一口氣，把自己的身體撐起來。

從再度進入緩慢水平巡航的噹嘰背上往下看，馬上就能發現目前高度已經低於五十公尺，原本在上空時地面就像在看大比例尺的航空地圖一樣，但這時已經相當清晰，可以見到吊著銳利冰柱的枯木、結凍的河川、湖水以及——

「……啊……？」

發出尖銳叫聲的，是像要趴在噹嘰頭上而伸長了身體的莉法。她指著地面上的一點，從喉嚨裡擠出像哀嚎般的聲音。

「哥、哥哥，你看那個！」

我和其他五人立刻朝莉法所指的左前方看去。

此時，突然有炫目的閃光效果不斷在我習慣微暗狀態的眼前炸開。遲了一會兒後，激烈的重低音開始傳進我們耳裡。這些效果無疑是來自於大規模的攻擊咒文。

噹嘰這時候發出了「咕嚕嚕——」的悲傷啼聲。而我們也馬上知道牠啼叫的理由。

遭到攻擊的，是饅頭型身體上有著長觸手、此外還有長鼻子與大耳朵的象水母大型邪神。毫無疑問，牠就是噹嘰在「羽化」之前的同類。

而攻擊牠的，是超過三十人的大規模聯合部隊。從有著各式各樣的髮色以及差異相當大的體格來看，應該是各種族的混成部隊。光看這一點，可能只是普通的「邪神狩獵小隊」。但讓包含莉法在內的眾人都驚訝不已之處在於——攻擊象水母的不只有玩家。

那個傢伙有著比大型大地精靈高出六、七倍的身高。形狀雖然像是人類，卻有四條手臂與直列排下來的三張臉。肌膚是鋼鐵般的藍白色，眼睛裡燃燒著讓人聯想起石炭的暗沉紅光。

這傢伙無疑跟當初想要殺死噹嘰的人型邪神同一種族。牠每條手臂上都拿著如鋼筋般粗劣的劍，然後用那有一半像是鈍器的刀刃不斷往象水母背上招呼。象水母堅硬的外殼馬上裂開並流出體液，跟著便有許多玩家的魔法與弓箭、劍技一起往那個傷口攻擊。

「這……究竟是怎麼回事？有人馴服了那隻人型邪神嗎？」

亞絲娜發出像喘息般的呢喃。西莉卡隨即用力搖著頭回答她：

「這不可能！即使技能值全滿再加上專用配備，馴服邪神級怪物的成功率依然是零啊！」

「這也就是說……」

克萊因搔著自己往上翹的頭髮並低聲說著：

「該怎麼說才好呢……也就是玩家們『趁火打劫』囉？當四條手臂的巨人攻擊象水母時，他們也跟著發動攻擊……」

「但是，仇恨值可以管理得那麼好嗎？」

詩乃皺起眉頭並做出冷靜的判斷。她說的一點都沒錯。由邪神的行動模式來看，在這麼近的距離下連續使用魔法與劍技，就算沒受到攻擊，巨人應該也會將目標轉移到玩家身上才對。

在無法理解狀況，只能咬緊嘴唇觀看一切的我們眼前，象水母邪神龐大的身軀終於開始搖晃，接著倒在雪原上發出巨大的聲響。這時又有鐵劍與大型咒文對牠補上了致命一擊——

「咻嚕嚕嚕嚕嗚嗚嗚嗚……」

象水母隨著死亡前的哀嚎灑下大量多邊形碎片，身體也跟著四處飛散。

咕哦嗚嗚嗚嗚……噹嘰再次發出悲切的叫聲。在噹嘰頭上探出身子的莉法肩膀開始顫抖，她頭上的結衣也深深低下頭去。

由於暫時不知道該說什麼話來安慰她們，我也只能默默持續凝視著下方的聯合部隊。

接下來，新的衝擊性事實讓我忍不住瞪大了眼睛。

當不處於馴服、煽動或是幻惑狀態的四臂巨人在發出「波嚕波嚕」的勝利叫聲時，牠腳邊也有幾十名玩家輕輕做出勝利姿勢，然後雙方更一起為了找尋新目標而開始移動了起來。

「為……為什麼沒有發生戰鬥？」

我以沙啞的聲音這麼說道，結果身邊的亞絲娜像是注意到什麼般忽然抬起頭來表示：

「啊……看那邊！」

她指的是右側遠方的山丘上面。那裡也有戰鬥效果光劇烈地閃爍著。定睛一看，能發現那兒也有大規模的玩家集團與兩隻人型邪神聯手攻擊一隻外型像多腳螃蟹一樣的邪神。

「這……這裡到底發生了什麼事……」

聽見克萊因茫然的聲音後，莉茲低聲呢喃著：

「難道……這就是剛才亞絲娜所說的，幽茲海姆裡新發現的屠殺系任務？好像是幫助人型邪神來殲滅動物形邪神……的樣子……」

「…………！」

聽見的六個人同時用力吸了一口氣。

莉茲說的應該沒錯。如果是在進行任務當中，確實是會有和某種特定Ｍｏｂ一起作戰的情況出現。不過，如果是這樣，為什麼這個任務的報酬會是那把「斷鋼聖劍」呢？那把劍應該被封印在人型邪神的根據地——空中迷宮裡，理論上是打倒人型邪神才能入手的東西才對……

一想到這裡，我便反射性地抬起頭，準備往遙遠上空的冰製大金字塔看去。

但我終於還是沒有這麼做。因為噹嘰背部的最後端，沒有任何人坐的地方忽然無聲地飄盪著光粒並開始凝結——最後形成一道人影。

人影穿著長袍般的服裝。頭上有著一頭直長到腳邊的波浪狀金髮。那是一名擁有超然美貌的優雅女性。

但和我同時轉頭的克萊因，嘴裡卻迸出了絕對不適合用來形容一名美女的台詞。

「好…………」

「…………大啊！」

不過也不能怪我們會這麼說。因為女性的身高再怎麼看至少也高出我們兩、三公尺以上。

幸好謎樣的巨大美女似乎沒對我們說的第一句話感到生氣，依然以靜謐的表情張開嘴唇。而從她口中流露出來的聲音也與一般玩家不同，聽得出帶有莊嚴的效果音。

「我是『湖之女王』兀兒德。」

巨大的金髮大姊接著又呼喚起我們。

「與吾之眷屬締結羈絆的精靈們啊。」

「什麼？眷屬？」我的內心感到疑惑。如果這句話指的是讓我們乘坐在背上滑翔的噹嘰，那麼這個美女也應該跟棲息於幽茲海姆的動物型邪神同族了……

這時我才終於注意到，眼前這名自稱「湖之女王」的巨大美女並非百分之百與人類一樣。一直長到腳邊的金色長髮，髮尖最後變成半透明的觸手捲在一起，而露在長袍外面的手腳也能看見類似珍珠色鱗片的東西。這個與噹嘰一樣有著奇特外形的巨大生物，只是暫時選擇了人類的外形——我不由得有了這種感覺。

「我和兩個妹妹想對各位提出一個請求。請你們把這個國家從『霜巨人族』的攻擊當中拯救出來吧。」

我一邊聽著她說話，一邊想著這個巨大美女在系統上究竟屬於「什麼東西」。

由於把視線的焦點放在她身上也沒有出現游標，所以幾乎可以確定不是玩家利用幻惑魔法改變外表。但我依然無法判斷她是無害的活動ＮＰＣ、攻擊性任務ＭｏＢ的陷阱，又或者是由人類ＧＭ所操縱的角色。

這時我的左肩忽然有了輕微的重量感，同時有道可愛的聲音在我耳邊響起。是結衣。

「爸爸，那個人是ＮＰＣ。但她似乎跟只會根據例行程式給予固定答案的普通ＮＰＣ不一樣，直接連結到了類似主程式的言語引擎模組。」

「……也就是ＡＩ化了的意思嗎？」

「是的，爸爸。」

我一邊在腦袋裡考慮著結衣的話究竟代表什麼意思，一邊豎起耳朵傾聽女性所說的話。

ＮＰＣ——「湖之女王兀兒德」將發出珍珠色亮光的手輕輕揮向廣大的地下世界並說道：

「過去這個『幽茲海姆』跟你們的『阿爾普海姆』一樣，受到世界樹伊格德拉修的恩寵，到處充滿了美麗的水源與綠地。我們『山巨人族』與身為我們眷屬的野獸們，在這裡過著平靜的生活。」

在她說話的同時，周圍被冰雪覆蓋的練功區景象便開始無聲地搖晃並且變淡。接著出現的雙重影像，正是兀兒德口中到處都有花草以及清澈水源的世界。景色看起來甚至比地面上的大地精靈領地與火精靈領地還要豐饒。

更令人吃驚的是，女王兀兒德背後的無底「中央大空洞」，在幻影世界裡根本不是洞穴。那是一座充滿清澈透明湖水的大澤。而由目前這個世界天頂垂下來的世界樹樹根，也是全部聚集在一起延伸到湖水裡，而不是像現在這樣往四面八方擴散。

在水面隆起的粗大樹根上，有用圓木搭建起來的房子……不對，應該說是城鎮存在。這種景象與地上的「中央都市阿魯恩」相當類似。

兀兒德放下右手之後，夢幻般的風景隨即消逝。她以超然但我覺得看起來似乎有點悲傷的眼神，注視著變回寒冰世界的幽茲海姆，然後又開口表示：

「——在幽茲海姆的更下層，存在著冰之國『尼福爾海姆』。支配那塊土地的霜巨人國王『索列姆』變身成狼的模樣潛進這個國家，把冶鍊之神維蘭德所打造的『能砍斷所有鋼鐵與樹木之劍』丟進世界中心『兀兒德之泉』裡。結果劍砍斷了世界樹最重要的樹根，那個瞬間起，幽茲海姆也就失去了伊格德拉修的恩寵了。」

兀兒德這次舉起了左手。幻影螢幕隨即再次出現，而上面出現的影像也讓我們瞠目結舌，只能目不轉睛的盯著看。

延伸在巨大湖泊——「兀兒德之泉」上的世界樹樹根，不久後便浮上來並往屋頂方向逐漸縮小。建築在樹根上的城鎮也全部跟著崩潰。

所有樹木上的葉子同時脫落，青草隨即枯萎，光線開始變淡。河川因此凍結，天上開始降霜，暴風雪肆虐整片大地。「兀兒德之泉」中的大量湖水也在瞬間結凍，最後成了巨大冰塊，並在世界樹根部的包覆下被拉上空中。棲息在湖裡的各種大型奇怪生物被擠到冰塊外面，紛紛落下。這些生物當中，也能看到跟羽化前嚐嘰相同的象水母。

世界樹樹根最後上升到幽茲海姆的天頂，也就是阿爾普海姆的地殼，而它包覆的巨大冰塊也有一半刺入天頂。這冰塊無疑就是目前倒掛在幽茲海姆上空那座雄偉的「冰塊倒金字塔」。冰塊最下方，像冰柱般尖銳的底端還可以看見閃爍的黃金光芒。遭到那個霜巨人國王索列姆丟進湖中，切開「世界樹」與「幽茲海姆」兩個世界的劍，一定就是斷鋼聖劍了。

失去所有湖水之後，原本美麗的大湖就變成了無底大洞。

兀兒德一放下左手，幻影螢幕也再次消失。但這次風景已經沒有太大的變化。不同的大概就只有上空的冰塊被改變成直線型迷宮而已。而我和莉法都親眼看見斷鋼聖劍依然存在於那個金字塔的尖端。

「索列姆手下的『霜巨人』由尼福爾海姆大舉入侵幽茲海姆，他們建築大量要塞與城堡，將我們『山巨人』抓起來關在裡面。國王則將過去是『兀兒德之泉』的大冰塊變成了自己的城堡『索列姆海姆』，開始支配這塊土地。我和兩個妹妹雖然從某處結凍的泉水底下逃走了，但力量早已經不如以往。」

兀兒德半閉起眼睛，再次開始口述應該已經接近尾聲的故事。我們幾乎忘記她是ＮＰＣ，而她口中的故事就是遊戲內的任務，只是默默聽著她娓娓道來。

「即使現在，霜巨人們依然固執地想要把我們目前依然存活在這塊土地上的野獸眷屬們全部消滅。因為這樣一來，我的力量就會完全消滅，而索列姆海姆也就能浮到上面的阿爾普海姆去了。」

「什……什麼！這樣的話，阿魯恩的街道不就全毀了嗎！」

似乎已經完全沉浸在這個故事裡的克萊因，立刻以憤慨的聲音大叫了起來。據結衣表示並非固定回答程式而是初級ＡＩ的女王兀兒德，聽見他的話後就點了點頭，接著又說：

「國王索列姆的目的，是想讓各位的阿爾普海姆也被冰雪封閉，然後攻上世界樹的樹梢。這一切都是為了得到生長在那裡的『金蘋果』。」

「……有那種東西嗎？」我瞬間這麼思考，但馬上就想起一件事——世界樹頂端附近確實有由強到不可思議的大鷲型稀有Ｍｏｂ守護而無法接近的區域。說不定金蘋果就在那裡面呢。

兀兒德往地上看去，接著很悲傷地皺起眉頭繼續說道：

「因為一直沒辦法順利消滅吾之眷屬而感到不耐煩的索列姆與霜巨人將軍們，終於開始利用你們精靈的力量了。國王用斷鋼聖劍作為報酬來引誘他們，想讓精靈幫忙把所有眷屬殺光。但索列姆不可能把那把劍送給別人。因為當斷鋼聖劍離開索列姆海姆時，世界樹的恩寵就會再度降臨，那座城堡也就會隨之融化墜落。」

「咦……那、那會贈送斷鋼聖劍當報酬全都是在騙人的囉？怎麼可能有那種任務！」

莉茲貝特驚訝的聲音，讓女王緩緩點了點頭並回答：

「我想，他應該是打算拿冶鍊之神維蘭德鑄劍時曾有一次沒敲好而丟棄的『偽劍石中劍』來充數吧，因為那把劍的外表與斷鋼聖劍幾乎一樣。不過這把劍雖然強，卻沒有真正的力量。」

「太、太狡猾了……國王可以做這種事嗎……」

莉法茫然地呢喃著。於是兀兒德再次用力點了點頭，接著深深嘆了口氣。

「這種狡猾的個性，正是索列姆最強大的武器。但是他因為急於消滅吾之眷屬而犯下了一個錯誤。他手下所有的巨人都因為要幫忙國王巧言欺騙而來的精靈戰士，而離開索列姆海姆到地面上去了。現在那座城堡的防禦力相當薄弱。」

這時候我終於知道這個任務——不對，應該說「女王的請求」內容究竟是什麼。

湖之女王兀兒德舉起巨大的手臂筆直指向「索列姆海姆」，然後開口這麼說道：

「精靈們啊，請各位入侵索列姆海姆，把『斷鋼聖劍』從『城堡的台座』上拔起來吧。」

3

「……好像變成了一件很不得了的事……」

於「湖之女王兀兒德」融化成金色水滴消失之後就再度上升——這次相當緩慢——的嘴巴背上，亞絲娜首先這麼低聲說道。

接著則是似乎已經從混亂當中恢復過來的詩乃，她迅速搖動著水藍色尾巴表示：

「這應該算是……普通的任務吧？不過任務的故事會不會太壯大了一點……她好像說如果動物型邪神全滅，就換成地面會被霜巨人佔領了對吧？」

「……她是這麼說的。」

我點了點頭並疑惑地說道：

「但是，營運公司會在沒宣布升級改版或有活動的情況下做這種事嗎？其他的ＭＭＯ裡確實有『魔王將會襲擊城鎮』的活動，但一般來說至少會在一個禮拜前公告才對啊……」

所有人聽見我說的話後都點頭表示同意。

接著，坐在我左肩的結衣飛到大夥兒中間開始盤旋，並且用每個人都能聽到的聲音說：

「那個……這只是不能完全確定的推測……」

她像是在考慮該怎麼說比較好般眨了一下眼，不過馬上又開口說：

「——這個『ALfheim Online』，與其他『The Seed』規格的ＶＲＭＭＯ有個很大的不同點。它運作遊戲的『Cardinal System』不是縮減功能的版本，而是複製舊『Sword Art Online刀劍神域』上使用的完全版。」

她說的一點都沒錯。雖然我不太願意回想起這件事，但確實有一個遭到慾望吞沒的男人，為了把一部分舊ＳＡＯ玩家當成自己違法研究的實驗台，竟然把原始ＳＡＯ伺服器完全拷貝了下來。所以運作這個世界的自律控制系統「Cardinal」——性能當然也和ＳＡＯ的完全相同。

結衣環視了一下仔細聽她說話的眾人，又繼續說道：

「本來的Cardinal System包含簡化版沒有的功能。其中之一就是『任務自動生成功能』。它會經由網路來收集世界各地的傳說與神話，然後利用．改編這些專有名詞與故事情節來無限產生各種任務。」

「什、什麼！」

克萊因長滿鬍渣的下巴整個掉了下來，接著他低吟道：

「就是說，我們在艾恩葛朗特裡搞得一個頭兩個大的那些任務，全部都是系統大人自動產生的嗎！」

「……難怪會有那麼多任務。在第75層時，情報販子的任務檔案裡隨便也有超過一萬個以上的任務……」

當時為了賺取公會營運資金而認真解任務的KoB副團長大人也忍不住搖了搖頭。連旁邊的西莉卡都用望著遠方的眼神咕噥：

「而且任務的故事都有點奇怪。好像是第30層的時候吧，有個戴著奇怪面具拿鋸子打倒食人魔的任務，不論殺了多少遍，隔週它還是會出現在公佈欄上。真不知道是根據什麼傳說創造出來的……」

雖然我也有許多關於這方面的回憶，但這樣下去在到達冰塊金字塔前將會變成舊艾恩葛朗特的抱怨大會，所以我乾咳了幾聲後就把話題帶了回來。

「這麼說來，結衣，這個任務也是由Cardinal System自動產生的囉？」

「從剛才NPC的舉動來看，這種可能性相當高。說不定是經過營運公司某種操作之後，讓之前一直停止的任務自動生成系統重新開始啟動了……」

結衣點點頭，隨即一臉難色地繼續表示：

「如果是這樣，那故事的確很有可能按照女神所說的發展。也就是說，那座冰塊迷宮會浮到『阿爾普海姆』、阿魯恩完全崩潰、周邊區域開始會湧出邪神級怪物……不，說不定……」

AI少女這時候瞬間閉起嘴巴——以像是在害怕什麼般的表情低語：

「……根據資料庫裡面的檔案，這個任務以及ＡＬＯ這款遊戲所依據的北歐神話裡，都存在所謂的『最終戰爭』。不只有幽茲海姆與尼福爾海姆的霜巨人族會進攻，連處於更下層名為『穆斯貝爾海姆』的灼熱世界都會有火巨人族出現，然後把世界樹燃燒殆盡…………」

「…………『諸神的黃昏』！」

很喜歡神話等古老故事，房間裡還有好幾本這種畫冊的直葉——莉法冒出了這麼一句話。

但她隨即又瞪大琥珀色的眼睛，大叫了一聲「不過！」。

「這真的有可能嗎……遊戲系統應該不會把自己管理的地圖完全毀滅才對……！」

我完全同意她的看法。但結衣卻靜靜搖了搖頭。

「……原始的Cardinal System就擁有破壞整個世界地圖的權限。因為舊Cardinal的最終任務，就是把浮游城艾恩葛朗特完全毀掉啊。」

「…………」

這下子，傻眼的我們也只能沉默不語。

接著開口的，是一直仔細聽著結衣說話的詩乃。

「——如果真的發生了那個『諸神的黃昏』，但這發展卻違反了營運公司的意思，是不是有可能回溯伺服器的檔案呢？」

「嗯……對哦，這應該可以做到吧。」

克萊因拚命點著頭。所謂的「回溯功能」，簡單來說就是以備份檔案覆蓋掉現有的檔案。主要是在程式因為錯誤或ＢＵＧ而讓玩家得到出乎意料之外的利益時所使用。雖然這次就算阿爾普海姆變成一片焦土，也不會對玩家個人的經驗值或道具產生任何影響，但沒有人會願意精靈故鄉全部變成像火精靈領地東方的「灰燼焦野」那樣。

不過，結衣這次不知道為什麼竟然沒有點頭。

「如果營運公司有手動取得全部檔案的備份，並將其保管在物理性分隔之後的硬碟裡，那確實有可能做到……但如果是利用Cardinal的自動備份系統，那按照設定不同，能恢復的說不定就只有玩家的檔案而不包括練功區在內……」

「…………………」

所有人又沉默了兩秒。接著克萊因忽然大叫了一聲「對了！」並且打開視窗。但馬上又喊著「不行嗎！」而抱住自己的頭部。

「……到底是怎麼回事嘛？」

莉茲貝特一這麼問，刀使便一臉尷尬地回過頭來說：

「沒有啦，我是想呼叫ＧＭ，確認他們知不知情。結果現在是人力支援時間外……」

「因為是年末的星期日上午嘛～……」

我嘆了口氣，抬頭仰望著上空。

巨大的冰塊金字塔已經近在眼前了。一邊至少有三百公尺的金字塔，要是直接貫穿阿魯恩地面——可不是只引起一陣騷動就能結束的。雖然說，現在有一半人口已經移居到世界樹上層的「世界樹城市」，但這個地面上的城市除了做為攻略阿魯恩高原高級迷宮的基地之外，也是各種族首都之間的交易市場，在週末的晚上總是熱鬧非凡。而且對我來說，那裡也是個充滿回憶的城市。

「……既然如此，也只有盡力一試了，哥哥。」

莉法把吊在右手上的大徽章高高舉了起來。

「湖之女王兀兒德」贈送給她的徽章上，鑲著切割得非常整齊的巨大寶石。但是現在切割面上已經有六成陷入黑暗狀態，完全沒辦法反射光線。

當寶石完全變成黑色時，也就代表地面上的動物型邪神全部陣亡，兀兒德的力量也將完全消失。而那個時候，「霜巨人之王索列姆」就會開始侵略阿爾普海姆。

「……說的也是。今天會聚集在這裡，本來就是要衝進那座城堡奪取『斷鋼聖劍』。既然防衛的人手變少，那就更好了。」

我點了點頭並打開視窗，迅速操縱著裝備人偶。

背後那把由莉茲貝特武器店精心打造的長劍上，出現另一把先前打敗新艾恩葛朗特15層魔王時所掉下來的劍與它交差重疊。

看見我許久沒出現的二刀流模樣後，克萊因便笑著大叫起來。

「好啊，這應該是今年最後的大型任務了！讓我們一舉成功，然後明天佔領MTomo的頭條新聞版面吧！」

雖然這時候說這種話有些俗氣，但這次就連莉茲貝特也沒有特別反駁他。全部人反而一起發出「哦哦——！」的附和聲，就連腳下的嚕嘰也劇烈地拍動翅膀並發出「咕嚕嚕——！」的啼叫。

加快上升速度的飛行型邪神瞬時橫切過金字塔，把巨大身體橫向靠在上部的入口處。最後一個跳上冰塊平台的莉法，撫摸著嚕嘰的大耳朵對牠說：

「再等一下唷，嚕嘰。我們一定會把你的國家奪回來的！」

接著她便轉過頭拔出腰間略帶弧度的長劍。手上拿著武器的我們，已經可以看見前方出現兩片冰塊雕刻而成的巨大門板。

原本在門前就得和一開始的守衛一戰，但正如兀兒德所言，今天大門馬上就開了。我們迅速排出由我、克萊因和莉法擔任前衛，莉茲與西莉卡負責中衛，亞絲娜和詩乃為後衛的陣形，然後開始在結凍的地板上飛奔，衝進巨城「索列姆海姆」。

ALO裡一個小隊的上限人數是有些奇怪的七個人。

其他遊戲裡大多是六或八個人，而ＡＬＯ與眾不同的理由目前仍然沒有辦法向大家說明。順帶一提聯合部隊的上限是七七四十九人。獲得的金幣會由自動分配功能來處理，所以不需要擔心，要是得手動想必會很難計算。

至於我們這群由親友團組成的七人小隊，通常會有五人是固定班底。那就是我、亞絲娜、莉茲、西莉卡與莉法。我們全都是高中生，而且有四個人唸同一所學校、有兩個人住在一起，所以時間比較容易配合。

然而第六、第七個人選就比較不固定了。公司職員克萊因、咖啡廳兼酒吧店長．艾基爾、忙碌的高級官僚大人克里斯海特、莉法真實世界裡的朋友雷根，都可能會在有空時加入我們。雷根雖然也是個高中生，但他過去在「世界樹攻略作戰」時的勇敢受到風精靈領主朔夜賞識，目前被提拔為領主館工作人員的他，得常駐在司伊魯班的城鎮裡，所以只有艾恩葛朗特飛經風精靈領地上空時，才能跟我們一起玩。

現在這個空缺，有了在ＧＧＯ裡認識的弓箭手——其實骨子裡是狙擊手的詩乃加入，照理來說應該要感到很高興才對，但詩乃加入之後，我們小隊還是有一個無法解決的問題點存在。

那就是魔法師太少了。固定班底裡積極提升魔法技能的就只有水精靈亞絲娜一個人而已，而且她把一半的點數分給細劍技能，所以精通的就只有支援．回復系的魔法而已。莉法是魔法劍士，但她能使用的只有戰鬥用的妨害咒文與低階回復魔法。西莉卡的屬性雖然偏魔法系，但

也是以支援魔法為主，而莉茲當然把一半以上的點數用在冶鍊系，艾基爾則是把三成用在商人系，至於我和克萊因則是把所有點數都用在近身物理戰鬥系上，也就是所謂的「頭腦簡單」型。目前為止我們沒有一個人會使用攻擊咒文。

偶爾第七個人會由身為風精靈短劍使卻精通不少闇魔法的雷根這種謎樣角色，或者是連領主都承認其實力的冰凍系攻擊魔法使用者克里斯海德加入，這時我們的戰鬥形態就會更為多樣，可見沒有提供火力的魔法師在，就是我們這個小隊的最大弱點。

不過，這也是沒有辦法的事。因為我們大部分是從ＳＡＯ——將魔法完全排除在外的劍技世界所轉移過來的玩家。除了我的單手直劍、亞絲娜的細劍、莉茲的戰槌、西莉卡的短劍、克萊因的刀、艾基爾的斧頭之外，我想莉法的長劍與詩乃的弓也已不只是武器，誇張一點來說，它們已經是我們幾個人存在的證明了。所以現在更不可能捨棄它們而改為提升魔法技能。雖然知道這樣效率不佳，但我們還是以這種物理攻擊為主的戰鬥形態為傲，一路上戰鬥過來了——只是……

偶爾還是會遭遇相當不妙的情況。

「糟糕了哥哥，金色那隻的物理耐性太高了。」

莉法在我左邊快速地低語。

雖然我點頭回應，但在準備說話之前，「金色那隻」已經高高舉起他手上的戰斧。

「衝擊波攻擊還有兩秒！一、零！」

坐在我頭上的結衣從嬌小身體裡擠出最大的聲音。前衛、中衛的五人立刻配合著她的倒數奮力往左右兩邊跳開。發出轟然巨響的斧頭利刃就在這個瞬間揮落，震撼地面後所產生的衝擊波直線向外擴散，狠狠撞上遠方的牆壁。

衝進冰之城「索列姆海姆」後，已經過了二十分鐘。

正如「湖之女王兀兒德」所言，迷宮內幾乎看不見敵人的蹤影。我們可以說完全沒有遇到通道上的雜魚Ｍｏｂ。就連各樓層的中魔王也有一半不在城堡裡面。不過，在通往下個樓層的階梯前大廳中，還是有樓層魔王留在裡面，而且牠們還充分展現了過去曾讓我和亞絲娜、莉法一起大叫「這怎麼贏得了！」的壓倒性攻擊力。

即使如此，我們總算還是打倒了之前完全不是對手的第一層獨眼巨人型魔王，當我們衝過第二層再度來到魔王的房間時——

在這裡等著我們的，是所謂的「牛頭人」型大型邪神。而且還一次出現兩隻。右邊的全身漆黑，左邊的則是金光閃閃，兩隻的武器都是面積大概有餐桌大小的戰斧。

由於他們似乎不會進行魔法攻擊，一開始大家還覺得比第一層會降下冰柱的獨眼巨人要好對付多了，不過我們馬上就發現了一個問題。那就是黑色那隻的魔法耐性以及金色那隻的物理耐性高得莫名其妙。

因此我們當然定下了先集中攻擊一口氣解決黑牛，接著才慢慢攻略金牛這樣的作戰計畫，但兩隻牛頭人之間卻似乎有種心靈感應，當黑色的ＨＰ減少時，金色的就會無視仇恨值前來幫忙防禦。這段期間裡黑牛就會在後方縮起身子，利用冥想還是什麼的力量一口氣恢復ＨＰ。

當他們完成一次這樣的動作後，我們便決定在黑牛冥想時集中火力解決掉金牛，但他的物理耐性實在太高了，根本削減不了多少ＨＰ。反觀我們這邊就算能躲過即死級大技，ＨＰ也會因為廣範圍的衝擊波傷害而一點一滴減少，光靠亞絲娜一個人的回復明顯撐不了太久。

「桐人，照這樣下去，再一百五十秒我的ＭＰ就要用光了！」

聽見亞絲娜從後方傳來的叫聲，我只是舉起右手的劍來代替回答。

在這種耐久戰裡，一旦補師的ＭＰ用光，等待小隊的只有崩潰——也就是「全滅」。雖說只要有一個人存活下來，就能一個個回收殘存之火讓大家復活，但那得花上許多時間和手續。如果不幸全滅，當然就得從中央都市阿魯恩的存檔地點重新來過。問題是，我們不知道有沒有那麼多時間能夠重來一次了——

旁邊的莉法像是讀取到我的心思般，再度低聲說道：

「徽章已經有七成變黑。看來沒有『死亡遣返』的時間了。」

「知道了。」

點點頭之後，我便深吸了一口氣並下定決心。

如果這裡是舊艾恩葛朗特，我一定會馬上發出撤退的指令。因為那個世界裡絕不容許做出「賭上唯一的可能性」這種事情。但是現在的ＡＬＯ已經不是死亡遊戲。就算Cardinal System準備把阿爾普海姆變成一片廢土，我們唯一能做的還是只有「享受遊戲」這件事情而已。當然相信自己與夥伴的力量，也是讓我決定全力一搏的要素之一。

「各位，事到如今，我們只剩下一個選擇了！」

躲開金牛揮動斧頭的攻擊，確認了一下縮在後方恢復ＨＰ的黑色牛頭人還剩下多少血後，我便大叫了起來。

「只能賭一把，用劍技集中攻擊這個傢伙把他打倒了！」

「劍技」。

這就是過去的ＳＡＯ最具有代表性的遊戲系統。

今年五月的「艾恩葛朗特上線升級改版」之後，營運公司便在ＡＬＯ裡導入了劍技系統。但他們還是加上了幾個新的修正。其中之一就是「屬性傷害的追加」。現在的上級劍技不像通常武器攻擊那樣只有純物理屬性，它們還帶有地水火風闇聖等魔法屬性。因此劍技應該能對物理耐性高的金色牛頭人發揮作用才對。

當然，使用劍技也有危險性在。連擊數多的劍技，當然出招後的僵硬時間也比較長。這時若被那把戰斧直接擊中，HP可能會一口氣歸零。如果是橫向的廣範圍攻擊，那麼前衛·中衛可能一口氣全員陣亡。

但夥伴們即使知道有這種危險性，也還是馬上點頭同意我的作戰。

「好耶～！早就在等你說這句話了，桐字頭的老大！」

右翼的克萊因把愛刀高舉過頭。往左邊飛躍的莉法也把長劍拉回腰間。我背後的莉茲和西莉卡似乎也重新握緊了手裡的戰槌與短劍。

「西莉卡，聽我的倒數發射『泡泡』！二、一、發射！」

緊盯著金牛動作的我發出指示，西莉卡隨即大叫：

「畢娜，『泡泡氣息』！」

就算是大師級馴獸師，對寵物所發出的命令通常也不會百分之百成功。但是我從來沒看過畢娜無視西莉卡的命令。這一次，飛舞在她頭上的小龍也不負期望地大大張開嘴，噴出輕飄飄的彩色泡泡。

在空中滑行的泡泡，開始於用戰斧不斷使出大技的金牛鼻子前破裂。雖然效果不是很大，但魔法耐性低的牛頭人還是被幻惑效果給拖住，動作停止了大約一秒的時間。

「上！」

配合我的大喊──亞絲娜之外的所有人，武器開始迸發出各種顏色的炫目效果光。

浮游城艾恩葛朗特的創造者．茅場晶彥，為什麼會將「獨特技能」這種破壞平衡的力量寫進系統裡面呢？

我到現在似乎還是無法理解他這麼做的真正理由。

如果只有他所擁有的「神聖劍」存在，那倒是還能夠理解。最強公會血盟騎士團的會長，在眾多劍士前高舉著絕對無敵十字盾的聖騎士，如果這樣的傳說確實按照他的計畫在第95層來個大逆轉，那麼那個男人確實很可能成為古今東西所有ＲＰＧ遊戲裡最為恐怖的大魔王。

在那個瞬間，「由玩家控制主要遊戲情節的ＭＭＯＲＰＧ」的矛盾情形，將會具體實現。An Incarnating Radius——實體化的世界。為了實現「創造世界」這個目的，他一定要維持最強聖騎士的形象才行，就算得倚靠「神聖劍」、「不死屬性」與「極限輔助」等不公平的力量也一樣。

既然如此，獨特技能應該只要有一個神聖劍就夠了。ＭＭＯ裡不需要也不可以存在唯一能和魔王戰鬥的勇者。當然，玩家之間一定會產生戰鬥力的差距，但那是在公平規則上所發展出來的結果。

然而，那個傢伙給了我「二刀流」技能，恐怕也給了其他玩家另外幾個獨特技能。

這種規則外的力量，將會導致資源失衡，讓世界偏離原本應該遵循的軌道，我想那傢伙應該也很清楚這一點才對。事實上，當我以亞絲娜脫離公會為賭注而和希茲克利夫決鬥的時候，如果沒有「二刀流」存在，他要取勝根本不必靠極限輔助。如果不是那一瞬間讓我覺得有些不對勁，我也不會在第75層就發現希茲克利夫的真面目。正因為他給了我獨特技能，他所想像的世界——才會在故事只進行到四分之三的時候就畫下了句點。

在ALO的世界裡，很少握住雙劍的我，每到了這個時候總會在腦袋的角落思考著他為什麼要那麼做。

同一時間，我內心也會湧起一股輕微的罪惡感。當然，在第75層打倒希茲克利夫——我並不後悔。如果不在那裡完全攻略遊戲，事件的犧牲者總數一定會繼續增加，我珍視的人們說不定也會包含在內。甚至可能連我自己都會喪命。

果然，一旦開始考慮起這種事情，思緒就再也停不下來了。那樣做真的好嗎？我們是不是應該爬上艾恩葛朗特的第一百層，然後在那裡和魔王希茲克利夫進行決戰呢？不對，不能說是「應該」。那只是我個人想這麼做，是我自己無法放棄的想法。而且也是最糟糕的私慾。所以我在阿爾普海姆裡，總是會猶豫該不該裝備兩把劍。

——不過話又說回來了，至少這個世界裡沒有「獨特技能」的存在。賢明的新營運者們，利用人力檢查龐大數量的劍技，把帶有奇怪條件的幾個——據說好像有十個——技能從系統裡刪掉了。

所以我已經無法使用原本的二刀流劍技「雙重扇形斬」與「星光連流擊」等招式了。雖然我已經在沒有系統輔助之下成功重現了百分之九十九的動作，經過實驗後也確定對人．對怪物時都能派上用場，很可惜的是現在使用根本一點意義都沒有。因為靠自己力量再現的二刀流招式沒有魔法屬性，根本沒辦法對物理耐性極高的黃金牛頭人奏效。

但是，在「二刀流狀態下所施放的單手劍劍技」裡——存在著一個莉法表示「比使用不合規定的輕量竹刀還過分一百倍」的優點。

金色牛頭人大技起始動作被小龍畢娜的「泡泡氣息」破壞，整個身體因此僵硬了一秒鐘。於是我、克萊因、莉法分別由正面、右邊、左邊，而莉茲與西莉卡又從莉法左右兩側一起展開了衝鋒。

「嗚……哦哦！」

我們每個人嘴裡都放聲吼叫，各自使出習得的最高等級劍技。克萊因手中被火焰包住的刀刃開始逞兇、莉法捲起疾風的長劍發出光芒、西莉卡的短劍於冒出水花同時往前刺去、莉茲的戰槌放射出雷光與低鳴。而更後方則有結冰的閃亮弓箭不停飛過來，準確貫穿牛的鼻頭要害。

同時我也全力揮動右手中發出橘色光芒的劍。

高速五連刺擊後，劍身便往下砍去並再度上挑，最後補上全力的上段斬。這是單手劍八連擊劍技「咆哮八音符」。屬性是物理四成，火焰六成。在單手劍劍技中算是相當高級的大技。當然，施技後的僵硬——劍技延遲也相當長。但是……

「…………！」

我隨著無聲的吶喊，把意識從準備使出最後一擊的右手上抽離。全心只想著要把從腦部對AmuSphere發出的運動命令瞬間全部截斷。然後將下一個命令只傳達到左手上面。

系統輔助自動操縱著右手，使出了最後的上段斬。但是左手也同時動了起來，把手上的劍用力向後拉去。劍刃上開始綻放鮮豔的藍色光芒。

右手的劍深深刺進牛頭巨人整個外露的腹部。本來這個時候我將被課以延遲時間，角色會完全僵硬。但是左手平行發動的劍技已經覆蓋過延遲時間。劍身畫出一道弧線水平砍出，直接撕裂金牛的右腹部。

自己的身體，不對，應該說左腦和右腦分別進行不同的思考，讓我有種很不舒服的感覺。但這時要是把意識統一起來，劍技將會當場停止。於是我便任由右手的劍技自動結束，把意識完全集中在左手的劍上。

水平砍出後，完全深入對方身體的劍來了個九十度回轉。接著我的手便將劍柄下壓，讓劍刃直接上挑垂直切過對方的腹部。拔出劍刃後又從上方垂直砍下來。這是對大型怪物相當有效的三連重攻擊「殘暴施力點」。是物理屬性五成，冰屬性五成的攻擊。

在左手使出最後一擊之前——

我再度切換腦部發出的命令。

這時間的掌握要是太快或太慢都會讓劍技停頓下來，而角色也會因此僵住不動。容許的誤差在零點一秒以下。三個月前，我在一個偶然之下注意到劍技的連攜現象，然後便開始了一連串不願意回想起的地獄式練習，不過成功率目前還不到五成。我帶著半近似祈禱的心情，開始運作右手上的劍。

「咕……哦！」

劍刃順著簡短的吼叫發出藍色光芒。接著由不太需要往後拉的垂直斬進入上下連擊，最後再補上一記全力的上段斬。這是高速四連擊「垂直四方斬」——

目前為止，我的連續技總共出了十五劍。其實這數量已經逼近二刀流的高階劍技了。由於我選擇的劍技中必定有一記能讓敵人身體後仰的重擊，所以只要揮砍持續命中，敵人也就無法動彈。而我也根本不用考慮防禦。

當垂直四方斬開始出招時，同伴們的劍技延遲也結束了。

「嘿呀啊啊啊啊！」

隨著克萊因更加大聲的怒吼，第二波集中攻擊包圍金色牛頭人。迷宮內的地板不斷震動，敵人極高的ＨＰ也持續大量減少。

在使出最後的上段斬之前，我便在確信自己已經無法繼續連招的情況下，開始了第四次的「劍技連攜」。

並不是所有單手劍劍技都能夠連接起來。連接的必要條件，是藉由系統輔助所移動的非攻擊方手臂，動作必須得跟接下去要使出的新技能起始動作幾乎一致才行。

右手使出垂直四方斬時，我的左臂就在彎曲狀態下直接被肩膀往後拉。接著只是稍微轉過身體，就能完成「像要把劍扛在肩膀上一般用力向後拉扯，然後再將其伸到另一隻手前面」這樣的動作。左手的劍隨即發出紅色效果光。如同音速戰鬥機的巨響由後方接近，緊接著我的手臂便以超高速往前刺出。這是單發重攻擊「奪命擊」。物理屬性三成、火焰屬性三成，另外四成則是闇屬性。

鏘——！整隻劍就隨著巨大衝擊聲貫穿了敵人下腹部。足足比我高出五倍的巨大身體劇烈地向後倒退。這時候克萊因他們的第二波劍技也已經結束。包含我在內的所有人都開始了漫長的劍技延遲。

金色牛頭人的ＨＰ條一邊變紅一邊往左方減少——

在剩下最後百分之二時停了下來。

長著巨大尖角的牛頭露出猙獰笑容。敵人已經先從延遲裡恢復，把大斧頭水平向後拉去。

他即將使出藉由高速回轉的廣範圍攻擊，若在範圍內一定會當場死亡。雖然意識一直命令自己

「快往後跳！」但身體就是不聽話。斧頭露出凶光，牛頭人腳邊也開始出現龍捲風……

「嘿……呀啊啊啊啊啊！」

這時一道尖銳的叫聲隨著猛烈的氣勢響起。接著就是一陣藍色疾風衝過我的右側。亞絲娜右手上握著的細劍以迅雷不及掩耳的速度往前刺出五記攻擊。出現的是最快速的高位細劍技「中子」。金色牛頭人原本正準備揮下斧頭，但物理兩成神聖八成的屬性傷害，卻無聲地奪去了他最後的ＨＰ。

邪神的動作倏然停止。遠方靠冥想將ＨＰ完全恢復的黑色牛頭人則像獲勝般高舉大斧頭。然而，之前一直守護著黑牛的搭檔隨即發出尖銳的哀嚎——然後那具巨大身體便隨著硬物落地般的聲音效果往四方爆散。

…………咦？

黑牛露出這種表情並且瞪大了眼睛，而我們七個人的視線也在這時一起往他看去。

「……好啦，你這傢伙，給老子跪下吧。」

克萊因邊高速水平摩擦露出來的牙齒邊這麼說道。

4

刀使像是要把之前累積在心裡的鬱悶完全散發出來般拚命使出大技，而黑色牛頭人也在這樣的攻擊之下喪失了生命。隨後刀使完全不注意從敵人角色爆散地點滾出來的寶物群，只是轉頭對著我大叫：

「喂喂臭桐人！你剛才那是怎麼回事！」

這句話很明顯指的是我剛才裝備兩把單手劍後所使出的劍技連攜攻擊，但要從頭說明技巧的原理實在太過麻煩，於是我便決定忠於內心的感情，直接以非常不耐煩的表情說：

「……一定要說嗎？」

「廢話！我沒看過那種東西啊！」

我把克萊因那長滿鬍渣又不斷靠過來的臉推開，在無可奈何下簡潔地回答：

「是系統外技能啦。叫『劍技連攜』。」

當莉茲與西莉卡、詩乃口中發出「哦——」一聲時，亞絲娜忽然用指尖抵著自己右邊的太陽穴低聲說：

「嗚……這種情況我怎麼好像似曾相識啊……」

「妳想太多啦。」

我聳了聳肩，拍拍明明是在後方支援卻以飛快速度發動特攻解決掉金牛的補師小姐背部，繼續揚聲說道：

「快，沒空在這裡閒聊了。莉法，還剩下多少時間？」

「啊，嗯……」

把長劍收回左腰的劍鞘裡之後，莉法便拿起掛在脖子上的徽章。即使是從離她幾步之外的距離，我也能看見上面的寶石幾乎已完全失去光彩。

「……照目前的速度來看，應該只剩下一到兩個小時吧。」

「這樣啊。結衣——這個迷宮總共有四層樓對吧？」

依然坐在我頭上的小妖精一聽見我接下來的問題，馬上清晰地回答：

「嗯，第三層的面積只有第二層的七成左右，而第四層幾乎只有魔王的房間。」

「謝謝。」

我伸出右手，用指尖輕輕摸了摸她的頭，然後開始迅速檢討目前的狀況。

現在遙遠下方的幽茲海姆練功區裡，接受「霜巨人族」任務的玩家們狩獵動物型邪神的速度應該愈來愈快了。因為參加任務的人數只會增加不會減少。剩下來的時間最多也只有一個小時左右。與最後魔王——恐怕就是「國王索列姆」本人——的戰鬥至少要花三十分鐘，那也就是說剩下的三十分鐘裡，我們必須要連續闖過第三層和第四層。

如果時間再多一點，那麼向練功場裡的玩家們說明狀況，請他們放棄目前的任務來加入我們也是個可以考慮的方法，但現在根本沒有多餘的時間讓我們回地面上。雖然很想傳送訊息給有交情的領主——朔夜或是亞麗莎．露等人討救兵，只是當她們在遙遠山脈另一端的首都集合完軍隊、移動到阿魯恩高原並突破樓梯迷宮來到幽茲海姆時，太陽應該已經下山了吧。

也就是說，只能靠我們七人來面對這幾乎可說是絕望的狀況了。或許應該說——Cardinal的任務自動生成功能，早已經準備令「女王兀兒德」這方的任務失敗，好讓索列姆海姆城浮上阿爾普海姆，然後開始大規模活動任務「諸神的黃昏」了。如果是這樣，那它還真是繼承了其創造者的惡劣個性啊。

只是不管現況如何——

「……這樣的話，不管他是邪神的王還是什麼，也只能夠跟他拚個你死我活了！」

莉茲貝特拍了一下我的背部並這麼大叫後，其他人也跟著一起叫了聲「對！」。我心裡雖然在想這些人超乎常軌的勇氣不知道從何而來，但還是用力點了點頭。

「——好，所有人的HP和MP都恢復了吧。那我們就趕快把第三層解決掉囉！」

其他人再次同聲附和，接著我們七人便同時往地板一蹬，直接朝魔王房間深處那道通往下一層的冰塊樓梯衝去。

正如結衣所說，第三層跟上面的兩層比起來明顯較為狹小。不過這裡本來就是倒金字塔型的迷宮，所以也是理所當然的事；只不過空間變小後，通道也變得更為狹窄且錯綜複雜。一般人如果想攻略這裡，一定會因為複雜的道路與各種機關而左右亂竄，但現在我頭上可是坐著連最新型高智能導航系統都得俯首稱臣的導航妖精呢。

這次我終於允許她使用侵入地圖檔案這種禁忌手段，於是大家便按照結衣的指示全速穿過蜿蜒的通道。就連不斷阻擋在面前的桿子、齒輪、腳踏開關等解謎系的機關，都在完全不用思考的情形下就把它們解決掉了。如果有人從外頭看見我們闖關的模樣，一定會認為我們是在挑戰最快過關的紀錄。

即使歷經了兩次的中魔王戰，我們還是僅花了十八分鐘就到達第三層魔王的房間。在這裡等著我們的巨人，身體比上層的獨眼巨人和牛頭人大了將近兩倍，長長的下半身左右兩側長出十隻像蜈蚣一樣的腳，看起來實在有點噁心，可是物理耐性卻不怎麼高。當然他的攻擊力簡直高得不可思議，被他盯上的我以及克萊因有好幾次ＨＰ條都已經變成紅色，但我們還是在兩人中只要有一人死亡，整個隊伍就會全滅的龐大壓力下鏖戰了九分鐘。

但在這樣的困境下，莉茲、西莉卡、詩乃以及畢娜還是努力地將巨人的腳一隻隻切下來，最後當他變得無法動彈時，我們便用包含我「劍技連攜」在內的各種劍技把他解決掉了。接著所有人便直接奔入第四層，氣勢洶洶地準備給那個叫什麼國王索列姆的傢伙顏色瞧瞧；然而踏入深處通往魔王房間的通道時——眼前出現了讓我們不知如何是好的景象。

牆邊有一座利用細長冰柱所製成的監牢。

地面和天花板各自有宛若鐘乳石般尖銳的冰柱延伸出來形成欄杆，而欄杆後方則可以看見一道人影。那個人不像巨人那麼高大。對方倒在地板上，因此我們無法判斷其正確的身高，不過應該和身為水精靈的亞絲娜差不了多少。

此人肌膚就像剛落下的粉雪一樣白，細長的直髮則是深沉的金茶色。而身體僅僅被極為稀少的布料覆蓋著，從布料下方得以窺看到的胸部大小——雖然這麼說有點現實——已經足以贏過在場的五名女性玩家。此外，她光滑細緻的四肢上都戴著粗糙的枷鎖。

可能是注意到由於意料外景象而停步的我們吧，只見原本趴在地面上的女囚忽然抖了一下肩膀，接著晃著鎖鏈抬起頭來。

她的眼睛與頭髮同樣是金茶色。至於臉形……如果這是名玩家，那麼她一定是非常幸運才能抽中這個角色，不然就是以壓倒性的財力來不斷購買帳號才有可能得到這種美貌。而且那高雅的臉龐散發出濃濃的西歐風情，在這款遊戲裡相當少見。

女性眨了一下長長的睫毛，然後才小聲地說：

「拜託……請你們……把我從這裡放出來吧………」

結果刀使馬上就被吸引住而往冰牢的方向靠近，但我從後方緊緊拉住他頭巾的尾巴把他拉了回來。

「陷阱。」

「陷阱啦。」

「是陷阱吧。」

後面那兩句是詩乃與莉茲追加的台詞。

挺直了背轉過頭來的克萊因，露出一臉微妙的表情並用力搔著頭。

「嗯、嗯……是陷阱。應該……是陷阱吧？」

看見這個刀使不甘心的模樣，我便輕輕叫了聲「結衣？」。結果頭上的妖精馬上回答：

「她是NPC，而且和兀兒德小姐一樣直接連結到了言語引擎模組——不過，只有一點不太一樣。那就是這個人的HP條是有效(Enable)的。」

Enable，也就是「有效」的意思。通常在任務裡登場的NPC們，HP條都已經無效化，所以不會受到任何傷害。若出現例外，代表那名NPC是護衛對象，或者是——

「是陷阱喔。」

「這是陷阱吧。」

「我覺得是陷阱。」

亞絲娜、西莉卡、莉法同時說道。

克萊因這時候眉毛已經皺成八字型，而且以瞪大眼睛噘起嘴巴的奇怪表情僵在那裡，而我也只能拍拍他的肩膀快速說道：

「當然也有可能不是陷阱，但我們現在沒有嘗試和犯錯的時間。得盡快趕到索列姆的房間去才行。」

「嗯……對，唔，說的也是啦，嗯。」

克萊因不斷點頭，然後把目光從冰牢上移開。

當我們往深處的樓梯走了幾步時，背後再度有聲音傳來。

「……拜託……請幫幫我…………」

——其實我也很想幫助她。因為NPC不是系統自動生成的移動物體，而是生活在這個世界裡的居民。如果現在是進行普通任務，那麼救出這名女性並帶她一起去魔王房間，等故事進行到最高潮時才從後方傳來「呼哈哈你們這些笨蛋！」其實也是頗為有趣的一件事。但現在不是背負這種多餘風險的時候。我想克萊因他一定也同意才——

整齊劃一的腳步聲忽然出現了一絲紊亂，傳來摩擦結冰地板的聲音。

轉頭一看，高瘦的刀使正握緊雙手，深深低著頭並且停下了腳步。接著從他滿是鬍渣的嘴

角擠出低沉的聲音：

「……是陷阱吧。我也知道是陷阱。但是——就算是陷阱。就算知道是陷阱……」

感覺啪嚓一聲抬起頭的克萊因，眼角似乎滲出了什麼東西，不過那應該是我的錯覺吧。

「就算如此……我也沒辦法把這個人丟在這裡不管！即使……即使任務因此而失敗……阿魯恩因此而崩潰……我也要救她出來，因為這才是我的生存之道——也就是武士道啊！」

克萊因說完立刻轉頭跑回冰牢旁邊，我看著他往回跑的背影，心裡只產生了兩種感情——

也就是——

…………這個笨蛋。

還有……

克萊因大爺你帥斃了！

不過要是問我這兩種感情哪種比較多一點，我可能永遠沒有辦法回答吧。

克萊因對著用雙手撐起上半身的女囚大喊「我馬上救妳出來！」後，握緊左腰際的愛刀。

下一瞬間，拔刀系劍技「旋風」炸裂，冰柱牢籠被攔腰劈開。

從冰牢裡脫困的美女，瞬間變成巨大怪物朝我們襲來——幸好她不是這種忘恩負義之徒。

克萊因的刀接著又閃動了四下。當束縛雙手雙腳的冰鍊被砍斷了之後，美女便虛弱地抬起頭來輕聲說：

「……謝謝你，精靈劍士大人。」

「站得起來嗎？沒受傷吧？」

蹲著伸出右手的刀使已經進入了渾然忘我的境界。不過我們原本就是在進行ＶＲＭＭＯ的任務，完全沉浸在遊戲中本來就是正確的態度。我自己也為了女王兀兒德的請求而全力破壞巨人王索列姆的野心，如果這時候對克萊因表現出敬而遠之的態度，也就是等於在否定自己。不過話又說回來了，這總是讓人覺得——

「嗯……我不要緊。」

金髮美女點了點頭後站起身來，但腳底馬上就踩了個空。克萊因用還算紳士的手勢撐在她背上，再次問道：

「出口離這裡有點遠，妳一個人能回得去嗎，大姊？」

「…………」

面對這個問題，美女只是伏下視線沉默了好一陣子。

Cardinal System所具備的「自動回答語言化模組引擎」，簡單來說就是「只要玩家問Ａ那就回答Ｂ」這種模式的超級複雜版本。它具有高度的預測與學習功能，連結這種引擎的ＮＰＣ可以和玩家進行相當自然——當然還是模擬出來的——的對話。

而這個模組經過了好幾次的突破之後，終於得到了和人類相仿的「感情」與幾近「智慧」的結晶，那就是目前坐在我頭上的小妖精結衣，但目前的自動回答ＮＰＣ根本還沒到達結衣的領域。雖然已經比無論問什麼都只回固定答案的「固定回答ＮＰＣ」要好太多了，但他們還是有許多時候無法分辨玩家所說的話，這時候只有靠玩家自己摸索「正確的提問」才行。

我本來以為金髮美女的沉默也是出於這種原因，但十分意外地，這名ＮＰＣ在克萊因準備提出新問題前便抬起頭來說：

「……我不能就這樣逃離城堡。我是為了取回本族被巨人王索列姆搶走的寶物，才會潛入城裡的，但不幸地遭到第三位守門人發現而被抓了起來。在奪回寶物之前，我不能離開這裡。可不可以請你們帶我一起去索列姆的房間呢？」

「哦……嗚……姆……」

這下子就連「為武士道而生的男人」克萊因都沒辦法回答，只能面帶難色地沉吟著。此時我從數公尺外看著他們兩個人，而身旁的亞絲娜則小聲說：

「情況怎麼好像愈來愈可疑了……」

「是啊……」

我點頭這麼回答，結果克萊因在美女面前回過頭來，用哀求的表情看著我說：

「喂，桐字頭的老大……」

「……啊～真是的，我知道了啦。事到如今也只能選擇把這個路線走到最後了。反正也不一定真的就是陷阱。」

我這麼回答完，克萊因便露出笑容，神氣地對美女這麼宣言：

「好，我們就帶妳去吧，大姊！所謂相逢自是有緣，就讓我們生死與共，一起痛扁索列姆那個傢伙吧！」

「謝謝你，劍士大人！」

當金髮美女用力抓住克萊因左臂的同時，身為隊長的我視野裡馬上就出現是否同意NPC加入的對話框。

「別讓結衣聽些奇怪的諺語用法！」

我一邊抱怨，一邊按下同意的按鈕。視野左上角往下排列的夥伴迷你HP／MP條末尾立刻追加了第八個人的圖案。

美女的名字是【Freyja】。我想應該是唸做「弗蕾亞」吧，不過總覺得好像在哪裡聽過這個名字。她的HP和MP都相當高，尤其是MP的數值更是相當驚人，應該是法師型吧。

如果她能這樣一直當我們夥伴直到最後就太好了～心裡這麼想的我，順便瞥了一眼掛在莉法胸前的徽章。多面切割的寶石已經有九成染上黑色了。剩餘時間大概和剛才所預測的一樣，只剩下三十分鐘左右。於是我用力吸了口氣，開口表示：

「由迷宮的構造來看，走下那座樓梯應該馬上就能到最後魔王的房間。雖然他一定比之前的魔王還要強，不過接下來也辦法投機取巧，只能全力一搏了。一開始在抓住他的攻擊模式之前先以防禦為主，我會指示大家反擊的時機。魔王在血量變黃和變紅時應該會改變攻擊模式，大家要特別注意。」

我環視了一下點頭的同伴們，接著加重語氣大叫著：

「——讓我們使出全力，打贏這最後一仗吧！」

「哦——！」

開始這任務以來的第三次隊呼，就連我頭上的結衣、西莉卡肩上的畢娜以及NPC金髮美女弗蕾亞也都加入了。

往下的樓梯從中途就開始變寬，周圍的柱子與雕像等裝飾物也變得更加華麗。「越靠近魔王房間地圖檔案也會變得更加複雜」，這從艾恩葛朗特開始的傳統也在這個地方出現了。

樓梯盡頭，是上面雕刻著兩匹狼的厚重冰門。這裡應該就是有「霜巨人國王」王座的房間了吧。即使確認過周圍沒有什麼奇妙的機關，我們還是踩著慎重的步伐慢慢前進。

冰門在我們靠近至只剩五公尺不到的距離時，便自動往左右開啟。這時立刻從內部傳來一股更為寒冷的空氣與莫名沉重的壓力。當亞絲娜對全員詠唱支援魔法時，弗蕾亞也加入了她的行列，對我們施加了讓ＨＰ大幅增加的未知法術。

在ＨＰ／ＭＰ條下多出了幾個支援法術圖案後，我們所有人便交換了一下眼神。然後點了點頭一口氣往裡面衝去。

內部是上下左右都相當寬敞的巨大空間。牆壁與地板跟之前一樣是由藍色冰塊構成。同樣由冰塊打造的燭台上，還有藍紫色的詭異火焰在搖晃著；遙遠上方的天花板，也並排著許多同色吊燈。但我們的目光最先注意到的，還是從左右兩邊牆壁一直持續到房間深處的無數炫目反射光。

那是黃金。從金幣、裝飾品、寶劍、鎧甲、盾牌、雕像到家具等各式各樣的黃金製物體，以數之不盡的規模疊在一起。由於深處仍是一片黑暗，所以沒辦法看清究竟有多少寶藏。

「…………全部不知道值多少尤魯特哦……」

所有人裡面唯一經營玩家商店的莉茲貝特茫然地呢喃著。不過在心裡暗暗想著「早知道就把道具庫清空才進來！」的我也沒資格批評別人就是了。

當小隊全員呆立當場時，站在右側的克萊因這次不曉得是不是又被武士道所驅使了，只見他輕飄飄地往寶藏靠近了幾步。但就在他準備繼續往前走之時——

「……有小蟲飛進來啦。」

從大房間深處的黑暗中，傳來足以讓地面產生震動的重低音。

「聽見吵死人的嗡嗡聲了。我看看，還是在小蟲做壞事前先把他們給捏死好了。」

砰咚。地板開始震動。砰咚、砰咚。愈來愈近的震動，好像是來自於幾乎要將冰塊地板壓碎的重量。

不久後，在照明所及的範圍內忽然出現了一道人影。

那已經不能用巨大來形容了。人影明顯比在地面上肆虐的人型邪神，以及剛才在這座城堡裡對戰過的魔王邪神還要高出一倍。我已經無法判斷他在遙遠上方的頭部究竟距離我們有多少公尺。他那像巨木一般的腳，就算我全力跳躍也沒辦法到達膝蓋的高度。

怪物的肌膚是像鉛塊一樣的暗藍色。腿部以及手臂上都包著不知是從多大的野獸上剝下來的黑色毛皮。腰部附近則有每一塊都跟小船差不多大的板甲。他的上半身雖然是裸體，但隆起的肌肉似乎能將所有武器都彈回去。

那強壯的胸膛，有同樣是藍色的鬍子垂在上面。更上方的頭部則因為陷入黑暗中而只能依稀看見輪廓。但是額頭上的皇冠以及眼窩處閃爍的冰冷視線，在黑暗裡依然發出炫目的金色與藍色光芒。

舊艾恩葛朗特裡，有每層樓最高只能到達一百公尺的絕對限制，因此迷宮區的魔王房間天花板也不會太高，無論什麼類型的魔王縱向尺寸一定都經過控制。也因為這樣，我從來沒有在迷宮裡遇過得如此抬頭仰望的敵人。在這個不能飛的地方，要怎麼跟這種敵人戰鬥呢？再怎麼揮劍，最多也只能砍中他的腳踝而已。

當我想到這裡，巨大的巨人——雖然是有點累贅的形容，但我也只能這麼說——又往前跨出一步，接著以敲鑼般的聲音笑道：

「哼、哼……阿爾普海姆的小蟲們，竟然在兀兒德唆使下跑到這裡來啦？怎麼樣啊，小不點們……只要告訴我那女人所在之處，這房間裡的黃金你們要拿多少就拿多少，不錯吧？」

從那具超乎想像的雄偉軀體以及額頭上的皇冠，加上剛才那番的發言，全都證明這傢伙是「霜巨人國王索列姆」不會錯。

面對應該和兀兒德以及弗蕾亞同樣已經ＡＩ化的大巨人，首先回話的人是克萊因。

「……哼，武士不為五斗米折腰！本大爺才不會因為這種下三濫的條件就背叛朋友！」

在後面露出微妙表情並感到安心的我們眼前，克萊因迅速拔出愛刀。

看見他這麼做之後，其他六個人也各自拔出武器。

這裡面雖然沒有傳說級裝備，但要不是擁有專屬名稱的古代級武器，就是由大師級鐵匠莉茲貝特用心打造出來的精品。但巨人王索列姆即使看見對著自己的劍光，長鬍子下方那沒將敵人放在眼裡的笑容還是沒有消失。不過這也是理所當然的事，因為對那傢伙來說，我們的劍根本只是比較長一點的牙籤而已。

巨人用眼窩裡閃爍的燐光從高處瞪了我們一眼，最後把視線停留在空手站在最後面的第八個人身上。

「……呵、呵。在那兒的可不是弗蕾亞殿下嗎。既然妳從冰牢裡面出來，就表示下定決心要當我的新娘了是吧，嗯？」

聽見他像破鐘般的聲音，克萊因再度用半沙啞的嗓子回叫道：

「新、新娘？」

「沒錯。這名女性是以我未婚妻的身分來到這座城裡的。但是在結婚宴會的前一晚，她竟然在我的寶物庫裡到處東翻西找。我就是為了懲罰她，才會把她關進冰牢裡，哼、哼……」

——由於狀況變得有些複雜，所以我便迅速在腦袋當中做了一番整理。

名叫弗蕾亞的金髮美女之前是說「為了奪回族人被搶走的寶物而潛進這座城堡裡」。但仔細一想，就能發現要通過飄浮在空中的索列姆海姆城那唯一的入口其實相當困難。於是她便聲稱願意嫁給索列姆而堂堂正正通過城門，然後半夜入侵國王房間準備奪回寶物。但她在這時候被守門人看見，因此最後讓人關進了冰牢裡——應該是這樣的設定吧。

如果這是真的，那麼她在戰鬥中忽然從背後襲擊過來的可能性就相當低了。不過，我到現在還是對整個故事情節感到有些疑惑。以任務裡的支線來說，這實在太過於複雜了。說起來，

弗蕾亞口裡的「族人」究竟是阿爾普海姆精靈九族裡的哪一族呢？被奪的寶物又是什麼呢？

早知道這樣，當她加入隊伍時就應該多問些事才對，不過當時也沒那種時間了，我在內心這麼考慮著時，擔任我左翼前衛的莉法忽然拉了拉我的袖子然後低聲說：

「哥哥，我好像在書上看過……索列姆和弗蕾亞……還有被偷的寶物……那確實是……」

但在莉法成功回想起來之前，後面的弗蕾亞本人已經用堅毅的態度大叫著：

「誰要當你的新娘啊！既然這樣，我就和這些劍士大人一起打倒你，然後把被你搶走的東西奪回來！」

「唔、哼、哼，很會說大話嘛。不愧是以美貌與武勇聞名於九界的弗蕾亞殿下。但是呢，能親手摘下帶刺的花朵最讓人興奮了……等我捏碎這些小蟲之後，再來徹頭徹尾地疼愛妳吧，姆呵呵呵呵……」

索列姆以巨掌撫摸鬍鬚時說出口的台詞，幾乎讓人不敢相信真的是由自動任務生成系統所寫出來的劇本，因為這已經快要超越普遍級遊戲所能接受的範圍了。

周圍的女孩子們全都繃起臉來，而站在前方的克萊因則是握著左拳發抖並且大叫著：

「你、你、你這傢伙！少作夢了！我克萊因大爺不會讓你碰弗蕾亞小姐一根汗毛的！」

「哦哦，又聽見翅膀的嗡嗡聲了。我還是先把你們這幾個傢伙踩扁，預祝自己拿下幽茲海姆全土吧……」

砰咚，當巨人國王往前踏出一步的瞬間，我的視野右上隨即出現長到難以置信的ＨＰ條，而且還是三條疊在一起。要把這些ＨＰ砍完，一定是件非常辛苦的差事。

但是，新艾恩葛朗特裡守護各個樓層的兇惡魔王，根本連ＨＰ條都看不見，我認為可能是想藉此來挫挫玩家的氣勢吧。跟他們比起來，對付這個能知道給了他多少傷害的傢伙可能還輕鬆一點呢。

「──要來囉！仔細聽從結衣的指示，一開始只要躲避就好！」

當我這麼叫完，索列姆如同巨岩般的右拳已經高舉到天花板附近──接著那帶著藍色暴風雪的武器便猛然往下揮落。

索列姆海姆城的最後一戰──我想應該是吧──果然跟先前猜想的一樣，是場前所未見的大激戰。

國王索列姆一開始的攻擊模式，是以左右手的拳頭往下捶、右腳的三連續踏擊、直線軌道的冰雪吐息，以及從地板上生出十二隻冰矮人士兵等等。

其中最麻煩的，就是生出來的矮人士兵，不過還好有詩乃從隊伍後方以弓箭準確射中他們的弱點，所以一下子就解決掉這些傢伙了。剩下來的直接攻擊，只要算準時間就能完全迴避，而三名前衛就在結衣倒數的幫助下不斷在緊要關頭躲開巨人的直擊。

當我們做好防禦的準備後，終於準備展開反擊，但其實這才是大戰裡最困難的部分。正如我所擔心的，我們的劍最多只能到達索列姆的腳踝，這被厚重皮毛綁帶保護著的部分，物理耐性雖然不像金色牛頭人那麼誇張，也已經算很高了。雖然我們總是看準機會，藉由施放到三連擊為止的劍技來削減他的ＨＰ，但延遲時間愈短的劍技屬性傷害也愈低。所以只能感受到一種不斷砍在無法破壞物件上的無力感。

在這種情形之下，弗蕾亞所用的雷系攻擊咒文可以說為我們的戰況打了一記強心針。關於這一點，我想之後一定得對克萊因低頭認錯才行。雖然身為ＮＰＣ的她不擅長與我們配合，但不時從後方飛過來的紫色閃電卻能夠確實削減索列姆的ＨＰ。

經過十分鐘以上的奮戰，我們才好不容易讓第一條ＨＰ消失，這時巨人國王發出了更為強烈的咆哮。

「要換攻擊模式了！大家注意！」

我才這麼叫完，在旁邊舉著劍的莉法就以甚為急迫的聲音對我說：

「糟糕了，哥哥。徽章上只剩下三處光芒。我想只剩下不到十五分鐘。」

「…………」

索列姆共有三條ＨＰ。但要削減一條就得花費十分鐘以上。要在十五分鐘裡耗光剩下來的兩條可以說是相當困難的事。

不過，這個對手可能已經無法像金色牛頭人時那樣硬是用「劍技連攜」來壓制住他。怪物要產生延遲——也就是要讓他暫時無法動彈，必須靠「沉重的一擊與連續的大量傷害」。但索列姆在物理及魔法攻擊上都沒有弱點，就算連續發動四次劍技，也無法給予跟整體ＨＰ量相比下算得上特別大的傷害。

這時索列姆像是看透我瞬間的焦慮一般——

他突然開始吸進大量空氣，讓兩邊胸部像風箱一樣鼓了起來。

隨即有股強烈的風捲起，擔任前衛．中衛的五個人被不斷地往巨人的方向拉過去。糟糕，這一定是廣範圍全體攻擊即將來臨的前兆。要迴避這種攻擊，得先施放風魔法來中和這股吸力才行。和我有同樣結論的莉法，馬上舉起左手開始詠唱咒文。

但是可能要在看見敵人動作的瞬間便開始詠唱咒文才來得及。

「莉法、各位，防禦姿勢！」

聽見我的聲音後，莉法便中斷詠唱把兩條手臂交差在身體前方並蹲低身子。就在所有人做出相同動作的瞬間。

索列姆從口中吐出了範圍擴及四周的冰晶，與之前出現數次的直線噴吐完全不同。

一陣閃爍藍白色光芒的風瞬時包圍住我們。這股彷彿能撕裂肌膚的寒氣立刻襲擊了我們所有人，就連亞絲娜的支援魔法都無法抵擋。在「叮、叮」的尖銳聲響當中，前方五人的角色立刻被冰凍起來。就算想要逃走，也會因為厚重冰膜纏在身上而無法動彈。我、莉法、克萊因、莉茲以及緊緊把畢娜抱在懷裡的西莉卡，都變成了藍色的冰雕。

這個時候我們的ＨＰ還沒有減少，但絲毫不能放心。像這種大技，承受的時間愈久所受到的傷害也就愈大。

在前方挺直身體的索列姆緩緩抬起巨大的右腳。糟糕、不妙、危險啊——就在我內心發出這樣的吶喊時……

「姆嗚嗚嗚——！」

索列姆隨著渾厚的叫聲往地面猛力一踩。產生的衝擊波即刻吞沒遭到冰凍的我們，在大家身體上引發劇烈的震動——

在「喀鏘——！」這種令人恐懼的破碎聲過後，覆蓋在眾人身上的冰塊也全部粉碎。接著就是讓人暈眩的衝擊。我們就這麼拖著損傷效果光倒在地上。

視野角落八條並排的ＨＰ條裡，上面五條一口氣變成了紅色。

當五名前衛落入索列姆的大規模範圍攻擊時，範圍外的三名後衛當然不可能只是默默在旁邊看而已。

在我們的ＨＰ被奪走將近八成之後，一道柔和的藍色光線降到我們身上，讓我們的傷口開始痊癒。這是亞絲娜的高階全體回復咒文。如果不是先預測出我們即將受傷而先行詠唱咒文，就不可能在這種絕佳時機發動。

但是，這款遊戲的大型回復咒文，絕大多數都是「隨時間回復」，也就是「幾秒裡能回復多少ＨＰ」的類型。這種咒文沒辦法一口氣回復失去的ＨＰ值，要是在回復中再度受到攻擊，就算回復效果仍在持續中，同樣會一命歸西。

為了打擊好不容易才站起身來的我們，索列姆又往前跨出一步。但這時候他垂著長鬍子的喉嚨底部——忽然有燃燒熊熊火焰的弓箭不斷刺了進去並且產生大爆炸。這是詩乃的兩手長弓系劍技「爆炸箭」。物理一成，火焰九成的屬性傷害命中霜巨人族的弱點，讓他的ＨＰ開始明顯地減少。

「姆努嗚嗚嗯！」

索列姆發出怒吼，改變了前進方向。他開始把目標放在詩乃身上了。雖然「禁不起打的火力強化後衛過於積極攻擊使得怪物仇恨過高，導致對方的目標從前衛身上移開」可以說是新手才會犯的錯誤，但這次情況特殊。詩乃是為了替我們爭取重整態勢的時間，才會抱著必死的決心出來當誘餌。

「詩乃，拜託妳撐個三十秒！」

我在大喊的同時，從腰包裡拿出回復藥水仰頭喝了下去。周圍的克萊因與莉茲等人也同樣

把紅色液體灌進嘴裡。西莉卡的寵物畢娜，也因為主人的防禦技能而保住了一命。這個世界與艾恩葛朗特不同，有能讓寵物復活的魔法，但那得花上不少時間所以很難在戰鬥裡進行。

我急躁地來回注視著一點一滴回復的HP條以及在遠方不斷躲避猛攻的水藍色貓妖。雖然詩乃才來到ALO沒多久，但閃避的動作已經相當純熟。由於她在GGO裡是完全捨棄防禦技能的狙擊手，所以碰上打手型玩家只能拚命逃跑，而現在可能就是活用了當時的經驗吧。

「……準備攻擊。」

我把視線從好不容易恢復八成的HP條上移開，對其他同伴這麼宣告。當我重新握好左右兩手的劍，準備開始倒數的瞬間——

「劍士大人……」

忽然從旁邊傳來聲音，讓嚇一跳的我立刻把視線移了過去。

站在那裡的，是原本以為待在亞絲娜身邊的第八名小隊成員——弗蕾亞。

這名AI化的NPC用不可思議的金褐色眼睛凝視著我，開口說道：

「這樣下去根本沒辦法打倒索列姆。我們只剩下一個希望，那就是應該埋藏在這個房間某處的本族秘寶。只要能拿回那個，我真正的力量就會甦醒，也就可以擊敗索列姆了。」

「……真、真正的力量……」

我花了一次呼吸的時間來考慮她的提議。

然後下了決心。如果現在才害怕取回真正力量的弗蕾亞小姐會背叛我們、加入索列姆的行列對我們發動攻擊，那麼根本無法改變狀況。而且照這樣持久抗戰下去，就算小隊沒有全滅，任務時間結束的可能性也相當高。既然如此，倒不如試試看所有的可能性。

「我知道了。寶物長什麼樣子？」

我以ＮＰＣ幾乎快無法辨認的速度提出問題後，弗蕾亞便將雙手打開三十公分寬。

「是大概這麼大的黃金槌子。」

「……啥？槌、槌子？」

「就是槌子。」

弗蕾亞這麼重複，我不禁呆望著她的臉大約半秒。就在這個時候，已經被逼到國王房間右後方牆壁的詩乃終於受到索列姆拳頭攻擊後的衝擊波傷害，ＨＰ損失了兩成左右。不能再讓索列姆只把目標放在她一個人身上了。我迅速對克萊因以及莉法說：

「先過去支援她！我隨後就去跟你們會合！」

「了解！」

刀使高聲回答，怒吼著跑了出去。我一邊聽著隨之而來的集團戰鬥效果音，一邊轉動身子看著廣大的王座廳。

藍色冰塊的牆壁邊，堆積著發出金黃色光芒的各種物體。現在是要我從這堆東西裡，找出一把小槌子來嗎？「找尋物品」確實是跑腿類任務中最常見的工作，不過這難易度也未免太高了點吧！

我想這任務應該是設定給至少有三十個人的聯合部隊。如果沒有那麼多人手，根本不可能從這堆寶山裡找出那唯一的道具來。

「……結衣……」

我為了尋求幫助而呼喚了頭上的導航妖精，卻只感覺到她在那兒做出了搖頭的動作。

「不行啊，爸爸。地圖檔案上沒有主要道具位置的記述。我想應該是進到房間之後就會亂數配置在某個地方吧。沒有找到那個道具並把它交給弗蕾亞小姐，就沒辦法確定那是不是她在找的東西！」

「這樣啊……嗯嗯……嗯～～！」

我以不怕腦子燒壞的速度攪盡腦汁。但在這種緊要關頭卻想不出任何點子來。看來只能把一切賭在運氣上，試試在附近的寶山裡亂挖一通了——

就在這個時候，人在遠方戰場上奮鬥的莉法瞬間往這邊瞄了一下並大叫：

「哥哥！用雷系的劍技試試看！」

「雷、雷系……？」

瞬間啞口無言的我只能瞪大眼睛，但下個瞬間，我立刻用力揮動右手上的劍。

對只學會初步幻影魔法的我來說，這是能使出雷屬性傷害的唯一手段。

「……喝啊啊！」

我隨著叫聲用力往地面一踢，在空中一個前空翻，同時將反手拿住的劍連同身體往正下方刺去。這是單手劍劍技裡少數的廣範圍攻擊「閃電刺擊」。屬性是物理三成，雷擊七成。

輕脆的雷聲過後，劍深深插入地面。接著便有藍紫色的閃電以這裡為中心往四面八方疾馳。我啪一聲挺直身體，高速一個回轉。用目光橫掃過周圍堆積如山的物體——

「…………！」

看見了。就在黃金山的深處，有道短暫閃爍的紫光像是呼應我施放的雷電般出現了。我咬緊牙根，拚命往房間的左上角衝刺。應該是索列姆王座的巨大椅子出現在右邊，然後我整個人往寶物堆裡跳了進去，雙手不斷把應該相當昂貴的物體往旁邊拋——

「……是這個嗎？」

幾秒後，我便將手往一件滾落到我眼前的而且說起來其實相當小的道具伸去。那是一把有著黃金製細柄的小槌子，白金製的槌頭還鑲滿了寶石。當我握住它並拿起來的瞬間，其沉甸甸的重量馬上把我的角色往下拉去。我「嘿呀！」一聲死命舉起了小槌，然後轉頭大叫：

「弗蕾亞小姐，收下這個吧！」

雖然我順勢從肩膀上方把它往遠方拋了出去，內心卻有些不安。要是這樣丟反而對ＮＰＣ

造成傷害，那可就太倒楣了。幸好溫柔的金髮美女輕輕伸出纖細的右手，漂亮地接下我丟過去的超重槌子。

然而，她隨即像是承受不住重量般彎起了身子。那頭波浪長髮往下垂去，整個露出來的雪白肩膀開始微微顫抖。

……咦，難道弄錯了？怎麼好像拿了很糟糕的東西給她？

再度感到不安的我——耳朵裡忽然聽見弗蕾亞小姐的低吟聲。

「…………來了…………」

「……湧出來了……要湧出來囉……」

「啪嘰」一聲，空中閃過小小的電光。

對一個年輕貌美的魔女來說，這實在是相當奇怪的台詞。Cardinal System的言語引擎模組偶爾也會出現這種錯誤嗎？不過她的聲音好像也有點不太對勁。之前那種帶點沙啞又充滿魅力的聲音，現在變成了低沉的破鑼嗓。

啪嘰啪嘰。電光愈來愈激烈了。她金茶色的頭髮開始往上飄起，純白色薄洋裝的裙襬也迅速向上翻。

「湧出……來啦嗚嗚嗚喔喔喔喔喔喔喔喔——————！」

這第三次爆發的大叫，已經完全不是先前弗蕾亞小姐的聲音了。這時我內心的狀態早已經不是什麼不祥的預感所能形容，只能茫然瞪大眼睛——美女原本雪白的四肢與背部，忽然隆起像粗繩般的肌肉。同時白色洋裝也完全粉碎並消失無蹤。

這個瞬間，可能是神秘奧義「超感覺」技能發動了吧，在房間後方戰鬥的克萊因忽然迅速轉過頭來。看見弗蕾亞小姐目前一絲不掛的模樣後，他兩眼幾乎都快凸了出來。但接著下巴馬上像脫臼了一般整個落下。

其實也不能怪他。因為全身帶著雷光的弗蕾亞小姐，這時已經開始巨大化了。三公尺……五公尺……還在繼續成長。她的手腳變得像大樹一樣粗壯，胸膛渾厚的程度甚至超越索列姆。而右手握住的金槌也配合著主人不斷變大，瞬間變成連大地精靈的重戰士也無法裝備的尺寸，開始往四面八方放出雷電。

緊接著，出現了對我跟克萊因造成最大最沉重傷害的現象。

從她低垂的臉上，以及粗獷豪邁的下顎，開始冒出金褐色的長長——鬍鬚……

「根……」

「根本是大叔嘛！」

從房間兩處傳出兩名男性的瘋狂大叫聲。

沒錯，現在那個讓克萊因決定貫徹武士道的絕世美女，已經不存在於這個世界了。取而代之的是一名帶有壓倒性氣勢與雄偉身體的巨人，這名正挺起身子的男性，不管怎麼看都是超過四十歲的粗獷大叔。

「哦哦哦……哦哦哦哦哦————————！」

巨大的中年大叔先是發出足以撼動整個房間的重低音咆哮，然後面向遠方停止動作的國王索列姆踏出不知何時已經被厚厚皮靴包裹住的右腳。

我畏畏縮縮的移動視線，確認視野左端八個並排的ＨＰＭＰ條最下方那個名字。

幾十秒前還顯示為【Freyja】的文字列，曾幾何時已經改變了形狀。

【Thor】。這便是我們新夥伴的名字。

5

即使是對神話傳承方面沒什麼知識的我，也曾經聽過這個故事。

在北歐神話裡面，與主神奧丁以及詭計之神洛基齊名的──雷神索爾。索爾以那柄能呼喚雷電的槌子打倒了眾多巨人，而他戰鬥的英姿已經有許多影像作品與遊戲拿來使用。

事後莉法告訴我，北歐神話裡確實有「索爾前去奪回被巨人王索列姆搶走的槌子」這樣的故事存在。當時索爾偽裝成女神弗蕾亞並宣稱願意嫁給索列姆，雖然他在宴會上好幾次差點露出馬腳，但都被同行的洛基巧妙地掩飾過，最後終於順利取回槌子並當場把索列姆手下所有巨人殺光。雖然不知道該說這故事是溫馨還是殘酷，不過Cardinal System應該就是收集了那個傳說並且將它拿來當成這次任務的範本吧。

也就是說，如果有人知道這個故事，那麼一聽到弗蕾亞這個名字就能知道她不是索列姆派來的奸細了。這下真要感謝在冰牢前因為直覺與武士道而救了弗蕾亞的克萊因──不過弗蕾亞已經露出真面目的現在，不知道他有什麼樣的感想。

「努嗚嗚……卑劣的巨人，現在就讓你為盜取吾之寶物『妙爾尼爾』付出代價！」

雷神索爾揮舞握在右手中的巨大黃金槌，接著就像要踩破地板般往前突進。

而另一邊的霜之王索列姆在對雙手吹了口氣後，手裡便出現了一把冰製戰斧。他呼一聲揮動斧頭，大聲吼了回去。

「卑鄙的神，竟然敢欺騙我！看我把你的鬍子臉切下來送回阿斯嘉特去！」

現在想起來，其實索列姆也是相信那個弗蕾亞是真正的女神而等待著舉行婚禮。雖然這傢伙是壞蛋，但確實是有生氣的權利。

廣場的中央，金色鬍鬚與藍色鬍鬚的大巨人們正拿著黃金槌與冰戰斧激烈互相攻擊。兩人所造成的衝擊波讓整個城堡開始晃動。陷入這場戰爭中的我們，這時依然因為弗蕾亞的巨大化——不對，應該說大叔化，而尚未從震驚當中恢復過來，只能茫然站在旁邊乾瞪眼，但不久後HP回復完畢的詩乃便從房間後方高喊：

「趁他把目標放在索爾身上時，大家一起發動攻擊吧！」

她說的一點都沒錯，不能保證雷神索爾會陪我們戰到最後一刻。於是我也迅速揮舞長劍，高聲叫道：

「好，全力攻擊！不用客氣，盡量使出劍技吧！」

接著我們七個人便一口氣往前衝去，從四面八方接近索列姆。

「姆嗚哦哦哦哦哦——————！」

克萊因把刀高舉過頭往前突進，發出比剛才更為強烈的怒吼……雖然他的眼角似乎有些光亮，不過這時當成沒看見才是一名武士應有的美德吧。我們完全不在意劍技延遲，不斷使出三連擊以上的劍技轟向索列姆的雙腳。不知何時亞絲娜也已把法杖換成細劍，使出神速的連續刺擊往索列姆的阿基里斯腱招呼。她旁邊的莉茲貝特則是用戰槌不斷敲著小趾尖端。

「咕……姆努嗚……！」

忍不住發出呻吟聲的索列姆，終於在身體一個搖晃後左膝跪地了。他皇冠周圍開始有閃亮的黃色效果光在迴轉著。是暈眩狀態。

「趁現在……！」

所有人配合著我的聲音使出最強的連續攻擊。炫目的效果光霎時從四周包覆住他裸露的上半身。而且更上方還有橘色光箭如豪雨般落下。

「努嗚嗚嗯！滾回地底去吧，巨人之王！」

最後，索爾像是要給索列姆最後一擊般把右手的黃金槌往對方頭上敲去。皇冠整個碎裂，原本以為牢不可破的魔王級怪物就這樣仰躺到地面上發出巨響。

他的ＨＰ條已經完全消滅。巨大軀體、四肢以及鬍鬚尖端開始出現裂痕並變成冰塊。

漆黑眼窩裡閃爍的藍色燐光漸漸變淡並消失不見。就在這個時候，他糾結在一起的鬍子開始動了起來，接著有低沉的笑聲流出。

「姆，哼哼哼……小蟲子們，你們盡量為這一時的勝利感到高興吧。不過……要是太過相信阿薩神族，你們遲早也會嘗到苦頭的……他們才是真正的……」

滋碰！索爾強烈的踏擊轟下，索列姆幾乎完全變成冰塊的巨大身軀整個被他的腳貫穿。

緊接著便是超大規模的殘存之火出現，霜巨人之王化作無數冰片爆散開來。我們因為聲光效果的壓力而忍不住把手擋在眼前並往後退了幾步，雷神索爾的金色雙眼就從遙遠的上空睥睨著我們。

「…………嘿，精靈劍士們啊，我必須向你們道謝。這麼一來，吾也得以一雪寶物被奪走的恥辱了。嗯——看來還是得給你們些獎賞才行。」

他舉起左手，碰了一下右手那巨大華麗槌子的把手部分。隨即有一顆鑲在上面的寶石脫落並開始發出光芒，最後變成適合人類握住的槌子。

索爾輕輕將本體縮小版的黃金槌拋給克萊因。

「『雷槌妙爾尼爾』，將它用在正義的戰場上吧。那麼——我告辭了。」

索爾右手往上一舉，隨即有一道藍白色閃電「轟隆！」一聲貫穿整個房間。我們也反射性閉起眼睛，當我們再次睜開眼時，他已經消失在我們的眼前。成員脫離的告知訊息小小地浮現，第八名成員的ＨＰ、ＭＰ條就此無聲無息地消失。

索列姆消滅的地點上，開始有許多寶物像瀑布般不斷落下，但隨即因為自動被收進小隊暫時道具庫裡而消失不見。

就在寶物停止掉落的同時，魔王房間也因為照明變強而不再陰暗。很可惜的是，堆積在牆壁邊的黃金寶山也逐漸變淡並消失無蹤。算了，反正大家的道具庫也已經裝得差不多，塞不下多少東西了。

「…………呼……」

我輕輕呼出一口氣，接著走到克萊因身邊，把手放在他肩膀上說道：

「恭喜你拿到傳說武器。」

「…………我完全沒有提升過槌子系的技能耶……」

刀使握住散發出光亮效果的單手用戰槌，臉上出現不知是喜還是悲的表情，而我也只能報以最燦爛的笑容。

「那送給莉茲吧，她一定會很高興的。啊～不過她可能會把它熔成金屬塊哦……」

「喂喂！就算我再愛錢也不會做出那麼暴殄天物的事好嗎！」

莉茲貝特提出反駁後，旁邊的亞絲娜也一臉認真地說：

「不過莉茲，聽說熔化傳說級武器可以製造出很多奧里哈魯根金屬塊唷。」

「咦，真的嗎？」

「我……我說啊！我還沒說要送給妳唷！」

看見克萊因用力抱緊槌子大叫的模樣，周圍的眾人都發出愉快的笑聲——

就在這個瞬間。

忽然有足以透徹心扉的巨大重低音響起，同時冰塊地板也開始劇烈震動。

「呀啊啊！」

垂下三角耳朵的西莉卡發出慘叫。她身邊的詩乃則是把尾巴捲成S型並大叫：

「在……在動嗎？不對，是浮起來了……！」

遲了一會兒後我也注意到了。

巨城索列姆海姆，就像生物般顫抖著並且一點一點開始上升。到底為什麼會——等等——

難道說……當我想到這裡時……

莉法低頭看向掛在胸前的徽章並爆發出尖銳的叫聲。

「哥……哥哥！任務還在繼續！」

「什……什麼！」

克萊因叫出聲來。其實我也跟他有同樣的心情。既然霜巨人族的領袖索列姆已死，任務當然也應該已經結束——原本我也是這麼認為，但探索了一下記憶之後，才想起委託我們任務的「湖之女王兀兒德」當時是這麼說的。

「請進入索列姆海姆，把『斷鋼聖劍』從台座上拔起來吧」，而非「請打倒索列姆吧」。

也就是說，就連那個恐怖的強敵索列姆，也不過是這個任務裡的一道關卡而已——

「最、最後一道光芒開始在閃爍了！」

結衣立刻對莉法近似慘叫的聲音起了反應。

「爸爸，王座後面出現通往下方的階梯了！」

「…………！」

我甚至捨不得花時間回應，直接就往地面一蹬，朝著王座衝了過去。

王座的形狀雖然像椅子，但由於是霜巨人王的專用品，因此接近之後才發現簡直就跟一間小屋一樣。如果不是發生這樣的緊急事態，大家可能正在嘗試能不能爬到椅面上去吧，不過現在我根本連看都不看它一眼，就直接從左側通過。

繞到椅子後面之後，確實正如結衣所說的，冰塊地板上開了通往下層的小小樓梯。尺寸小得無法讓霜巨人族通過，只能容許一名人類——不對，應該說一名精靈過去。我聽著夥伴從後面追過來的腳步聲，毫不猶豫地衝進微暗的入口。

一次跳過三格螺旋階梯的我，在腦袋角落這麼想著。如果我們目前接受的兀兒德任務失敗——也就等於地面上多數玩家正在進行中的屠殺任務成功，那麼冰之巨城索列姆海姆應該會直接浮到中央都市阿魯恩的位置上，但是有著侵略阿爾普海姆野心的索列姆已經不在了。當然，他也有可能會「像什麼事都沒發生過一樣就復活了」，但對細節相當講究的Cardinal System

應該不會選擇如此不合理的故事發展才對。

當我一邊全力衝刺一邊沉思時，莉法就像看穿我的心思般從身後對著我說道：

「……哥哥。我隱約記得……真正的北歐神話裡，索列姆海姆的城主不是索列姆唷。」

「咦……咦咦？但是名字明明就……」

「是沒錯。但是，神話裡確實……有個叫……叫……」

當莉法開始吞吞吐吐時，頭上的結衣似乎已經連線到外部網路進行搜尋，她馬上回答：

「叫做『夏基』。在神話裡要金蘋果的其實也是夏基，而不是兀兒德小姐所說的索列姆。接下來是ALO的內部情報，對玩家提出那個屠殺任務的NPC，就是配置在幽茲海姆地面練功區最大城堡裡的『夏基大公』。」

「……也就是說早就準備好繼承人了嗎……」

我想，如果索列姆海姆就這樣浮到阿魯恩上面，那個叫夏基的傢伙應該就會以最終魔王的身分出現在王座上吧。從這些事情上看來，就能推測出Cardinal System大概是想讓央都崩潰，並且讓阿魯恩高原遭怪物佔領吧，不過事到如今我也完全不想認輸了。這當然不是為了要獲得斷鋼聖劍，而是輸了我就沒臉見朋友噹嘰了。不過如果能得到劍，我也還是會拿啦……

當我這麼想的時候，城堡的振動變得愈來愈激烈。有時候還能強烈感受到加速度的變化，所以能確定城堡已經穿過幽茲海姆的屋頂開始往上升了。我摒住呼吸，以幾乎要跌下去的速度衝過像是永無止盡的螺旋階梯。

「——爸爸，五秒後到達出口！」

「ＯＫ！」

才剛叫完，視野裡便出現了一道明亮的光線，我一口氣朝那裡跳去。

這裡是一個正八面體，也就是兩個金字塔底部連結起來再將內部掏空的空間。其實很像是個「墓穴」。

不過這裡的牆壁相當薄，透過下方的冰塊可以清楚看見幽茲海姆練功區的全貌。周圍有狀似從天花板脫落的岩石與水晶碎片不斷墜下。螺旋階梯直接貫穿墓穴中央，一直通到底部。

而最底端——確實存在著一道清晰且神聖的光芒。

毫無疑問，過去我和莉法兩人坐在噹嘰背上準備脫離幽茲海姆時，在遠方冰之城最下端閃爍的就是這道光芒。經過一年的時間，我們終於來到了這個地方。

七個人排成一行長驅直入的樓梯終於結束，我們幾個人呈半圓形包圍了「那個」東西。

在正圓形的地板中央，設置了一個一邊大概有五十公分的冰塊立方體。內部似乎有什麼東西被封在裡面。仔細一看之下，發現是看起來相當細且柔軟的樹根。那些像無數蠶絲的毛細管集中起來開始變粗，然後再連結於一根樹根上。

然而，直徑五公分左右的樹根卻在某處被漂亮地切斷了。切斷樹根的東西上面刻有細微符文，有著單薄且銳利的刀刃——是一把劍。那把纏繞著金色光芒的長劍筆直往上延伸，劍身有一半露在冰台外面。它有著形狀相當精緻的護手以及織有黑色皮革的握柄。柄頭則有一顆七彩寶石正閃爍著光芒。

我過去也曾看過這樣的劍，不對，應該說曾經握過一次這樣的劍。

那個把ALO用來滿足私慾的男人，為了斬殺我而準備用GM權限生成這把劍。但是那個時候權限已經轉移到我身上，於是我便代替他創造這把劍，然後為了一決勝負把劍扔給他。

我對於那個時候光靠一個指令便造出世界最強的劍——不對，應該說竟然光靠一個指令就做到這種事，感到異常厭惡。總覺得要是將來不以光明正大的手段獲得這把劍，這種罪惡感就永遠無法消除。雖說偶然的因素佔了一大半，但現在終於到了這一刻。

……讓你久等了。

我在內心這麼呢喃著，然後踏出一步，伸出右手往長劍——傳說級武器「斷鋼聖劍」的劍柄握去。

「嗚…………！」

我使出全力，準備把它從台座上拔起來。

但劍就像跟台座，不對，應該說像跟整座城堡合為一體般絲毫不為所動。我的左手也握住劍柄，兩腳用力往地面一踩，使盡吃奶的力氣往上拉。

「姆……哦……！」

但還是得到相同的結果。我的背後開始湧起一股不祥的預感。

ＡＬＯ這款遊戲與ＳＡＯ和ＧＧＯ不同，力量與敏捷這些數值並不會明確表示在視窗裡。能否裝備某樣武器的判定也因此相當曖昧，大致可分為「能輕鬆揮舞」、「稍微有些沉重」、「身體被帶著轉動」與「根本無法舉起」這幾種模糊的階段。所以玩家裡面，也有不少人幸運獲得武器後，卻發現明顯超出自己所能負荷的重量，但還是不願放棄而勉強裝備在身上，結果反而造成戰力下降。

但是，說起來系統應該還是以數值處理玩家的力量等屬性，也就是說這些數字全都變成了「隱藏參數」。而種族與體格所決定的基本值，又會被技能加成、魔法裝備加值以及支援魔法輔助等因素影響。若光看基本值，火精靈克萊因應該略高於身為守衛精靈的我才對。

但以揮刀速度為生命線的刀使，已經把技能與裝備的輔助都加到敏捷上了。相對地我因為「喜歡重劍」的個性而把大部分輔助都加到力量上。結果就是在場的七個人當中，我應該是力量最大的人。換言之，如果連我都拔不動，那麼其他人就連試都不用試了。大家似乎也了解這一點，所以沒有任何人伸出手來。

但是，依然有人從背後發出聲音。

「加油啊，桐人！」

是亞絲娜。莉茲也馬上高聲說了句「快，還差一點而已」。當然莉法、西莉卡、克萊因也立刻出聲為我加油。

詩乃叫著「拿出男孩子的氣魄來！」，而結衣則是拚命大喊「爸爸，加油啊！」，甚至連畢娜都發出「咕嚕嚕嚕嚕！」的啼叫聲。

身為這個小隊的召集人，當然不能夠在這個地方功虧一簣。大家已經給了我最大的聲援，剩下就只有靠自己的努力與幹勁了。我相信自己的能力值絕對足夠，只要用力一段時間一定就能解除封鎖，於是我便開始擠出自己所有的力氣……不對，應該說擠出所有的意志力。

視線周圍開始反白，眼前有刺眼的光線到處飛舞，當我覺得再這樣下去，AmuSphere就要因為腦波異常而自動讓我登出時——

出現了「嗶嘰」的尖銳聲音。同時也有輕微的振動傳到我手上。

「啊……！」

不知道是誰發出叫聲。腳邊的台座忽然迸發強光，我的視野全被金色亮光覆蓋了過去。

接著，就是我所聽過的效果音裡最為厚重且爽快的破碎聲衝進耳中。我的身體整個向上拉起——右手裡的長劍就在往四面八方飛散的冰塊中，劃出一道金黃色軌跡。

六名同伴一起伸出手來支撐我往後倒的身體。我承受著懷裡長劍異常的重量往上看，視線便和低下頭的夥伴們對上了。所有人都開口笑著，準備露出非常痛快的表情時——下一個現象卻搶在他們之前出現了。

那是從冰台裡被解放出來的樹根。

浮上半空中的樹根忽然伸長，不對，應該說忽然開始成長了。

極細的毛細管迅速往下方擴散。而被漂亮切斷的上部橫切面也長出了新的組織，筆直地往上延伸。

這時候有震耳欲聾的巨響從上方傳來。我抬頭一看，發現從大家衝進來的橫向洞穴裡頭，有某樣物體邊粉碎著螺旋階梯邊湧來。那也是樹根，是捲住索列姆海姆的世界樹之根——以猛烈來勢貫穿正八角形空間的樹根，與從台座裡解放出來的樹根互相接觸、纏繞並且融合在一起。

隨後——

一股衝擊波吞沒了索列姆海姆城，其強烈的程度足以讓人覺得剛才的晃動只不過是震度1的微震。

「哦哇……崩……崩掉了……！」

克萊因大叫著，當我們所有人拚命抱住對方時，周圍牆壁上也出現了無數裂縫。

刺進耳裡的巨大聲音接連不斷響起。厚重冰壁也以一台馬車左右的大小為單位持續分離，朝下方的「中央大空洞」崩落。

「……！索列姆海姆整個崩潰了！爸爸，快點離開這裡！」

頭上的結衣尖叫。我和右邊的亞絲娜互看了對方一眼，接著同時大叫：

「但是樓梯已經毀了！」

沒錯。讓我們來到墓穴的螺旋階梯，已經被從上面湧至的世界樹本體樹根給毀了。而且就算按照原路衝回去，也只能回到空中平台而已。

「那抓住樹根呢……」

在這種狀況下依然十分冷靜的詩乃，抬頭仰望著正上方並這麼低聲說道。

「……看來是沒辦法。」

接著她輕輕聳了聳肩。已經伸展到墓穴一半程度的世界樹之根確實是固定在屋頂上，但從我們所在的正圓形樓層到最近的毛細管至少也有十公尺左右。光靠跳躍根本沒辦法到達。

「喂喂，世界樹！你這樣也太無情了一點吧！」

莉茲貝特舉起右拳叫道，不過對方只是一顆樹，當然不可能對我們道歉或有其他反應。

「好、好吧……既然如此，就讓你們看看克萊因大爺奧運級的垂直跳高術吧！」

迅速站起身來的刀使，在這直徑僅有六公尺的圓盤上拚命助跑——

「啊，笨蛋，別這……」

我根本來不及阻止，他就已使出華麗的背向式跳法。記錄大約是兩公尺又十五公分左右。

以這種助跑距離來看其實已經相當了不起了，但在碰到樹根前他便在空中畫出拋物線，整個人重重摔落在樓層的正中央。

這時候，因為這股衝擊——事後大家都是這麼相信——周圍的牆壁一口氣裂開。墓穴最下方，也就是索列姆海姆最下方的尖端終於和本體分離了。

「克……克萊因你這個笨蛋——！」

討厭自由落體這種遊樂設施的西莉卡終於忍不住破口大罵。在她的罵聲之下，載著七人＋一隻妖精＋一隻小龍的圓盤就開始了永無止盡的下墜。

如果這是搞笑漫畫，通常大家會在這時坐下來喝杯熱茶。

但是在ＶＲＭＭＯ裡從高處落下，真的是件相當恐怖的事。雖然大家平常都在阿爾普海姆的雲上四處亂飛，但那是因為有雙可靠翅膀的緣故。在無法飛行的區域——比如說迷宮中——初學的女性玩家光是從五公尺左右的高度跳下來，就已經能夠嘗到難忘的恐怖經驗。就連我也不喜歡那種感覺。

因此我們七個人只能趴在冰塊圓盤上，一起全力發出慘叫。

四周可以看見和我們同時掉落的巨大冰塊互相碰撞，然後分解成更小的塊狀。抬頭往正上方看去，則可以看見巨城索列姆海姆的構造不斷從下方開始分離，而每當有部分脫落，就會有被解放出來的世界樹之根不停晃動著。

最後我又畏畏縮縮地從圓盤邊緣往正下方看。

已經接近到剩下一千，不對，應該是八百公尺的幽茲海姆大地上，「黑色大空洞」正張開大嘴等著我們。而我們七個人乘坐的圓盤當然也朝著空洞中央不斷落下。

「……那裡面究竟有什麼？」

旁邊的詩乃這麼嘟囔著，而我好不容易才這麼回答道：

「說、說、說不定就如兀兒德小姐說的，直接通往尼福爾海姆唷！」

「希望那裡別太冷……」

「我、我、我想應該超冷的吧！因為那裡是霜巨人的故鄉啊！」

在進行這些對話時終於開始冷靜下來的我，就這樣雙手緊抱著斷鋼聖劍，對著左邊的莉法搭話道：

「莉法，屠、屠、屠殺任務現在怎麼樣了？」

結果黃綠色馬尾筆直往上飄的風精靈瞬時停止慘叫——說不定其實是歡呼——然後看向胸前的徽章。

「啊……趕、趕上囉，哥哥！還剩下一處光芒！太、太好了……！」

莉法臉上露出燦爛的笑容，張開雙手朝我撲來；我邊摸著她的頭邊在內心思考著。

如果世界樹恢復原狀，那麼「湖之女王」兀兒德以及她眷屬們的力量應該已經恢復，也就不會一直被人型邪神們傷害了吧。那麼，就算我們掉入大空洞裡，不論是在途中死亡還是掉進尼福爾海姆才死，也都不算是白白犧牲了。

唯一讓我有些牽掛的，是目前全力抱在懷裡的「斷鋼聖劍」。其實就算已經完成了任務，也不能確保自己取得這東西的所有權。恐怕還是得在存活的狀態下再度見到兀兒德，確實讓任務終了的旗子豎起來才行吧。

即使如此，我還是迅速在莉法沒看見的地方打開視窗，試著把斷鋼聖劍收進道具庫。可惜果然不出我所料，劍一碰到視窗便直接彈開而無法收納。

——算了，其實也曾經像這樣把它抱在自己懷裡了。沒關係沒關係，反正這種金光閃閃的傳說級武器本來就不是我的菜。

當我正用這種酸葡萄心理來欺騙自己時……

抱緊我脖子的莉法忽然迅速抬起頭來。

「…………我好像聽見什麼聲音。」

「咦……？」

我反射性豎起耳朵，但只能聽見咻咻的風聲而已。這時地面已經離我們相當近。大概在過六十秒左右，我們就要墜落……不，是衝進大空洞裡了。

「聽，又傳過來了！」

莉法再度大叫，接著便放開我靈巧地在圓盤上站了起來。

「喂、喂，很危險唷……」

這麼叫道的我，耳朵這時候似乎也……

聽見了「咕哦哦哦哦——」這樣的聲音。

我趕緊環視四周。周圍冰塊群後面的南方天空，忽然出現一道小小的白光。那在空中畫出小圓弧朝我們接近的東西，有著跟魚一樣的流線型身體、四枚共八對的翅膀以及長鼻子——

「…………嚐嘰——————！」

莉法把雙手貼在嘴邊這麼大叫著。結果對方也再次發出「咕哦哦——」的回答。看來不會錯了，那就是把我們載到索列姆海姆入口的飛行邪神嚐嘰。仔細一想，既然牠都把我們送到入口了，那麼來接我們其實也不是什麼不可思議的事。或許應該說我巴不得牠趕快來。

「這……這邊這邊！」

莉茲大叫著，而亞絲娜也跟著對牠揮手。原本把畢娜緊抱在胸口的西莉卡，這時候也透過畢娜的軟毛畏畏縮縮地抬起頭來，詩乃則是無奈地搖著尾巴。

在超級跳躍後依然呈大字躺在地上的克萊因終於抬起頭，對我咧嘴一笑並豎起大拇指。

「嘿嘿……我打從一開始就相信……那傢伙一定會來救我們的……」

——少騙人了！

除了我之外的五個人心裡應該也是這樣大喊，不過直到剛才為止，大家都一樣忘記了噹嘰的存在。這隻總是那麼活潑的邪神，就像滑翔機般不斷接近我們。看來在墜落之前，我們還有不少時間能夠爬到牠的背上。

由於圓盤周圍有無數冰塊飛舞，所以噹嘰的巨大軀體沒辦法完全貼過來，只能在隔了大概五公尺左右的地方盤旋著。但如果只有這點距離，應該連重量級的玩家也能跳過去才對。

首先是莉法像在哼歌般輕鬆一跳，漂亮地降落在噹嘰背上。她隨即朝我們這裡伸出雙手，大叫著「西莉卡！」。

西莉卡聽見後跟著點了點頭，開始用兩手抓住小龍畢娜的雙腳，經過有些僵硬的助跑後用力往地面一蹬。畢娜就在吊著西莉卡的情況下奮力拍動翅膀，增加了西莉卡的滯空時間。這是擁有飛行型寵物的馴獸師才有的好處。最後莉法平安無事地接住了她。

然後是莉茲貝特隨著豪邁的「嘿呀啊啊！」跳出，亞絲娜則以流暢的動作來了個大跳躍。輪到詩乃的時候，她甚至在空中輕鬆地轉了兩圈才降落在噹嘰的尾巴附近。

克萊因用有些僵硬的表情看著我，我則比出了「你先請」的手勢。

「好吧，那就讓你看看本大爺華麗的……」

他邊說邊慢慢算著跳躍的時機，但我卻直接從他背後用力推了下去。經過手忙腳亂地助跑後往前一跳的他距離似乎有些不足，不過噹嘰立刻伸出鼻子從空中把他接住。

「哦、哦哇啊啊啊！好危險啊～～～！」

我無視他的叫聲，再度往下瞄了一眼。透明的冰塊圓盤下方，大空洞幾乎已經快要掩蓋所有視線了。正當我將身子轉向前方，準備開始短助跑時——

才發現一個相當恐怖的事實。

那就是我沒辦法跳出去。

正確來說，這都是因為我手臂裡有顆巨石——在抱著「斷鋼聖劍」的情況下，實在沒辦法跳過五公尺的距離。我光是這樣站著，靴子就似乎快要陷進冰塊裡了。

已經移動到噹嘰背上的其他人，似乎也已經注意到我忽然呆立在現場的理由了。

「桐人！」

「桐人啊！」

夥伴急切的呼喚聲傳進耳裡。低著頭的我用牙根將瞬間強烈到極點的糾葛完全咬碎。

這個二選一的困境——是要抱著斷鋼聖劍墜落而死或者是丟棄聖劍而得以生存。擺明是要考驗玩家慾望與執著的最後五公尺距離，真的是在偶然下出現的嗎？還是Cardinal System故意設下的陷阱呢……？

「爸爸……」

聽見頭上結衣發出擔心的聲音後，我便輕輕點了點頭回應她。

「…………真是的……Cardinal這傢伙實在太惡劣了！」

我露出苦笑並低聲這麼說道。

下一瞬間，我便把右手抓住的劍往旁邊丟去。

身體立刻像變輕了好幾倍。而黃金色的炫目光芒則是回轉著往視野角落流去。

我稍微助跑了一下後腳用力往地面一蹬，隨即在空中轉體跳了出去。閃爍著光芒的斷鋼聖劍雖然沉重，這時卻像從不死鳥翅膀上飄落的羽毛般，慢慢往深不見底的大空洞墜下。

背對著眾人的我一落在噹嘰背上，牠八枚翅膀便大大地張了開來，讓我立刻體會到一股減速感。原本與圓盤呈同樣速度往下落的噹嘰，開始漂浮並停止下降。

來到身邊的亞絲娜輕拍了一下我的肩膀。

「……我們還是有機會去把它拿回來的。」

「我會仔細記錄下它的座標！」

結衣立刻接著說道。

「……嗯嗯，說的也是。它一定會在尼福爾海姆的某個地方等我。」

當我低聲說完，內心準備向曾落入我手中的最強之劍告別時——

水藍色頭髮的貓妖就像要阻止這麼做一般，走到我眼前。

她用左手解下掛在肩膀上的長弓，接著以右手架上一隻細長的銀箭矢。

「兩百公尺嗎——」

她呢喃著，然後迅速詠唱起咒文。箭矢也立刻被白光包圍。

說不出話的眾人只能在一旁看著，而身為弓箭手兼狙擊手的詩乃則輕鬆地拉開長弓。

這時斷鋼聖劍正由下方四十五度角處墜落，詩乃將箭瞄準更下面一點的地方後射出。箭立刻在空中劃出一道銀線往前飛去。這是弓箭手專用的種族共通咒文「回收之箭」。能在發射出去的箭上附著具有強烈伸縮性與黏著性的繩索。這個相當便利的魔法，通常是用來回收發射出去的箭或者將手拿不到的物體拉過來，然而繩索會讓箭的軌道產生歪斜、箭矢本身又沒有追蹤的性能，所以平常只有在近距離下才能命中。

我到這時候才終於了解詩乃的企圖，但內心還是難免嘀咕著「沒用的」。

就算是妳也沒辦法射中的。兩百公尺早已超出莉茲製弓箭有效射程的兩倍。不，應該說即使在射程範圍內也不可能成功才對。目前的立足點是那麼不穩定，而且還有冰塊不停落下，再加上目標物仍在墜落當中。

但是——世界上就是有那麼神奇的事情會發生。

往遠方落下的金光與朝更下方飛去的銀箭，彷彿相吸般愈來愈近、愈來愈近………

磅噹！兩者終於撞在一起，發出了清脆的聲音。

「嘿！」

詩乃用力扯動自右手延伸出去的魔法繩索。金光急遽地減速並停止墜落，接著開始上升。原本只是光點的物體變得愈來愈細長，最後成了長劍的模樣。

兩秒後，我才剛向它永別的傳說武器，便輕鬆地落進了詩乃的手裡。

「嗚哇，好重……」

面對邊嘟囔著邊用雙手握住長劍轉過身來的貓妖小姐……

「「「詩……詩……詩……」」」

六個人以及結衣全都異口同聲地叫著。

「「「詩乃小姐，妳實在是帥斃了——————！」」」

聽見所有人的稱讚後——由於雙手抱著長劍——詩乃動了動三角耳朵來回應，最後她看著我輕輕聳了聳肩。

「不用露出那種表情，我會給你的。」

——看來在不知不覺中，我的臉上已經寫上「給我吧！」幾個大字了。當我忍不住把視線往左上方游移時，詩乃便「嗯」一聲把劍伸到我面前。

這讓我有種似曾相識的感覺。大約在兩週之前的ＧＧＯ最強者決定戰「Bullet of Bullets 3」

總決賽驟死戰的最後，詩乃也以這樣的動作給了我某樣東西。

我反射性接過來後，才發現那是能讓ＨＰ一口氣全部耗盡的電漿手榴彈，接著我和詩乃便在緊貼對方的狀態下一起被炸死，而大會也在這種令人震驚的結局下落幕。至於那最後一幕在網路上被人做出什麼樣的評論，我因為太害怕了所以沒有勇氣去調查。

但是這次的長劍總不會爆炸了吧。

「謝……謝謝。」

我一邊道謝，一邊伸出雙手準備接劍時——詩乃在上方的手忽然縮了回去。

「不過在這之前，我有個條件。」

接著水藍色頭髮的貓妖便露出了無疑是她來到ＡＬＯ之後最燦爛、耀眼的笑容——然後投下了足足有十顆電漿手榴彈破壞力的炸彈。

「——那就是拔出這把劍的時候，心裡都要想起我唷。」

嗶嘰——

在整個凍結的空氣當中，黃金製的「斷鋼聖劍」就這樣由詩乃手裡移動到我手中。但我根本沒有心思感受它異常的重量，只覺得背後不停流下假想的冷汗。

「哦～哦～受女孩子歡迎也很辛苦耶。」

右後方的克萊因這完全不懂察言觀色的發言，讓我狠狠踩了他的腳好使他閉嘴，接著更努力裝出平靜的聲音說：

「……嗯，我會想起妳然後向妳道謝唷。謝謝妳剛才那麼漂亮的射擊。」

「不客氣。」

詩乃給了我致命一擊的眨眼之後就轉過身子，往噹嘰尾巴的方向走去。接著又從箭筒裡拿出薄荷草的莖來咬在嘴裡，呼一聲吹出一口煙來。那雖然是很適合冷酷狙擊手的動作，但我仍舊注意到她水藍色尾巴的尖端正輕輕晃著，那是她正在忍笑的證明。「被擺了一道！」我在內心如此呻吟著，卻對周圍女性冷漠的視線感到束手無策。

不過這時候邪神噹嘰竟然出乎意料地出手救了我。

「咕哦哦哦——嗯……」

牠發出拖著長音的啼叫，用力拍動八枚翅膀開始往上升。當我順勢往頭上看去時，可能是這次任務最大且最後的壯觀畫面才正要開始。

深深插入地底世界幽茲海姆屋頂中央的索列姆海姆城，終於開始往下掉了。

它的底部早已經完全崩潰，但整體的形狀仍然大致完好。原來之前看起來像座倒金字塔的城堡，上方還隱藏了相同大小的構造體。也就是說，它整體就跟封印斷鋼聖劍的那個墓穴一樣是正八面體。

各邊的長度有三百公尺。所以說，上下頂點間的距離是邊長三百公尺的正方形之對角線，

300×√2後得到的數字是424.26。東京晴空塔的特別展望台高度有四百五十公尺，所以這倒金字塔也跟它差不多了。幸好這個迷宮不用先爬到上面去再走下來。

當我在心裡做出這種無關緊要的計算時，往正下方墜落的冰塊巨城依然不斷發出遠雷般的轟然巨響。可能是無法承受風壓吧，只見它在半空中崩潰的情況愈來愈嚴重。像極地裂縫般的痕跡由下往上延伸，最後城堡終於緩緩斷成好幾塊。

「………那座迷宮，只經過我們一次的冒險就毀掉了……」

莉茲小聲呢喃著。旁邊的西莉卡也用力抱住畢娜點頭回應：

「真的有點可惜。還有那麼多沒去過的房間……」

「地圖的踏破率是百分之三十七點二。」

我頭上的結衣也用感到可惜的聲音補充。

「這實在太浪費了點。不過——我還是覺得很有趣啦。」

克萊因把雙手扠在腰上並用力點了點頭。但他隨即又像是想起什麼事情般，回過頭來以奇妙的聲音說：

「……莉法啊。怎麼說呢……那個……除了那個叫索爾的大叔之外，應該是真的有位名叫弗蕾亞的女神存在吧？」

莉法點點頭，微笑了一下。

「哦~這樣啊。那說不定能在什麼地方遇見她囉。」

「……或許吧。」

這時候，心地善良的莉法並沒有說出ＡＬＯ裡不存在阿薩神族所住的阿斯嘉特世界。不過回想起來，國王索列姆在被索爾幹掉前似乎說了某些話。好像是什麼阿薩神族才是真正的……之類的……

當我回想到這裡時，終於完全崩潰的索列姆海姆城卻發出了類似死前哀嚎般的巨大聲響，打斷我的思緒。

許多巨大冰塊群不斷從空中落下，而我們坐在四處巡弋的噹嘰背上，似乎一伸手就能夠碰到那些冰塊。最後它們都直接被正下方的「中央大空洞」吞噬，消失在無限的黑暗當中——

……等等，好像不是這樣。

洞穴底部似乎可以看見光線。那藍色且緩緩晃動的光芒……沒錯，是水。有水浮上來了。看起來似乎永無盡頭的大空洞深處，開始產生與方才不同的巨響，接著便有大量的水湧了上來。依然不斷落下的大量冰塊掉進水中後立刻融化，與水合而為一。

「啊……上面！」

口中依然叼著薄荷草的詩乃迅速舉起右手。

我反射性抬起頭看去，立刻就又有難以置信的光景映入眼簾。

自從索列姆海姆消滅後，原本萎縮到屋頂附近的世界樹之根就被解放出來，整個宛如生物般一邊劇烈晃動一邊不停變粗。它們互相聚集起來，像是在尋求什麼一樣往正下方突進。簡直就跟巨人把一大束木樁丟下來沒有兩樣。在默默看著這一切的我們眼前，世界樹之根被吸入盈滿中央大空洞的清澈水面，揚起一陣大浪後開始呈放射狀往外擴散。樹根瞬時就像網子般覆蓋水面，直到尖端抵達岸邊為止。

這種光景，就跟兀兒德女王當時給我們看的一模一樣。最後世界樹終於停止動作，而我則忽然感覺到某種強烈的波動從已經不像樹根而像樹幹的巨體上散發出來。那種感覺就類似長時間在炎熱沙漠當中迷途的旅人，終於到達綠洲並且把嘴巴湊在泉水上時的純粹歡喜。

「看……從根部長出芽來了。」

我聽見亞絲娜呢喃般的言語因而定睛一看，果然擴展到四面八方的樹根上都開始冒出了細嫩的新芽——當然就我們的身高來看，這些芽都跟大樹一樣——接著變成了黃綠色的樹葉。

一陣風吹來。

那已經不是之前老在幽茲海姆練功區裡肆虐，足以讓人冷到骨子裡去的寒風。而是溫暖如春天般的微風。同一時間，整個世界的光線也增加了好幾倍。再度抬頭仰望天空，就能看見原本只發出朦朧亮光的水晶群，現在每一根都跟小太陽一樣放出強烈白光。

大地上的積雪與小河上的厚重冰層，在被風和陽光輕撫而過之後馬上開始融化；出現在底下的濕濡黑色地面，也持續有新綠的嫩芽出現；而人型邪神建築在各處的要塞及城堡，也隨即被綠色覆蓋而變成了廢墟——

「咕哦哦哦哦哦————」

噹嘰突然把八枚翅膀、寬廣的耳朵以及那根長鼻子全高高舉了起來，發出尖銳的啼叫聲。

幾秒後，從世界各處也傳來了「哦哦——」、「咕哦哦哦——」的回音。從各處泉水與河川的水面，以及覆蓋滿世界樹之根的巨大湖泊裡，不斷出現許多有著饅頭狀身體與細長觸手的象水母。而且不只是這樣而已，還有像多腳鱷魚、雙頭豹等各式各樣的動物型邪神，紛紛由地面以及水面出現，並且開始在練功區裡昂首闊步。

不對，先不管牠們的巨大尺寸好了——在這種美麗的綠野中，牠們已經不再是「邪神」。而是享受煦風、綠地與陽光的安穩居民。之前一直欺負牠們的人型邪神則是完全不見蹤影。

不知不覺間，噹嘰已經下降了不少高度，我們可以目視到不少僵在練功區上的聯合部隊那小小的身影。這些人應該完全無法搞清楚目前的狀況才對。由ＮＰＣ「夏基大公」那裡接下了屠殺任務、經過數小時的奮鬥後終於快要達成目的時，身為夥伴的巨人忽然消失，練功區也產生劇變，也難怪他們會一臉茫然地站在那裡了。

看來正如克萊因在出發前所說的，我們得向「ＭＭＯTomorrow」的記者兼情報販子說明一下狀況才行，不過這個任務我看就交給克萊因吧——當我想著這種不負責任的事情時，莉法忽然整個人跌坐了下去。

她摸著噹嘰寬廣背部的白色毛髮，對著牠呢喃道：

「……太好了。真的太好了，噹嘰。看，你有很多朋友了。這裡也有……那裡也有……到處都是你的同伴啊………」

看見莉法臉頰上滑落的淚水，就連我這個大木頭也不禁感到一陣鼻酸。西莉卡隨即抱住莉法並和她同樣開始哽咽，亞絲娜與莉茲也擦了擦眼角。旁邊雙臂環抱在胸前的克萊因則像是要隱藏表情般把臉別到一邊去，就連詩乃也忍不住連連眨眼。

最後，從我頭上飛起的結衣跑到亞絲娜肩膀上，把臉埋在那頭長髮當中。那傢伙最近很不喜歡讓我看見她哭泣的臉。真是的，也不知道是跟誰學的……

就在這個時候，突然有道聲音響起。

「恭喜你們漂亮地完成了任務。」

我立刻把臉轉向正面。

有一道被金色光芒包圍的人影，飄浮在噹嘰的大頭後方。

明明才過不到兩個小時，這個身影卻已相當令人懷念。這名身高三公尺的金髮美女，無疑就是委託我們本次任務的「湖之女王兀兒德」了。

她之前出現時有些透明，不過這次很明顯是實體。我想應該是離開為了躲避索列姆魔掌而藏身的泉水了吧。她珍珠色鱗片的手腳、前端變成觸手狀的金髮以及包覆身體的淺綠色長袍，全都因為受到陽光照射而閃閃發亮。

兀兒德不可思議的藍綠色瞳孔平靜地瞇了起來，接著再度開口說道：

「多虧你們拔起了『能砍斷所有鋼鐵與樹木之劍』，從世界樹伊格德拉修斷絕的『靈根』已經回歸母體。樹的恩寵再度籠罩大地，幽茲海姆回復成過去的模樣。這全是你們的功勞。」

「沒有啦……您言重了。沒有索爾的幫助，我們絕對沒辦法打倒索列姆的……」

聽見我的話之後，兀兒德便靜靜點了點頭。

「我也感受到那位雷神的力量了。不過……精靈們，你們得小心啊。他們阿薩神族雖然是霜巨人的敵人，卻絕對不是你們的夥伴……」

「那個……索列姆本人也說過這種話，請問這是……？」

擦乾眼淚站起身來的莉法這麼問道。但可能是Cardinal的自動回答引擎無法辨識這曖昧的問題吧，兀兒德沒有回答莉法，只是稍微提升高度並接著說：

「——我的妹妹們似乎也想跟你們道謝。」

當兀兒德這麼說時，她右側立刻像是水面般晃動，然後出現了一道人影。

那人的身高比姊姊略矮了一些——不過我們依然得抬頭看著她。這名女子頭髮跟兀兒德一樣是金色，但稍微短了一點，長袍則是深藍色。至於長相嘛，如果說姊姊是「高貴」，那麼她應該就是「優美」了。

「我的名字是『蓓兒丹娣』。真的非常感謝諸位精靈劍士。能再次見到滿是綠地的幽茲海姆，啊啊，我真的好像在作夢一樣……」

用甜美的聲音輕聲說完後，蓓兒丹娣便輕柔地揮動右手。我們眼前立刻有許多道具以及尤魯特不斷落下，而它們在流進臨時道具庫裡後就全部消失了。七人小隊應該有不少容量才對，不過我想也差不多快到上限了。

不過兀兒德的左側忽然又有一道旋風捲起，接著第三道人影出現了。

這人與方才的兩位女神完全不同，身上穿的是鎧甲。她頭盔的左右以及靴子側面都有長長的翅膀伸出來。一頭金髮束成細細的馬尾，在美麗且英勇的臉龐搖晃著。

而這第三個人最讓人感到吃驚的特徵是，她的身高與人類……不對，應該說與精靈相同。她可能不到大姊兀兒德的一半。而克萊因的喉嚨深處立刻發出了奇怪的聲音。

「我的名字是『詩寇蒂』！諸位戰士們，我在此向你們道謝！」

她以凜然且高亢的聲音短短叫道，接著再次用力揮動手臂。當然酬勞的瀑布也再度落下。視野右端的訊息區域裡，終於閃爍著道具庫將滿的警告。

兩名妹妹退到左右兩邊之後，兀兒德便再次往前走出一步。如果她也給我們獎賞，那一定會從道具庫裡滿出來。到時候沒辦法收納的寶物就會自動實體化，然後全部堆在嚕嘰背上——不過，不知道該不該說是幸運，兀兒德只是笑著開口說：

「——我就將那把劍送給你們吧。不過，千萬別再把它丟進『兀兒德之泉』裡了。」

「好、好的，我絕不會那麼做。」

我像孩子般點了點頭——

之前一直被我緊緊抱在手上的黃金長劍，傳說武器「斷鋼聖劍」霎時失去了蹤影。當然它是收進我的道具庫裡面了。雖然我還不至於像小孩子一樣放聲大叫「終於到手啦～～！」但還是忍不住瞬間握緊了右拳。

三名女神輕飄飄地離我們而去，然後同聲說道：

「精靈啊，謝謝你們。後會有期。」

同一時間，我們視野中央也出現了由非常講究的字體所寫成的系統訊息。當宣告任務成功的文字變淡後，三人隨即轉過身子準備飛離現場。

但在她們起步之前，克萊因便衝到前面去大叫著：

「詩、詩寇蒂小姐！請告訴我妳的連絡方式～～！」

——你這傢伙，一下子就把弗蕾亞忘記了嗎！

——ＮＰＣ怎麼可能給你連絡方式呢！

不知道應該先從哪邊吐槽起的我，只能呆呆地愣在現場——

結果出乎我意料之外的是……

兩個姊姊明明已經迅速消失，小妹詩寇蒂卻轉過身來，臉上好像露出感興趣的表情，並且再度輕輕揮了揮手。接著便有某樣閃亮的物體飛過空中，直接進到克萊因手裡。

接著戰女神大人也消失無蹤，只剩下沉默與微風被留在現場。

不久後，莉茲貝特才輕輕搖頭並且低聲說：

「克萊因。我現在真的打從內心尊敬你。」

我也有同感。真的是再同意不過了。

於是乎——

這場我們在二〇二五年十二月二十八日早上突然開始的大冒險，就在剛過中午的時間點宣告結束了。

「……那個，等一下要不要辦個慶功宴兼尾牙？」

聽見我的提案後，終於出現些許疲態的亞絲娜便輕笑著說：

「贊成。」

「我也贊成！」

她肩膀上的結衣也馬上舉起右手。

6

我們稍微煩惱了一下，究竟是要在新生艾恩葛朗特第22層的「森林之家」，還是要在真實世界裡舉行這次突發性的尾牙。

如果在ALO裡，那麼這次活動中給了我們許多幫助的結衣一定也能參加。不過亞絲娜從隔天二十九號開始，就要到父親位於京都的本家去住上一個禮拜，所以如果錯過了今天就得等到明年了。

我們乖巧的女兒結衣顧慮到這點後，乾脆地告訴我們「那在現實世界舉行吧」，於是尾牙就決定在下午三點時於台東區御徒町的「Dicey Cafe」舉行。噹嘰再度把小隊送到樹上的樓梯後，我們便向牠揮手道別，然後爬上通往跟任務開始之前同樣熱鬧的——索列姆海姆開始上升時應該多少有些搖晃——中央都市阿魯恩那道樓梯，最後在旅館裡頭登出遊戲。

我一在現實世界自己的房間裡醒過來，立刻打電話給艾基爾訂位，雖然他嘴裡不斷抱怨著「忽然就說要來，我可沒那麼多食材唷」，不過其實只要一通電話，他就會及時幫我們準備充足的肋排與白扁豆燒醃肉等該店的知名料理了，說起來他的確是個值得敬佩的好商人。

由於天氣預報說傍晚會開始下雪，所以我和直葉兩個人就捨機車而改搭電車朝都內前進。其實因為這次有較大的行李在，本來就不太可能騎我那台只有狹小置物箱的破爛125cc摩托車。

埼玉縣川越市這個地方，通常會被克萊因他們這些住在東京的人認為是偏遠的鄉下，但只要坐上急行電車，到達御徒町根本不用一個小時。當下午兩點多我推開Dicey Cafe的門時，裡面只有住處離這裡超近的詩乃而已。

跟忙著準備料理的店長打完招呼之後，我便打開帶來的行李箱。裡面放著四隻鏡頭可動式攝影機以及控制用的筆記型電腦。

「……那是什麼？」

我請皺著眉頭的詩乃以及直葉幫忙把攝影機放在店內的四個地方。這是把市面所售內藏麥克風的電腦攝影機改造為大容量電池驅動再加上無線網路功能後的成品，而且因為它可以隨處設置，因此大概只要四台攝影機就可以涵蓋整家店了。

在筆記型電腦捕捉到攝影機並確認過可以運作之後，我便經由網路連結上放在川越自家裡的高性能桌上型電腦。接著戴上小型雙耳式耳機開始說話。

「怎麼樣，結衣？」

『……看得見。看得很清楚，聲音也很清晰唷，爸爸！』

從耳機以及電腦的擴音器當中傳出了結衣可愛的聲音。

「ＯＫ，那妳試著慢慢移動看看。」

『好的！』

她一回答完，距離我最近的攝影機便開始動起小口徑的鏡頭。

現在結衣應該能像隻小妖精般，在模擬成這間Dicey Cafe的即時影像３Ｄ空間裡自由飛翔。雖然畫質不高、反應時間也比較慢，但跟之前只能靠手機的相機來被動性獲得現實世界影像相比，這樣可以說自由多了。

「……原來如此，也就是說那些攝影機與麥克風……就是結衣的感覺器官對吧。」

聽見詩乃的話後，直葉代替我點了點頭。

「嗯嗯。哥哥在學校裡選修了機械……機械……」

「機械工學」，我接著補充。

「對，就是那種工學，然後又將製作這些儀器當成課堂作業，其實這完全是為了結衣所做的對吧～」

「是我不斷跟爸爸提出要求的唷！」

面對哈哈笑的三個人，我邊喝著依然相當辣口的薑汁汽水邊反駁道：

「不、不光是為了結衣唷！如果把攝影機變得更小一些，就能放在肩上或戴在頭上，這樣就能夠帶著到處走了……」

「所以這也是為了結衣吧！」

我已經無法繼續反駁了。

但是這個暫時稱為「視聽覺雙向通信探測器」的系統，距離完成其實還有很長一段距離。為了讓結衣能像在假想世界中一般辨認現實世界，攝影機・麥克風就必須要有自律移動功能，而且掃描器也完全不足。最理想的狀況，就是能製造出人型自動移動機器。不過光靠高中設備當然不可能達到這種成果，如果有哪家積極一點的製造商開發出美少女型機器人就好了……

當我滿腦子都是這種正面的妄想時，其他成員也依照亞絲娜、克萊因、莉茲&西莉卡這樣的順序到達，接著大家將料理排在併起來的兩張桌子上。最後店長端著一大盤淋著美味醬汁的肋排走了出來，我們所有人便開始拍手歡呼。艾基爾這時也脫下圍裙在位子上坐定，杯子裡注滿了無酒精飲料與真正的香檳——

「慶祝我們順利地獲得了『斷鋼聖劍』以及『雷槌妙爾尼爾』！二〇二五年大家辛苦了！乾杯——！」

我簡單地致詞之後，所有人跟著一起唱和。

「話說回來……」

經過一個半小時的時間把桌上料理一掃而空之後，詩乃忽然開口這麼呢喃道。

「為什麼會是『斷鋼聖劍』呢？」

「咦？什麼為什麼？」

我因為沒聽懂問題的意思而反問，詩乃便用手指靈巧地轉著叉子並補充道：

「一般來說……其他奇幻小說或漫畫裡通常是用『湖中劍』吧。但這裡卻是『斷鋼聖劍』。」

「啊……啊啊，是這個問題啊。」

「哇～詩乃也會看這方面的小說嗎？」

對面的直葉這麼問道，於是詩乃便有些不好意思地笑著回答：

「國中的時候整天都泡在圖書館裡嘛。我當時的確讀了幾本亞瑟王傳奇的小說，不過書裡的譯名好像都是『湖中劍』耶。」

「嗯嗯——那就可能是設定ＡＬＯ武器的設計師個人喜好或者只是碰巧……」

看見我沒什麼興趣的反應之後，坐在左邊的亞絲娜便苦笑著說：

「確實最原始的傳說裡還有各種名稱。雖然在剛才的任務裡被當成了假劍，但『石中劍』應該也是其中之一吧。」

這時桌上的擴音器裡傳來結衣清晰的回答：

「主要的譯名有『王者之劍』、『斬鐵劍』、『削鋼劍』、『黃金聖劍』、『湖中劍』、『石中聖劍』這幾種。」

「嗚哇，有那麼多嗎！」

嚇了一跳的我，心裡湧起那「石中劍」和「石中聖劍」根本只是一字之差的想法時，詩乃便再度開口表示：

「嗯……其實也不是什麼大不了的事情……不過我聽見『caliber』（註：斷鋼聖劍原英文名為Excalibur，calibur與caliber發音幾乎相同）時，想到的卻是別的東西，所以才有點在意。」

「咦？別的東西是？」

「在英文裡頭，槍的口徑就是『caliber』唷。比如說，我的黑卡蒂II是50口徑，英文寫成『fifty caliber』。當然我也知道caliber和calibur的拼法不一樣啦。」

瞬間閉上嘴的詩乃在瞄了我一眼後才又繼續說：

「……此外，它也有『人的氣度』這樣的衍伸義。所謂的『a man of high caliber』就是『很有氣度的人』或是『能力很強的人』。」

「這樣啊～我得記下來才行……」

直葉佩服地說道，詩乃則笑著回答「我想考試應該不會考啦」。

這時，不知從什麼時候就開始聽起我們對話的莉茲貝特，從桌子對面微笑著表示：

「這也就是說，要有器量的人才有資格擁有斷鋼聖劍囉。我好像聽說，某個人最近靠著短期打工賺了一大筆錢耶……」

「嗚…………」

我昨天才剛拿到總務省菊岡匯給我的「死槍事件」協助調查費。但是把這筆錢用在升級放置結衣的桌上型電腦——以及訂購直葉的奈米碳管製竹劍之後，很快地就所剩無幾了。

不過要是在這時候退縮，就真的會被認為是小氣鬼了。所以我只有「咚」一聲拍了一下胸膛這麼宣言：

「當、當然啦，我本來就打算跟大家說今天我請客了。」

話才剛說完，便從四面八方傳來熱烈的拍手聲以及克萊因的口哨聲。

我舉起手向眾人致意，然後在內心這麼想著。

如果要問我從ＳＡＯ、ＡＬＯ、ＧＧＯ這三個世界裡學到什麼人生經驗，那我會說「孤單一人將沒辦法背負任何東西」。

在每個世界裡都受到不少挫折的我，就是在許多的人幫助下才能夠一直走下去。而像今天這種突發性的冒險故事，正可以說是這種情況的最佳寫照。

所以我的——不對，應該說大家的「caliber」，指的一定就是所有夥伴牽手圍成一圈之後的內徑了。

我絕對不會只為了自己而使用這把黃金劍。

在內心做出這樣的決定之後，我便為了再次和所有人乾杯而把手往桌上的杯子伸去。

（完）

008-03

起始之日

§ 艾恩葛朗特第一層
二〇二二年十一月

死亡遊戲。

這並不是個有明確定義的名詞。如果指的是「存在肉體受傷危險的競技活動」，那麼格鬥技或是攀岩、賽車等也都會包含在內。這麼一來，要區分危險的運動與死亡遊戲，應該就只剩下一個條件了。

在規則上明言死亡為該遊戲的罰則。

那當然不是偶發事故所造成的結果。而是玩家在失誤、敗北或是違反規定時，就會強制令其死亡。也就是殺害該玩家。

在這個前提之下，這個世界首次出現的ＶＲＭＭＯＲＰＧ「Sword Art Online刀劍神域」無疑已經成為名副其實的死亡遊戲。

ＨＰ歸零時——也就是「敗北」時玩家將會被殺。或是想要拔除NERvGear——也會因為「違反遊戲規則」而被殺。

怎麼可能。這一定是在騙人。目前我的腦袋裡充滿了各種疑惑。

——真的能做到這種事情嗎？再怎麼說也只是台「家庭用遊戲機」的NERvGear，真的能夠

破壞人類的大腦嗎？

——而且話又說回來了，為什麼要做這種事呢？若是把玩家挾持在假想世界裡當成人質然後要求贖金，那倒還能理解。但是要求玩家賭上自己的性命去攻略遊戲……這點對於茅場應該沒有任何實質上的利益。而且別說是利益了，他將會失去目前身為遊戲程式設計師與量子物理學家所獲得的所有名聲，一舉墮落成史上最兇惡的罪犯。

無法理解。我的理性完全無法理解他為什麼要這麼做。

但在此同時，我的本能卻能夠了解他的行為。

茅場的宣言句句屬實。ＳＡＯ的舞台浮遊城艾恩葛朗特，已從充滿興奮與感動的異世界，變成了囚禁一萬人的死亡牢籠。茅場在方才那場說明會裡最後所說的話——「對我而言，這個狀況就是最終目的」，應該是他的真心話吧。那個危險的天才，就是為了實現這種死亡遊戲，才會創造出ＳＡＯ以及NERvGear……

正因為相信他所說的話，我——等級1單手直劍使桐人現在才會拚命向前跑。

正因如此，我才會獨自一人在廣大的草原中央奔跑。甚至捨棄了在這個世界裡第一個交到的朋友。

就只是為了讓自己活下去——

浮遊城艾恩葛朗特是由多達一百的樓層所構成。

愈下方的樓層愈是寬廣，而上方的樓層則是逐漸變小。城堡整體是呈圓錐形。最大的第１層直徑足足有十公里那麼長。「主要街道區」，也就是第１層的最大都市「起始的城鎮」，是從該層南端往外擴展的半圓形區域，直徑有一公里。

街道周圍築起了高大的城牆，怪物完全無法入侵到裡面。此外，街道內部還被「禁止犯罪指令」所保護，相當於玩家真實生命殘量的ＨＰ在這裡完全不會減少。換句話說，只要停留在起始的城鎮裡，安全就能獲得保障，也就絕對不會死亡。

但是，我在茅場晶彥的初期遊戲說明結束後，便立刻決定離開街道區。

當然是有幾個理由讓我決定這麼做。首先是無法確定「指令」是否永久有效。再來是躲避玩家間的不信任和猜忌。最後則是病入膏肓的ＭＭＯ玩家那種對升級的強烈執著。

可能真是冥冥中註定的吧，我本來就很喜歡死亡遊戲這種虛構的題材。古今東西的小說、漫畫、電影，只要是跟這主題相關的我幾乎都有涉獵。當然遊戲也有各式各樣的題材，不過還是會有幾個共通的定理存在。

首先就是在死亡遊戲裡，「安全」與「解放」是互相衝突的。如果起始地點是安全區域，那麼留在原地就不會有生命危險。但是，若不冒險前進，就無法從這種狀況裡解放出來。

當然，我並沒打算用手中劍砍殺多達百層的怪物以完全攻略這款遊戲，當個所謂的勇者。

但是，在遭到囚禁的一萬名玩家中，有這種想法的玩家——至少也會有一千個人以上。他們最後不論是在單獨或是集體的情況下都會離開街道，開始狩獵周邊的弱小怪物賺取經驗值。接著還會提升等級、更新裝備然後增強實力。

這時候就會出現第二個定律。

在死亡遊戲裡，玩家的敵人不只有規則、陷阱和怪物而已。其他的玩家也有可能是敵人。我目前還沒發現違背這種定律的死亡遊戲。

這款ＳＡＯ，在街道區之外也就是所謂的「圈外」可以進行ＰＫ。話雖如此，應該不會真的把人殺掉才對——因為這麼一來對方真的會死亡——不過很遺憾，我無法肯定地說絕對不會出現用武器威脅別人交出道具的玩家。只要想像一下可能會成為敵人的某個玩家等級比自己高出許多，實際的危機感與恐懼感就讓我的嘴裡感到一陣苦澀。

基於以上的理由——

我絕對不可能選擇停留在起始的城鎮，不會放棄強化自身的機會以換取安全。

如果要提升等級，就不能繼續浪費時間呆站在原地。街道周圍比較安全的草原練功區裡，應該早就擠滿了同樣「決定展開行動」的玩家了吧。ＳＡＯ的每個區域在一定時間裡會湧出幾隻怪物，是早已決定好的事情。最初的獵物被狩獵殆盡之後，為了找尋下一個湧出(POP)點，有時就會發生與他人互相爭奪的情況。

若要迴避這種狀況以尋求高效率升等，就得放棄「比較安全」的區域——朝「有點危險」的練功區前進才行。

當然，這對於初次玩這款遊戲而完全搞不清楚方向與系統的玩家來說，無疑是自殺行為。但是，雖然這款名為ＳＡＯ的遊戲是今天才正式開始營運，我卻已經因為某種理由而熟知低樓層裡什麼樣的地形會出現什麼樣的怪物了。

從起始城鎮的西北大門離開並直接穿越遼闊的草原，接著再走過茂盛森林裡迷宮般的小路之後，將會來到一個名為「霍魯卡」的村莊。這個村莊雖然小但還是屬於「圈內」，而且也有旅館、武器店、道具店等設施，足以做為狩獵的據點。村莊周邊的森林裡，不會湧出擁有麻痺毒素或是裝備破壞等危險技能的怪物，就算單打獨鬥應該也不會意外死亡。

我決定以霍魯卡為據點，今天裡就將等級由１升到５。現在時間是下午六點十五分。周圍的草原被艾恩葛朗特外周照進來的夕陽染成金色，遠方的森林則是因為即將天黑而沉浸在一片淺藍當中。幸好霍魯卡周邊即使到了晚上也不會有強力怪物出現，只要我一直持續狩獵到隔天凌晨，應該就能在其他玩家擠滿村子前獲得能夠移動到下一個據點的等級以及裝備了。

「…………自私自利才是生存之道……真是的，我簡直就是獨行玩家的模範嘛……」

全力衝刺的我，終於在離開街道之後首次開口說話。

如果不這樣自嘲，我就沒辦法消除從口中滲出來那股與恐怖不同的苦澀——自我厭惡了。

要是那個看起來人很好的綁頭巾海賊刀使能在我身邊就好了。打著讓他提升等級，也就是讓他存活下去這塊大招牌，應該多少能蓋過自己的罪惡感才對。

但是，我卻把自己在這個世界裡唯一的朋友——名叫克萊因的男子給丟在起始的城鎮裡。正確來說，是我邀他一起到霍魯卡時，克萊因表示自己沒辦法丟下以前在其他遊戲裡合組公會的夥伴。

其實我也可以說「那麼就找他們一起來吧」。但我卻沒有這麼做。因為這座草原雖然只會出現連等級1也能輕鬆打倒的野豬與毛蟲，但前面的森林裡卻會湧出多少有點危險的毒蜂與捕食性植物。若是在應付特殊攻擊時發生錯誤，HP就有可能一口氣歸零——也就是死亡。

克萊因的朋友死亡這件事，不對，應該說發生那種事情後克萊因看向我的眼神，會讓我感到相當恐懼。一心不想有這種遭遇、不想受傷害的我，就這樣捨棄了第一個對我說話、邀請我一起組隊的男人……

「…………！」

自虐式呢喃也無法沖淡的厭惡感由腹部底端湧上，於是我用力咬緊牙根，並且把右手往裝備在背上的劍伸去。

前方稍遠處湧出一隻藍色野豬。原本決定在通過草原前無視所有非攻擊性怪物的我，在衝動之下直接拔出初期裝備的簡樸直劍，隨手發動單發劍技「斜斬」。

發現自己被當成攻擊目標後，野豬便瞪了我一眼，接著右腳劇烈扒著地面。這是突進攻擊的準備動作。要是這時感到害怕而停下劍技，反而會受到很大的傷害。我以參雜了自我厭惡及冷靜的心情凝視怪物，瞄準牠脖子後方的弱點施放劍技。

劍身開始發出黯淡的藍光，假想身體隨著尖銳效果音自己動了起來。劍技特有的系統輔助給予斬擊動作強力調整。我小心注意著不反抗輔助動作，同時將腳往地上一蹬好加快右臂的速度，藉此增加劍技威力。光是為了練成這個技巧，先前我就花了將近十天左右的時間，不斷把劍技轟在街道區的練習人偶身上。

等級１的能力值與初期裝備的性能當然相當薄弱，但只要能用加強威力的「斜斬」正中怪物的弱點，那麼一擊就能將藍色野豬——正式名稱是「狂躁山豬」的ＨＰ削去一大半。我由正面施展的揮砍，隨著強烈手感命中了準備突進的山豬鬃毛，將全長一公尺二十公分左右的野獸整個往後彈飛。

「嘰————！」

牠在發出哀嚎的同時從地面彈了起來，接著很不自然地停在空中。「啪嚓！」的激烈效果音以及效果光出現。山豬就在藍色光芒之中變成幾千片多邊形碎片爆散開來。

我完全不看增加的經驗值與掉下來的素材道具名稱，甚至連腳步也沒停下來，就這麼直接衝過飄盪在空中的效果光。剛才的戰鬥一點爽快感都沒有。迅速把劍收回背上的鞘裡後，我便拿出敏捷數值所能允許的最高速度，朝著好不容易已經接近的黑色森林奔去。

雖然在森林當中不得不慎重地躲避怪物的反應圈，不過我還是盡可能快速通過小徑，並在夕陽消失前趕到了目的地「霍魯卡村」。

我站在這個民房與商店合起來只有十幾棟房屋的小村莊入口，迅速打量四周。浮現在視野當中的彩色游標全都帶著ＮＰＣ的標籤。看來我是最早到這裡的人，不過仔細一想之後，便覺得這也是理所當然的。因為茅場結束說明後，我根本沒講幾句話就直接往這裡衝來了。

我首先朝著面對狹小廣場的武器店走去。說明會開始之前——也就是ＳＡＯ還是普通遊戲的時候，我與克萊因一起狩獵了幾隻怪物，所以道具欄裡還存放了幾個素材道具。由於沒打算提升生產系技能，所以我就把它們全部賣給了ＮＰＣ店長。然後把稍微增加了一點的金幣幾乎用光，買了一件防禦力還算高的褐色皮革半身外套。

我毫不猶豫地按下購買時的即時裝備按鍵。隨即有一件相當有質感的皮革裝備散發著光芒出現，同時就這麼實體化在初期裝備的白色麻襯衫與灰色厚布背心上。我因為稍微增加的安心感而輕輕吐出一口氣，接著便瞄了一下設置在武器店牆壁上的大全身鏡。

「…………這應該……是我吧……」

我忍不住這麼低語，上了年紀的店老闆原本在櫃台後面磨著短劍劍鞘，聽見之後便揚起一邊的眉毛，但他馬上又回到自己的工作上。

映照在鏡子上的角色，除了身高和性別之外，可以說和過去苦心創造出來的「桐人」完全不一樣。

這個角色不但身材纖細，臉龐看起來也完全沒有霸氣。黑色的瀏海整個垂在面前，而眼珠也同樣是黑色，這讓我整個人看起來相當陰沉。遊戲機以驚人的精密度完全呈現我在現實世界裡的模樣——

一想到要在這個角色上裝備過去那個桐人身上的閃亮金屬鎧甲，不知道為什麼就有一股猛烈的抗拒感朝我襲來。幸好ＳＡＯ裡就算是輕量級的皮裝備也能提供給速度型單手劍使充分的防禦力，雖然無法像獨自承擔怪物攻擊的坦克一樣，但獨行玩家本來就不可能把能力給分配成坦克型。

今後只要狀況許可就盡量穿著皮製裝備吧。而且還是最不起眼的樣式。

這麼下定決心後，我便離開了武器店。目前只更新了皮外套而沒有購買盾牌，連武器也是初期的單手直劍。接著我又衝進隔壁的道具店把所有錢都花在購買回復與解毒藥水上，最後幾乎可以說是身無分文了。

不買武器來替換是有理由的。這個村莊的武器店裡只有賣一種單手直劍——「青銅劍」，雖然它的威力比初期裝備的「小劍」還要高，耐久度卻消耗得相當快，而且對植物系怪物所施放的腐蝕性液體也沒有抵抗力。既然準備要大量狩獵，那麼還是拿小劍就好。但話又說回來，也不能一直拿著初期的武器。離開道具屋的我，瞬時衝進村子最深處的一間民房當中。

在廚房裡攪動鍋子的NPC，看起來就是一副「村裡的大嬸」的模樣。她立刻轉過頭來看著我說：

「晚安啊，旅行的劍士。你一定累了吧，雖然我很想給你點東西吃，但現在手邊根本沒有食物。最多只能提供你一杯水而已。」

我馬上用系統能夠辨認的聲音清楚地回答：

「給我水就可以了。」

其實只要說「好啊」或者是「YES」即可，但回答的方式純粹看個人喜好。不過要是很有禮貌地說「您別客氣」，可就真的什麼都得不到了。

NPC在老舊的杯子裡倒滿水後，便把杯子放在我眼前的桌上。我坐上椅子，一口氣將水飲盡。

大嬸對我微微一笑，然後再度轉向鍋子。鍋子裡明明煮著東西卻表示「沒有食物」，就是給玩家的提示。靜靜等待一會兒，通往隔壁的門後面就傳出了「咳咳」的小孩子咳嗽聲。而大嬸便很難過地垂下肩膀。

繼續等個幾秒，她的頭上終於出現了金色的問號。這便是任務發生的證明。我馬上發出聲音問道：

「您有什麼困擾嗎？」

這是幾種接受ＮＰＣ任務的台詞之一。大嬸緩緩轉身，她頭上的「？」符號也開始閃爍。

「旅行的劍士啊，其實我的女兒……」

——我的女兒生了重病就算煮市面上販售的藥草（鍋子的內容物）給她吃也沒用只有從棲息在西方森林裡的捕食性植物胚珠裡才能取得治療疾病的藥但那種植物相當危險而且長著花的個體更是少見我自己根本沒有辦法取得這種藥如果劍士願意幫我取藥過來那我就把祖先傳下來的長劍送給你。

大嬸帶著動作與手勢說出大概是這種內容的台詞，而我只能耐住性子聽她說完。要是不聽到最後就不能進行任務，而且在她說話時還會一直聽見女孩的乾咳，實在讓人無法不耐煩。

好不容易大嬸終於闔上了嘴，表示在視野左上角的任務標籤也出現了新的內容。

我隨即站了起來，大叫了聲「就交給我吧」——其實也不需要這麼說，但這是個人喜好的問題——便衝出了民房。

這時候廣場中央小高台上的全村共用時鐘開始演奏起音樂。時間已經是下午七點。

不知道現實世界裡目前狀況如何。鐵定已經引起了一陣大騷動。帶著NERvGear躺在床上的我，身邊應該已經有了媽媽與妹妹的身影。

她們現在不知道有什麼樣的心情。是驚愕？懷疑？恐懼？還是悲嘆呢……？

不過我還能像這樣活在艾恩葛朗特裡，就是媽媽與妹妹沒有強行把NERvGear從我頭上拆下來的證明。也就是說，她們兩個應該相信茅場晶彥的警告——以及我一定會活著回去……

要從這款死亡遊戲裡生還，就得有人突破高達百層的浮遊城艾恩葛朗特，並且打倒無法想像是什麼怪物的最終魔王來完全攻略遊戲才行。

當然，我完全不認為自己能夠辦到這種事。目前我要做的……不對，應該說我能做的就只有一件事，那就是拚命在這裡活下去，僅此而已。

所以首先得變強。至少在這一層裡，無論有多少隻怪物攻擊……或者是充滿惡意的玩家襲擊而來時，我要有能力保護自己的性命。之後的事情，等做到這一點之後再想就可以了。

「……媽媽，對不起。讓妳擔心了……真的很抱歉哦，小直。竟然被妳討厭的ＶＲ遊戲給牽連進這種事情……」

聽見下意識由嘴裡流露出來的話後，連我自己也不禁嚇了一跳。最後一次叫妹妹的暱稱，大概已經是三年前或者更早以前的事了。

如果——如果我能夠活著回去，我一定要當著她的面再叫她一聲「小直」。

我沒來由地下了這樣的決心，接著穿過村莊大門，踏進了陰森恐怖的夜間森林。

艾恩葛朗特內部沒有所謂的天空，只有在頭上延伸一百公尺的下一層底部，因此唯有早晨與傍晚這兩段時間能目視到太陽。當然月亮也是同樣的情形。

話雖如此，白天也不至於光線不足而晚上也不會異常黑暗，這裡藉由ＶＲ空間才有可能實現的照明，隨時都保持著充分的光線。夜晚的森林裡雖然不像白天那麼明亮，但還是有淡淡的藍光照亮腳邊，在行走上不會有任何的不便。

但照明跟內心的恐懼感則又是另外一回事了。無論再怎麼注意四周，正後方會不會有什麼東西冒出來的不安還是會周期性地出現。像這種時候，組隊的安心感就特別讓人懷念，然而事到如今，不論是距離或是系統上都已經已經無法回頭了。

等級1的玩家只有兩個「技能格」。

我在今天下午一點遊戲開始時已經在其中一個格子裡填上了「單手用直劍」，打算接下來才仔細考慮要在另一個格子裡填上什麼技能。但在聽完那個宛如惡夢的說明會並衝出起始的城鎮時，仔細考慮選擇何種技能的樂趣就被剝奪了。

獨行玩家有幾個一定得選擇的技能，其中最重要的就是「搜敵」與「隱蔽」了。雖然這兩種技能都能夠提升單獨行動的生存率，但前者還附加了提升狩獵效率的功能，而後者卻因為某種理由而在這座森林裡無法發揮什麼效果。因此我便先選擇了搜敵技能，決定在下一次技能格增加時才加入隱蔽技能。

但是，在組隊時便能利用安全性較高且搜敵範圍較廣的人力——也就是眼睛來找尋敵人，所以不會重視這些技能。也就是說，當選擇了「搜敵」技能時，我也就等於走上了獨行玩家這條不歸路。或許有一天我會對自己的這個選擇感到後悔，但那至少不是現在……

一邊在腦袋角落這麼想著一邊往前跑的我，視野裡出現了一個小小的彩色游標。由於加入搜敵技能而增加了反應距離，所以目前還無法看見本體。游標顏色是表示怪物的紅色，不過顏色稍微濃了一點，應該不能稱為紅色而是洋紅色。

根據這種紅色的濃淡，就能大略判斷出敵人的相對強度。如果是等級比自己高出了許多、無論怎麼拚命都無法獲勝的怪物，頭上的游標就是比血還濃的暗紅色。相對地，如果是打了再多隻也沒辦法增加什麼經驗值的雜魚怪物，那游標就會是近乎白色的淺粉紅。而等級相近的敵人就是以正紅色來表示。

現在出現在我視野裡的游標，顏色比紅色稍微濃了一點。怪物的名字是「小型食人草」。那是名字裡雖然有個小型，但身高卻足足有一公尺半的自走型捕食植物。由於它的等級是3，所以等級1的我看起來游標當然會略帶點紫色了。

雖然是不得輕忽的對手，我卻不能感到害怕。因為它的游標周圍，還繞著一圈細小的黃色框線。這就表示它是任務目標。

我暫時停步確認了附近沒有其他怪物後，再度朝小型食人草的正面衝了過去。對於這種沒有眼睛的對手，從背後突襲幾乎都不會成功。

我離開小徑，繞過一棵大樹之後，它的模樣便映入眼簾。

那像豬籠草的身體，下半部有無數移動用的樹根蠕動著。左右兩側則有上面長著銳利樹葉的捲曲藤蔓，頭部捕食用的「嘴」則是於開闔同時不斷滴下黏液。

「……沒中嗎。」

看到這裡我便輕輕咕噥。偶爾會有那張大嘴上還開著花朵的傢伙出現。在霍魯卡村接受的任務，其最主要的道具「小型食人草的胚珠」，只會從開花的食人草身上掉落。而開花怪物的出現率恐怕不到百分之一。

但是只要不斷打倒普通的食人草，花朵版出現的機率就會增加。因此和它們戰鬥也不能算是白費力氣，不過這時候得特別注意一件事情。

除了出現花朵版之外，還會以同樣的機率出現另一種帶有圓形果實的食人草。這傢伙就是所謂的「陷阱」。如果在戰鬥中不小心攻擊到果實，它就會隨著巨大的聲音破裂並散發出帶有惱人氣味的煙霧。煙霧雖然沒有毒性也沒有腐蝕性，但具有能呼喚廣大範圍內食人草同伴的棘手特性。如果區域裡的湧出已經結束，那就不會有太多食人草靠過來，不過現在應該會有無法應付的數量聚集過來才對。

我再次定眼凝視敵人的頭部，確定它頭上沒有果實之後，才把背上的劍拔出來。食人草也

在同一時間注意到我的存在，於是便像要威嚇我般高高舉起兩條藤蔓。

這種怪物的攻擊模式，是會利用前端變成短劍狀的藤蔓來進行揮砍或突刺，或者是從嘴裡噴射腐蝕性液體，跟只會往前突進的野豬比起來可說聰明多了。但因為它不會使用劍技，因此還是比地精與哥布林這種人形怪物來得容易對付。

而且它的能力幾乎都偏重在攻擊方面，防禦力自然相當弱。我在「以前的艾恩葛朗特」裡也很喜歡對上這種類型的怪物，因為只要不被擊中，短時間裡就能夠解決相當多的量。

「咻嗚嗚嗚嗚！」

食人草從它的捕食器裡發出這樣的咆哮，接著便用右邊的藤蔓朝我刺過來。我瞬間看穿它攻擊的軌道，往左邊跳開躲避它的突刺。接著我繞到它的側面，以劍朝著壺狀部分與莖的接合處——弱點砍去。

劍上傳來確實的手感。而食人草的ＨＰ也一下子減少了兩成以上。

植物再度發出憤怒的叫聲，接著壺狀部分膨脹了起來。這是發射腐蝕液的預備動作。射程大概有五公尺長，就算往正後方跳也躲不過。

要是被噴到，不但武器與防具的耐久度都會大大降低，還會因為強力的黏性導致暫時行動不便。但是它的效果範圍只有正面三十度角左右。我凝視著它，直到發現壺狀部分停止膨脹的瞬間才用力往右邊跳去。

「噗咻！」一聲後，淡綠色液體呈飛沫狀往外發射，更在落到地面之後產生白色的蒸氣。但是一滴都沒被淋到就躲開的我，右腳一碰地面便立刻舉起劍來，再次痛擊同一個弱點。食人草隨著哀嚎而後仰，捕食器上方開始被旋轉的黃色燈光效果包圍。是暈眩狀態。雖然植物會昏倒實在非常奇怪，但我還是不能放過這個機會。

我再度把劍用力往後拉。然後藉由瞬間的蓄力動作來發動劍技，這時劍身開始被淺藍色光所包圍。

「……喝啊！」

我在這場戰鬥裡——發出了可能是ＳＡＯ正式開始營運以來的第一次吼叫聲，接著用力往地面一踢，使出了單發水平斬擊技「平面斬」。雖說這招與「斜斬」只有斜向與橫向的差別，但是比較容易瞄準小型食人草的弱點。

因為剛才的兩記攻擊而損失將近五成ＨＰ的植物型怪物，在從暈眩狀態恢復過來前，就被劍技直接砍中露出來的莖。我當然也利用了踢腿與右臂的動作來讓技巧發出最大的威力。帶著光線效果的劍身砍進堅硬的莖裡，在我手中留下短暫的手感——

「嘶鏘——！」清脆的聲音過後，壺狀部分已被我從莖上切離，整個往外飛了出去。剩下來的ＨＰ條完全變紅並從右側開始減少。當它變成零的同時，小型食人草的巨大身軀也凍成了藍色，隨即爆散開來。

我保持著把劍往前平面橫斬的施技後動作，動也不動地站在當場。視野裡浮現了將近山豬兩倍的經驗值。戰鬥時間大約是四十秒。照這個速度不斷狩獵下去，應該很快就能讓開花的傢伙出現了。

我垂下右手上出鞘的劍，開始注意起四周。在幾乎快超出搜敵範圍的位置上，又浮現了好幾道小型食人草的游標。而目前還沒看見其他玩家。

我得在其他人趕到這個狩獵場之前，用足以讓這區域ＰＯＰ枯竭的速度，盡可能地賺取經驗值才行。其實連我自己也覺得這樣很自私，但這世界上本來就沒有博愛主義的獨行玩家。

不帶任何感情地選定下個獵物之後，我便再度跑向茂盛的森林深處。

接下來的十五分鐘裡，我連續屠殺了十隻以上的小型食人草。

很可惜的是還沒有開花的個體出現。像這種情況，依玩家用語來說就是「純靠實際運氣」——也就是玩家本人的運氣好壞將會左右整個任務——在我的記憶裡，通常在這種時候我的運氣都不太好。

讓人不高興的是，世界上真的有所謂的超幸運玩家。他們老是會得到出現率只有百分之零點零零幾的超稀有道具、可以連續十次強化武器成功，甚至還能在遊戲裡認識要好的女孩子。要對抗這種人，就只有不斷地嘗試而已。當然這裡的嘗試指的是稀有道具，而不是只要看見可愛的女孩子就去跟她搭訕。

話又說回來，被跟神一樣的茅場把遊戲內角色與現實世界裡的長相同化之後，現在艾恩葛朗特應該會少掉許多女性玩家才對。雖然可以消除「對方其實是個男性」的疑慮，但對於想玩女性角色而取了女性化名字&選擇了女用初期裝備的人來說，這將會是個很大的考驗。一想到這些人，我就不得不為他們祈禱，希望茅場能替他們準備改名道具或任務等補救的手段……

可能是多少比較習慣了吧，戰鬥當中我的腦袋裡竟然有一部分在想著這種事情。而在打倒第十一隻植物型怪物後，我的耳朵忽然聽見輕快的樂聲。同時還有金色效果光包圍我的身體。跟死亡遊戲開始前在起始的城鎮周邊與克萊因狩獵山豬所獲得的經驗值合起來，我終於已經超過了升級的標準。

如果是組隊冒險，想必升級的瞬間會有「恭喜」的聲音出現。但現在我只能聽著老樹樹梢所發出的沙沙聲，同時把劍收回背上的劍鞘裡，接著揮動右手的食指與中指來叫出主選單。移動到能力值標籤下之後，我便把因為升級而出現的貴重能力點數3點中的1點分配給力量，2點分配給敏捷。在沒有魔法的SAO裡，可視的能力值只有這兩種而已，所以目前根本不用考慮太多。只不過遊戲中似乎設定了數量相當龐大的各種戰鬥系‧生產系技能——所以等技能格增加之後，可能就得開始煩惱了吧。

不過目前為了活過今天、活過這一個小時，我根本沒有多餘的時間去考慮。待等級達到所謂的「安全範圍」之後，再來考慮未來的事情也不遲。

我結束提升能力值的操作後便把視窗消除，這時我的後方——

忽然連續出現了某種「啪啪」的清脆聲音。

「……………！」

我整個人向後飛退，把手按在劍柄上。在練功區裡過於專心操作視窗而鬆懈背後的警戒，根本是連初學者都不如的失誤。

我在內心咒罵著自己並擺出戰鬥架勢，然而眼前出現的並非那些不會出現在這座森林裡的人形怪物——而是人類。

而且那個人不是ＮＰＣ。是貨真價實的人類。

那是一名比我高了一點的男性。年紀看起來應該跟我差不多。防具是霍魯卡村裡販賣的輕量皮甲與圓盾。武器跟我一樣拿著初期的小劍。不過劍並沒有離開劍鞘。兩手空空的他保持雙掌在身體前闔起來的姿勢，呆呆地張大了嘴巴。

也就是說，剛才的「啪啪」音效，是這名男子……不，應該說是少年為了我升級而拍手所發出來的。

我輕輕呼出一口氣並放下手來，少年這才露出僵硬的笑容並低頭說：

「……抱、抱歉，讓你嚇到了。我應該先打聲招呼才對。」

「…………沒有，是我自己反應過度。」

我扭扭捏捏地回應，並且把不知道該放哪裡的手插進外套口袋裡。這個外表看起來相當老實認真的少年，彷彿鬆了口氣般露出燦爛的笑容；然後少年像在做什麼手勢般把右手手指移到右眼附近，不過馬上又一臉尷尬地把手拿下來。我想他在現實世界裡一定有戴眼鏡吧。

「恭、恭喜你升級了。速度好快喔。」

少年所說的話讓我不禁縮了縮脖子。好像剛才「如果是組隊」的想法被看透了一樣，這多少讓我覺得有點尷尬。於是我急忙搖著頭說：

「也沒有多快啦……真要說起來——你不也很快嗎？原本我以為還要兩、三個小時才會有人到這座森林來呢。」

「啊哈哈，我也以為自己是最早來的。因為這裡的路真的不好找。」

聽到這句話的瞬間，我才終於注意到一件事。

他跟我是一樣的。

當然我指的不是武器或性別。也不是同樣身為ＳＡＯ玩家與死亡遊戲囚犯的立場。

這名少年和我一樣原本就知道霍魯卡村的位置、不買青銅劍的理由，以及小型食人草大量湧出的地點。這也就代表——

他跟我一樣，是「封閉測試玩家」。

世界第一款ＶＲＭＭＯ遊戲Sword Art Online召集了一萬名玩家後正式開始上線、營運的日子是今天，二〇二二年十一月六號。但是在三個月前，營運公司經由公開抽選招募了寥寥一千人，進行遊戲測試——也就是所謂的封測。

在幾十萬件的封測申請當中，我那個時候真是異常幸運地（現在可以說其實是非常不幸）被抽中了。測試期間是整個八月。由於正好是暑假，所以從早到晚——正確來說是從中午到隔天早上不斷潛行的我，就像著魔般在還沒成為死亡牢籠的艾恩葛朗特裡東奔西跑，一而再、再而三地揮劍作戰與死亡。

在歷經無數次的嘗試與失敗後，我已經獲得關於遊戲的龐大知識與經驗。

例如地圖上沒有標示的小路、捷徑。城鎮或村莊的位置、商店裡的商品種類。店裡販賣的武器價格與性能。任務的發生條件與攻略法。以及怪物的出現區域及戰鬥力、弱點等等——

正因為有這些知識，我才能活著來到——這個距離起始的城鎮相當遙遠的森林深處。如果我不是參加過封測的玩家而是新手，一定不會想到要離開城鎮吧。

而站在數公尺外的少年應該跟我有同樣的經歷。

這名頭髮比我稍長一點的劍士，無疑跟我一樣是封測玩家。他不光是知道這座森林裡類似迷宮的小徑而已，從他站立的方式來看，就能知道他已經習慣ＳＡＯ特有的ＶＲ引擎了。

當我花了幾秒推測出這種結論時，少年剛好又補上了一句話來證明我的想法。

「你應該也在進行『森林的秘藥』任務吧？」

這正是我剛才在村中民房裡所接下的任務名稱。既然對方已經知道得這麼清楚，那也不用否認了。我才剛點頭，對方便再次把手移到看不見的眼鏡附近並笑著說：

「那是單手劍使不可或缺的任務呢。只要拿到『韌煉之劍』這個獎品，就可以一直用到第三層的迷宮為止。」

「……雖然那把劍的外表看起來不怎麼樣。」

我加上這麼一句話，少年立刻發出啊哈哈的爽朗笑聲。不久後他便收起笑聲，做了個深呼吸後才繼續開口。而他所說的，是讓我感到有些意外的台詞。

「難得我們在這裡相遇，要不要一起完成任務？」

「咦……但這是一個人的任務吧……」

我反射性地這麼回答。任務分為「組隊狀態下所有人都能獲得獎賞」與「只有一人能獲得獎賞」兩種，而「森林秘藥」是屬於後者。最重要的關鍵道具「食人草的胚珠」每隻只會掉下一顆而已，所以就算組隊挑戰也無法收集到小隊人數的寶物。

不過少年像是早料到我會這麼說般，微笑著回答：

「是沒錯啦，不過只要拚命狩獵一般的食人草，就能提升『花朵』出現的機率對吧。兩個人一起打會比較有效率唷。」

確實正如他所說的。如果只有自己一個人，就只能對付落單的怪物，但有兩個人就可以同時對付兩隻怪物。除了可以縮短選擇目標的時間外，每段時間裡能狩獵的數量也會增加——因此花朵出現的機率也會隨之增加。

原本準備點頭的我，卻在最後一刻停住了角色的動作。

因為我想到大概一個多小時前，自己才剛捨棄了第一個交到的朋友……那個開朗的刀使克萊因。現在我還有跟人家組隊的資格嗎？

但少年似乎為我的猶豫作出了別的解釋，只見他急忙搖著頭說：

「不用組隊也沒關係。是你先在這裡狩獵的，當然第一個重要道具也該屬於你。只要在增加機率的情況下不斷狩獵，第二隻想必也會馬上出現，只要你能幫忙到那個時候……」

「啊……啊啊，這樣嗎……那不好意思，就麻煩你了……」

我吞吞吐吐地回答著，而他也隨後點了點頭。要是組隊戰鬥，從怪物身上掉下來的寶物不會落到玩家個人身上，而會進到隊伍的臨時道具庫裡，原則上他是可以拿著關鍵道具逃走的。他應該是認為我在顧慮這一點吧。老實說我剛才根本沒想到那麼遠，不過事到如今也懶得特別去解釋了。

我的承諾讓少年再度笑了一下，接著他走到我身邊伸出右手並說道：

「太好了，那接下來就請你多多指教囉。我叫『柯貝爾』。」

既然同是封測玩家，我們有可能當時已經認識了也說不定，但我確實沒聽過這個名字。

當然也有可能是他用了與封測時期不同的名字，不過反正他的彩色游標上也沒顯示名字，所以我無法判斷這是否真是他的「本名」。同樣地，這時候我也可以使用假名。但我實在不會幫角色取名字，目前玩過的所有網路遊戲裡，都是使用這個把本名隨便改過的名稱，所以當然也不可能馬上想出一個假名來。

「……請多指教。我是『桐人』。」

我自報姓名之後，少年——柯貝爾便歪著頭說：

「……桐人……咦……好像在哪裡聽過…………」

看來他在封測時期雖然不認識我，卻曾經聽過我的名字。反射性覺得不妙的我，馬上開口這麼回答：

「你認錯人了啦。我們趕快打怪吧。得在其他玩家追上來前打出兩個『胚珠』才行。」

「嗯……嗯，說的也是。那我們加油吧。」

我和柯貝爾互相點了點頭，接著便朝向附近兩隻聚在一起的小型食人草衝去。

柯貝爾不愧是封測玩家，戰鬥直覺確實相當不錯。

他對於單手劍的攻擊範圍、怪物的舉動，以及使用劍技的時機都相當清楚。雖然在我看來有點過於偏向防守，但考慮到目前的狀況後，就能知道這也是理所當然的事。最後自然就形成了柯貝爾吸引怪物的注意力，而我則趁機全力進攻怪物弱點的配合模式，我們兩人就這樣不斷讓獵物變成多邊型碎片。

雖然狩獵進行得很順利，但仔細一想就會發現我們正處於相當奇妙的狀況之下。

我和柯貝爾到現在都沒有交換過關於ＳＡＯ現狀的對話。茅場的宣言是真的嗎？要是在這裡死亡，真實世界裡的自己真的也會死嗎？這個世界以後會變成什麼樣子呢……？我想柯貝爾心裡一定也有這些疑問，但我們從頭到尾都只有談論這次的任務。而且對話還相當自然。

也就是說——我們兩個都是重度的ＭＭＯ中毒者吧。不論是整個世界變成死亡遊戲還是登出鍵消失，只要人還在遊戲裡就會以進行任務與賺取經驗值為第一要務，實在是無藥可救的兩個人。不過回頭一想，柯貝爾也是會去參加封測抽選的人，所以應該也是徹頭徹尾的網路遊戲玩家才對。我們只不過是讓角色變強的衝動比對於死亡的恐懼更加強烈而已……

不對。

不對，應該不是這樣。

是因為我和柯貝爾都還無法面對現實。

就算能夠考慮到什麼提升等級的效率以及ＰＯＰ的枯竭等眼前狀況，卻還不願去思考最基本的事情。只是強迫自己把注意力從「一旦ＨＰ歸零，NERvGear就會發射高功率電磁波把腦袋烤熟」這件事實上移開，藉由不斷前進來逃避現實。說不定留在起始的城鎮裡的玩家，反而比我們還要冷靜呢。

但是，如果真是這樣——

那麼我現在能以平常心和恐怖的怪物作戰，其實根本就是看不清現實的行為。只是因為沒有真正感受到死亡的恐怖，才能以最小動作閃避可能殺害自己的銳利蔓藤與危險的腐蝕液。

當我了解這一切的瞬間，同時也產了某種預感。

啊啊……我應該不久後就會死了吧。

「現實世界裡的死亡」是死亡遊戲的第一條規則。無法理解這點，也就無法認清該在什麼時候停下冒險的腳步。這跟在黑暗當中光憑運氣走在懸崖邊緣沒有兩樣。現在回想起來，一個人離開街道，踏進視野不佳的暗夜森林就已經是相當魯莽的行為了……

突然有一陣惡寒從我的背脊一路貫穿到手腳末端，讓我的角色無法順利活動。

這時我剛好舉劍準備砍向朝不知道已經是第幾隻的小型食人草弱點，如果再遲疑個半秒，大概就會遭到它的強烈反擊吧。

清醒過來的我，在千鈞一髮之際才讓重新運作的劍技「平面斬」切斷植物的莖。一陣破碎聲過後，沒有實體的玻璃碎片才穿過我往各處飛散。

幸好柯貝爾這時正背對著我應付另一隻食人草，所以他似乎沒有注意到我的異常。遲了五秒後，他在沒使用劍技的情況下解決了怪物，然後鬆了口氣並回過頭說：

「……還是沒出現耶……」

他的聲音聽起來已經有些累了。從我和柯貝爾一起狩獵開始，已經過了一個小時。兩個人合起來應該已經打倒了將近一百五十隻食人草，然而還是沒有「花朵」湧出。

我為了驅逐目前仍盤據在背上的寒氣而用力聳了聳肩，接著開口說：

「說不定出現的機率和封測的時候不一樣了……我曾在其他MMO裡聽說過，遊戲正式開始營運時就會下修稀有寶物的掉寶率……」

「……確實有這種可能……那怎麼辦？等級升得差不多了，武器耐久度也耗了不少，要不要先回村子裡去……」

當柯貝爾說到這裡時，距離我們僅僅十公尺以外的樹木下方忽然出現了黯淡的紅光。許多粗糙的多邊形塊狀物出現並組合起來，形成了一個更大的形體。這種景象——怪物的湧出，我們已經相當熟悉了。

正如柯貝爾所說，我們剛才在那一陣「濫殺」當中獲得不少經驗值，兩人都到達了3級。我記得在封測時，突破第一層的適當等級是10左右，目前雖然還有一段差距，但也已經不用害怕落單的小型食人草了。敵人身上彩色游標的顏色，也從洋紅色變成了普通紅色。

「…………」

我和柯貝爾就這樣一直站在草地上茫然眺望著怪物登場。第一百五十幾隻的食人草幾秒後便獲得了精細的外型，開始扭著蔓藤走了起來。它有帶著生物光澤的綠色莖部、每隻個體都有不同斑點的捕食器，以及上方——即使在微暗處也能發出刺眼紅光的，鬱金香般巨大花朵。

「…………」

我們兩個人又呆呆的看著它幾秒之後，才默默望了對方一眼。

「——————！」

接著我們便發出無聲的大叫。各自揮動手裡的劍，像貓看見老鼠般朝終於出現的「花朵」飛撲過去——

但是在攻擊獵物之前，我緊急用雙腳踩下剎車，同時左手也阻止柯貝爾往前衝。

面對轉過頭來對我做出「為什麼？」表情的少年，我舉起右手食指朝「花朵」前進的遠方指了一指。

雖然被樹木遮住而視野不佳，不過那個方向還有一隻食人草的影子。多虧了熟練度稍微上升的搜敵技能，我才能注意到這另一隻怪物。柯貝爾可能是還沒有選擇搜敵技能吧，只見他定睛凝視了黑暗空間幾秒後，才好不容易看見那傢伙。

如果花朵後方的是普通食人草，那我也不會特別停下腳步。但令人驚訝的是，第二隻怪物的捕食器上，竟然有個巨大的塊狀物在搖晃。

如果那也是花朵，我「運氣不佳」的招牌就該拿下來了。然而釣在第二隻怪物細長莖部上面的，卻是直徑大約有二十公分的圓球——是「果實」。只要稍微傷到那看起來馬上就要爆開的球狀物，它便會當場炸裂並散發出帶有氣味的煙霧。接著會有一大群瘋狂的食人草被煙霧吸引過來，到時候就算我們的等級已經提升，也會陷入無法脫身的困境。

這下該怎麼辦呢。

我不禁猶豫了起來。戰力上來說，我們當然有可能在不傷害到「果實」的情況下就將怪物打倒。但不是百分之百確定。既然有些微死亡的危險性，那麼我們是不是應該忍耐下來，等待眼前的花朵和果實一起走遠呢？

但是，封測時代聽說的某個謠言又讓我更加猶豫不決。小型食人草的「花朵」，這隻會掉下任務關鍵道具的貴重稀有怪物，要是在湧出之後又放任它離開，就會變成極度危險的陷阱怪物「帶果食人草」……我記得當時好像聽人這麼說過。

這不是不可能，或者應該說這確實是很有可能發生的事。說不定——當我們躲在草叢裡觀看時，移動到十多公尺外的帶花食人草，頭上花朵的花瓣就會一片片掉落，然後露出圓滾滾的果實——若跟前方那隻怪物合起來，帶果食人草就會有兩隻了。

「……怎麼辦……」

我不知不覺中這麼呢喃著。會在這個時候產生猶豫，就是無法分辨危險與安全界限的最佳證明。或許有所猶豫就該撤退才是理性的判斷，但現在已經連理性都無法信任了。

像是陷入暈眩狀態的我，耳邊突然傳來柯貝爾的低語。

「——走吧。我來對付『果實』，桐人你就趁機迅速解決『花朵』。」

他說完後沒等待我的回應，便將初期裝備的靴子直接往前踏了出去。

「……………知道了。」

我答應了一聲，從後追隨柯貝爾而去。

我當然尚未斬斷迷惘，只是暫時不去想它而已。既然已經開始行動，那麼也只能把心思集中在單手劍以及自己的角色上面。如果連這點都做不到，可就真的得面臨死亡了。

花朵首先查覺到柯貝爾的靠近，它隨即咻一聲轉過身來。接著還振動捕食器那類似人類嘴唇的邊緣發出「沙啊啊啊啊！」的吼叫。

柯貝爾往右邊繞過花朵之後便繼續朝果實前進，但花朵還是把目標放在他身上。利用這個空檔直接欺近花朵身邊的我，毫不猶豫地揮下右手上的劍。

雖說是出現率低於百分之一的稀有怪物，不過帶花食人草的能力值和普通食人草幾乎沒有兩樣。雖然防禦力與攻擊力多少高了點，但對於持續狩獵超過一個小時而升到3級的我來說，這點差別根本不構成威脅。

儘管腦袋裡還充滿了猶豫，但角色仍根據封測時代累積的戰鬥經驗自己動了起來，不斷反

彈或是迴避食人草的藤蔓攻擊並加以反擊。大約十秒左右它的ＨＰ條就變成了黃色，而我便往後一跳，為了給它致命一擊而發動劍技。

在不斷的戰鬥中，單手直劍劍技的熟練度也隨之上升，可以實際感受到發動速度與攻擊範圍都增加了。單發水平攻擊「平面斬」劃出藍色弧線，伴隨著清脆聲音切斷了粗厚的莖部。

這時它也發出了與一般食人草略為不同的哀嚎。在遭到切離的壺狀部分滾落到地面、變成多邊形碎片四處飛散之前——頭頂的花朵就先凋落了。

一顆帶著黯淡光芒的拳頭大球體從裡頭滾出。當滾落到我腳邊的球體碰到靴子尖端而停下來時，食人草的身體和捕食器也跟著爆散開來。

我彎下身軀，用左手撿起發亮球體——「小型食人草的胚珠」。為了得到這個關鍵道具，我恐怕已經打倒了超過一百五十隻的怪物，而且還在過程當中產生許多迷惘。

一想到這裡，我差點就想往草地上坐下去，但現在還不是虛脫的時候。我得去援護稍遠處的柯貝爾，因為他還在幫忙吸引危險的「果實」注意呢。

「抱歉，讓你久等了！」

我抬起頭來這麼一叫，接著把左手上的胚珠收進腰間的袋子當中。原本應該是要叫出視窗來把它收進道具庫裡才能安心，但目前根本沒有時間慢慢進行這種操作了。我重新握好劍，往前跑了幾步——

但是不知道為什麼，雙腳卻自動停了下來。

連我自己都不清楚原因。突然加入的夥伴柯貝爾，正在前方靈巧地用劍與盾應付食人草的攻擊。他應該本來就很擅長防禦了吧，在戰鬥當中甚至還能撥空看我。他那對給人忠厚老實印象的偏細雙眼一直盯著我看——而就是那個眼神……

眼神裡的某種東西，讓我停下了腳步。

是什麼？為什麼柯貝爾會用那種眼神看我？那像是懷疑……又像是悲憫。

柯貝爾以盾牌用力彈開食人草的蔓藤攻擊。接著讓戰鬥暫時中斷的他，便看著呆立當場的我並簡短說了句：

「抱歉，桐人。」

然後他就把視線移回怪物身上，以右手上的劍往怪物頭頂使勁劈落。劍身開始泛出淡藍色光芒——他發動了劍技。從那個動作看起來，應該是單發劍技「垂直斬」。

「等等……不能用那招啊……」

雖然對他剛才的發言感到疑惑，但我下意識當中還是這麼低聲說道。

對於把莖部上方這個弱點藏在捕食器後的小型食人草來說，垂直攻擊原本就沒什麼效果。而且現在柯貝爾還有一個絕對不能用垂直斬的明確理由。我想他應該很清楚這一點才對。

但是發動的劍技已經沒辦法停下來了。因為系統輔助而遭到半自動操縱的角色猛然往地面一踢，以發光的劍身朝著食人草捕食器——上方那搖晃的「果實」砍下。

啪啪——！

劇烈的破裂音晃動了整座森林。

這是我第二次聽見這種聲音。第一次當然是在封測期間。那時候臨時組隊的夥伴不小心用長槍刺中果實，結果等級2～3的四個人在被氣味吸引過來的大群食人草圍攻之下，根本來不及脫離就死亡了。

柯貝爾粉碎果實的「垂直斬」直接切斷了食人草的捕食器，讓它的HP條完全歸零。怪物雖然就此四處飛散，但殘留在空中的淡綠色煙霧以及衝進我鼻子的異樣氣味卻依然揮之不去。

面對為了躲避煙霧而向後飛退的柯貝爾，我只能茫然地說出：

「為…………為什麼…………」

這不是意外，而是意圖性的攻擊。柯貝爾是基於自身意志砍中「果實」好讓它爆開。

這一個小時裡和我一同作戰的封測玩家眼睛完全沒有看我，只是又說了一聲：

「……抱歉。」

這時我已經看見他的角色後方出現了幾個彩色游標。

不論是左邊、右邊還是後方，全都充滿了被煙霧吸引過來的小型食人草。這個區域裡湧出的個體一定一隻不剩地全往這裡集中過來了。總數大概有二十……不對，應該隨隨便便也超過三十隻。做出「打不過」的判斷時，我的腳立刻自動準備逃走，但這根本不可能辦到。小型食人草的外表看起來雖然遲鈍，卻擁有出人意料之外的最高移動速度，就算能夠突破包圍，在甩開它們之前一定會先遇上別的怪物。已經不可能脫離這個地方了──

也就是說，這是自殺？

是要我和他一起死在這裡嗎？柯貝爾終於被「現實世界裡的死亡」所帶來的恐懼給擊潰，決定主動離開死亡遊戲了嗎？

呆立當場的我茫然思考著。

但是，我這個推測完全錯了。

不再搭理我的柯貝爾將劍收回左腰的鞘裡並轉過身子，直接朝附近的草叢裡走去。他的腳步看不出一絲猶豫。他也還沒放棄活下去的希望。但是……

「那沒用的……」

我從喉嚨裡擠出這句幾乎聽不見聲音的話來。

大量的小型食人草從四面八方往我們這裡殺到。不論是要從縫隙裡脫身或用劍殺出血路，都不是件簡單的事，就算能成功也會在前面被其他敵人拖住腳步。等等，如果柯貝爾事到如今才想逃走，那剛才又為甚麼要用「垂直斬」砍破果實呢？難道說原本打算自殺的他，在看到龐大的怪物集團後忽然感到害怕，決定做出最後的掙扎？

我在已經有一半麻痺的意識角落裡考慮著這個問題，然後用眼神追著柯貝爾跳進小樹叢裡的背影。雖然被茂盛的樹葉遮住而看不見他的角色，但彩色游標應該還是會在那………

不見了。距離明明不到二十公尺，但柯貝爾的游標已經從視野裡消失了。雖然我瞬間有了「難道是用『轉移水晶』脫離了嗎？」的想法，不過馬上就知道那是不可能的事。那個道具的價格相當昂貴，在遊戲的序盤不可能買得起，而且第1層也沒有販賣水晶的商店或會掉落這種道具的怪物。

既然如此，就只剩下一種答案。一定是「隱蔽技能」的特殊效果——能把游標從玩家的視野裡消除，也不會被怪物當成目標。柯貝爾根本不是空下第二個技能格，而是早已在裡面填進了隱蔽技能。所以一開始遇見的時候，我才會沒注意到他從後面靠近我……

我以腳底感受著怪物群殺來所造成的地震，同時做出這樣的結論。而且終於——在這個時候注意到了一件事。

柯貝爾根本不是想自殺卻又因為害怕而逃走。

他是想殺了我。

他故意打破「果實」把周圍的食人草吸引過來。接著自己才用隱蔽技能躲在一旁。讓超過三十隻以上的怪物把目標放在無法躲藏的我身上。這是相當常見的「MPK（monster player kill）」手段。

了解到這一點後，他的動機也就相當清楚了。這全都是為了奪取我剛才撿起來的關鍵道具

「小型食人草的胚珠」。只要我死亡，裝備中或是放在腰包裡的道具就會掉落在現場。等到食人草集團散去之後，柯貝爾就能撿起胚珠，回到村莊去完成任務。

「…………原來如此…………」

我眺望著不再是游標而已經接近到可目視距離的怪物群，口中這麼呢喃。

——柯貝爾。你根本就不是不願面對現實的人。正好相反。你早就體認死亡遊戲的現實，並且以一名玩家的身分躍上了舞台，決定要欺騙、甩開、掠奪其他玩家，換取自己的生存。

不可思議地，我沒有絲毫憤怒或憎恨的感覺。

明明陷入對方設下的陷阱而瀕臨死亡，但我的內心卻異常平靜。理由之一，可能是我早已經注意到柯貝爾計畫當中唯一的「破綻」了也說不定。

「……柯貝爾。看來你不知道啊……」

雖然不知道他能不能聽見，但我還是靜靜對著遠處的樹叢這麼說道：

「我想你可能是第一次取得『隱蔽』技能吧。那個技能確實很方便，但不是萬能。對於像小型食人草這種擁有『視覺以外的其他感覺』的怪物，它的效果相當薄弱。」

邊發出咻咻聲邊像雪崩般瘋狂往這裡衝過來的捕食植物群，有一部分明顯朝著柯貝爾隱身的草叢攻了過去。他現在應該也已經注意到，自己明明已經隱蔽起來卻還是不斷被怪物盯上的事實了吧。我先選擇搜敵而不是隱蔽的理由，就在於此。

內心依然相當平靜的我，直接轉身把目光放在朝這裡衝過來的食人草行列上。背後的敵人應該會襲擊柯貝爾，所以暫時不用理會它們。如果能在身後的戰鬥告一段落之前先殲滅前方的敵人，那麼說不定還有一線生機。當然成功的機率依然相當低。

明明死亡已經逼近眼前，我依舊在無法將它當成「現實」的情況下重新握緊小劍。它在歷經之前一百多次的戰鬥後，已經消耗了相當多的耐久值，劍刃上也隨處都能看見缺口。要是過於粗暴，說不定會在這次戰鬥當中折斷。

我得盡量節省揮砍的次數，要利用踢腿與揮動手臂加成威力的「平面斬」來攻擊敵人捕食器正下方的弱點，一擊便得幹掉一隻怪物。如果辦不到這一點，那我一定得面臨「武器消失」這種最糟糕的死亡方式。

背後已經可以聽見怪物的咆哮與攻擊聲，以及柯貝爾不知道在大叫些什麼的聲響。

但是我已經不再轉過頭去，只是把全副精神集中在自己的敵人上。

即使好一段日子之後，我還是無法仔細回想起這幾分鐘——也有可能是十幾分鐘裡所發生的事情。

我已經失去理性思考的能力。剩下的就只有眼前的敵人與簡樸的劍，以及揮劍的肉體——正確來說應該只是腦部所發出的運動命令。

從怪物的動作預測其攻擊種類與軌道並以最小的動作閃躲，接著以劍技加以反擊。雖然之前的戰鬥也是這樣，但我現在已經刪除了多餘的動作並提升了攻擊的精確度。

ＳＡＯ裡不存在「必中的魔法攻擊」。所以理論上來說，只要玩家將判斷力與反應力提升到難以置信的強度，應該就能持續躲避任何攻擊才對。話雖如此，但我沒有這樣的玩家技能，而且面對的敵人也實在太多，所以不可能完全不被擊中。來自前後左右的藤蔓擦過我的四肢，不斷噴射出來的腐蝕液水滴也在皮革外套上開出了小洞。每當受到這樣的攻擊，我的ＨＰ條便會減少，距離假想以及現實的死亡也就更接近一步。

但我總是在千鈞一髮之際避開危險，同時不斷揮舞著手裡的劍。

要是因為被打個正著而產生半秒的行動延遲，從那個瞬間起我將受到無盡的追擊直到死亡為止。不知道是會先因為ＨＰ被磨光而死呢？還是先因為停止動作而當場死亡呢？

封測期間，不對，應該說在以前玩過的多數ＭＭＯ遊戲當中，我也曾多次陷入這樣九死一生的狀況當中。那時候我多少會在臨死前掙扎一下，但最後還是懷著「要賺回死亡喪失的經驗值真是麻煩啊～」、「如果能夠不要掉武器就好」的心情，任由ＨＰ歸零。

如果想追求這個世界的「現實感」，那麼只要跟以前一樣就可以了。至少可以知道茅場的宣言究竟是真的，或者只是個嚇唬人的惡劣玩笑。

感覺上在腦袋的角落似乎可以聽見這樣的聲音。但我卻假裝沒聽見，只是拚命以「斜斬」

與「平面斬」砍飛不斷出現的食人草頭部。

是因為不想死嗎？那是當然的了。

但是，還有某個動機驅使我不停地戰鬥。現在讓我的嘴角猙獰地歪斜——看起來就像是在笑一樣的某個動機。

這就對了。

這就是SAO啊。我在封測當中的潛行時數遠超過兩百個小時，卻根本沒有看透SAO這款遊戲的本質。沒有在它所代表的真正意義下戰鬥。

劍不只是武器道具，身體也不單純只是可動物體而已。當這些東西與意識在極限領域當中一體化時，才能夠到達某個境界。我現在還只能從遠方看著那個世界的入口而已。我想知道入口之後有什麼東西。更想要親自走進那個入口。

「嗚……哦哦哦哦啊啊啊啊！」

我大聲怒吼，往地上一踢。

這記動作快到甚至可以甩開效果光的「平面斬」，一口氣解決了兩隻聚在一起的食人草，它們的捕食器隨即高高飛了起來。

緊接著，離我背後相當遠的地方，發出了「喀鏘——！」一聲銳利且脆弱的破碎音。

這聲音聽起來明顯與怪物爆散時的音效不同。是玩家死亡時的音效。

被十隻以上食人草包圍的柯貝爾終於力竭身亡了。

「…………！」

我雖然反射性地準備回過頭去，但還是強行按下了這股衝動，把殘留在周圍的最後兩隻怪物幹掉。

這時候我才轉過身子。

解決掉最初目標的食人草們，像是依然渴望著人血般往我這裡集合過來。它們共有七隻。柯貝爾在剛才那種狀況之下，至少成功幹掉了五隻敵人。他之所以直到最後一刻都沒有慘叫，一定是因為身為封測玩家的矜持。

「……辛苦了。」

吐出這句對即將「登出」網路遊戲者所說的慣例台詞後，我便拿著殘破不堪的劍重新擺出架勢。在這種狀況之下，或許有機會能夠逃走，但我的腦袋裡完全沒有浮現這個選項。

七隻發現新獵物而往這裡突進的食人草裡，帶頭那隻捕食器上竟然開著鮮紅的「花朵」。不必利用ＭＰＫ將我殺害，只要再努力一下，柯貝爾就能夠入手屬於自己的胚珠了。但事到如今也沒什麼好說的。他選擇這麼行動，為他自己帶來這樣的結果。事情就是這麼簡單。

雖然ＨＰ條已經低於四成，只要再減少一些就會進入紅色的危險區，但我早已不認為自己會死亡。查覺七隻怪物當中右邊的兩隻即將噴射腐蝕液後，我便全力往那邊衝刺，一口氣把正

在蓄力而停止動作的敵人全解決掉。

接著我又花了二十五秒解決剩下的五隻。戰鬥到此結束。

柯貝爾的小劍與盾牌掉落在他消滅的地點。兩者都跟我的劍一樣殘破不堪。

他在這個浮游城艾恩葛朗特裡戰鬥了數小時，然後喪命。正確來說應該是HP歸零，假想身體爆散。但是，我沒辦法確定現實世界日本的某個街道、某個房間裡，躺在床上操縱那個角色的不知名男子是不是真的死了。我能做的，就只有目送名為柯貝爾的劍士離開這個世界。

我稍微想了一下，把他的劍撿起來，然後插在附近最大的樹底下。接著又把第二隻帶花食人草掉下來的「胚珠」放在樹根前。

「這是你的份，柯貝爾。」

低聲說完後，我便站起身子。雖然放在地面上的道具耐久度會慢慢減少，終將消失不見，但至少可以當幾個小時的墓碑吧。

我轉過身子，為了回村莊而往東邊的小徑上走去。

受騙、瀕死、目擊欺騙自己的人死亡但自己卻好不容易活了下來，即使經歷了這麼多事，我依然不太能體會「死亡遊戲的現實感」。不過，至少想變強的心情比之前更加強烈了。但我的動機不是為了生還，而是「想知道ＳＡＯ裡劍技的極限」這種無法對人訴說的慾望。

我們兩個人一陣濫殺之後，ＰＯＰ大概多少也開始枯竭了吧，我一路上沒有遇見怪物就回到了霍魯卡村。

時間是——晚上九點。茅場的說明結束之後，已經過了三個小時。

村莊的廣場前面果然已經能看見幾名玩家的身影。他們應該也是封測的玩家吧。如果封測玩家就這樣不斷領先眾人腳步，總有一天會和佔大多數的非封測玩家之間產生鴻溝……不過，我根本沒有害怕這種事情發生的資格。

由於目前實在沒有心情和人說話，所以我在被其他玩家注意到之前便先從小巷子裡往村子內部前進。幸好現在ＮＰＣ的行動還沒進入深夜模式，所以目的地的民房窗戶還有橘色燈光透出來。

形式上我還是用門環敲了敲門後才推門走了進去，依然在鍋裡煮著東西的大嬸這時回過頭來看著我。而她頭上依然浮著任務進行中的金色「！」符號。

我靠近大嬸，從腰包裡拿出中心散發出淡淡綠色光芒的球體——「小型食人草的胚珠」並交給她。

大嬸臉上露出一口氣年輕二十歲般的笑容後收下胚珠。當她不斷向我道謝的同時，視野左邊的任務標籤也在更新當中。

大嬸……不對，現在看起來已經像個年輕太太的女子，靜靜把胚珠放進鍋子裡，接著走到放在房間南面的大長櫃前並打開櫃門。她默默從裡面拿出一把紅色劍鞘的長劍，那把劍看起來雖然老舊，卻散發出初期裝備完全比不上的存在感。然後她又走回我面前，隨著再次道謝的聲音用雙手把劍遞到我面前。

「……謝謝。」

我低聲呢喃後接下了長劍，右手上隨即傳來一股沉重的手感。感覺起來，這把劍重量應該有小劍的一・五倍吧。看來我得練習一陣子，才能重新習慣這柄在封測時就給了我許多幫助的劍——「韌煉之劍」的手感了。

視野中央浮出任務達成的訊息，同時我也因為獲得獎賞的經驗值而升到了４級。

過去的我，在這時候會很有精神地跑出村子，然後用這把劍來對付出現在西方森林更深處的「大型食人草」。

然而我目前實在是提不起勁，在將新劍收進道具庫之後，便整個人坐到附近的椅子上。

由於已經完成任務，所以年輕太太不會再拿水給我喝了。她只是背對著我，再次開始攪動灶上的鍋子。

我感受著終於湧上心頭的疲倦，同時茫然地看著ＮＰＣ的動作。就這樣不知道過了多久，在我面前的年輕太太從架子上取出木製杯子，然後以勺子將鍋裡的內容物倒進杯裡。

她比剛才拿著劍時更小心翼翼地捧著杯子，開始往深處的門走去。

我沒來由地站起身來，跟著太太往前走。NPC打開門，踏進微暗的房間裡。我在封測時代曾試著要打開這扇門，但那時系統並不允許我這麼做。我猶豫了一下，隨即跟著跨過門檻。

那裡是間小小的寢室。家具除了牆邊的櫃子與窗邊的床之外，就只有一張小椅子而已。

而床上還躺著一名年紀大概七、八歲左右的少女。

光是在月光下，就能看得出她的臉色相當差。此外脖子也相當細，從床單下露出來的肩膀同樣十分瘦削。

少女注意到母親後微微睜開眼睛，緊接著——便朝我看過來。當我嚇了一跳而停步時，她那沒有血色的嘴唇便露出淺淺的微笑。

母親伸手扶著女兒的背部讓她坐起身。但少女馬上就彎著身體開始劇烈地咳嗽。她頭上的茶色辮子，就在那身白色睡袍的背部無力地搖晃著。

我再次確認浮現在少女身邊的彩色游標。那確實有著NPC的標籤。名字是「Agatha」。應該是念做阿嘉莎吧。

溫柔地支撐著少女——阿嘉莎背部的母親，在旁邊椅子上坐下來後便這麼說道：

「阿嘉莎。來，這是旅行的劍士大人專程從森林裡幫妳拿回來的藥。喝下這個之後，妳一定會痊癒的。」

然後，她就讓少女握住自己左手上的杯子。

「……嗯。」

阿嘉莎發出可愛的聲音並點點頭，隨即用嬌小的雙手拿著茶杯，咕嘟咕嘟地把藥喝完了。

忽然一陣金黃色光芒降下，少女的臉色也一口氣變得紅潤，馬上就從床上跳下來在房間裡四處跑——當然不可能發生這種事。然而，或許只是我的錯覺吧，總覺得阿嘉莎放下杯子之後臉上已經稍微有點血色了。

把空杯子還給母親的阿嘉莎再度看了我一眼，然後露出了笑容。

她的嘴唇微動，接著便有句雖然有些模糊，卻像顆寶石一般的話從她嘴裡掉了出來。

「謝謝你，大哥哥。」

「…………啊…………」

我沒有辦法回答，只能瞪大雙眼發出這樣的聲音。

過去——

很久很久以前，好像也發生過類似的情形。

妹妹……直葉因為感冒而一直躺在床上休息。當時爸爸還是一樣在國外工作，而母親也有要緊的事情一定得到公司一趟，於是有兩個小時就由我來照顧直葉。我已經記不得那是小學幾年級時發生的事情了……只記得當時我確實覺得有些麻煩，但也不能就這樣丟下直葉自己跑去玩，最後我還是幫她擦了擦汗並且替換額頭上降溫用的濕毛巾。

結果那傢伙忽然說想喝什麼薑湯。

沒辦法的我只能打電話給媽媽詢問煮法。雖然只是「用熱水沖泡薑汁以及蜂蜜」這種說不定比在艾恩葛朗特裡做菜更簡單的手續，但對於從沒做過菜的我來說，依然是件很困難的事。當我把用擦菜板時不小心連手指也弄傷才做成的薑湯端到直葉床邊時，平常總愛跟我鬥嘴的她竟然用感動的表情看著我——

「……嗚……咕……」

我的喉嚨忽然擅自發出這樣的聲音。

我好想念他們。

好想立刻見到直葉、媽媽和爸爸。

這股強烈的衝動貫穿整個假想身體，讓我一個踉蹌而把手撐在阿嘉莎的床上。我就這樣跪了下來，緊握住白色的床單，再度發出低沉的聲音。

好想見他們。可是辦不到。因為我的意識已經完全被NERvGear所發出來的多重電場從現實世界裡抽離，關進了這個假想世界當中。

一會兒之後，拚命壓抑嗚咽聲的我，終於感受到這個世界的「真實」究竟是什麼。

那與生死無關。打從一開始就不可能獲得什麼「死亡」的實感。因為我在現實世界中——跟這裡同樣是「一旦死亡就絕對無法挽回」的世界中，同樣沒有面臨過瀕臨死亡的情形。

這裡是「異世界」。無法和思念的人見面。這就是唯一的真實。這個世界的「真實」。

我把臉整個埋進床單裡，緊咬住牙關，全身不停地抖動。但我沒有流淚。不，或許現實世界裡躺在自己床上的我，臉頰上已經流出了淚水也說不定。說不定，我就這樣在守護著我的直葉面前流下了眼淚。

「…………你怎麼了，大哥哥？」

聲音傳來，一隻溫柔的手掌畏畏縮縮地碰了碰我的頭。

最後手掌開始僵硬地撫摸我的頭髮。一次又一次，一次又一次。

這隻小手就這樣不停地動著，直到我停止哭泣為止。

（完）

後記

我是川原礫。謝謝您閱讀這本《Sword Art Online刀劍神域8 Early and late》。

這是繼第二集之後再次出現的短篇集。如書名所示，本集裡收錄了在ＳＡＯ世界裡所發生的最新故事（正確時間排序應該是第七集《聖母聖詠》之前一個禮拜左右）以及最古老的故事（這邊正確來說是第一集《艾恩葛朗特》第一章之後的一個小時左右〈笑〉）。

我想從第一集（還有從網路版）就開始閱讀的讀者們應該都已經知道，這部ＳＡＯ故事最先寫的是死亡遊戲「Sword Art Online」開始的兩年後，在它被完全攻略之前的三個禮拜左右所發生的事；接著，我又為了補敘過去所發生的事情而繼續寫了第二集的四篇短篇。不過在電擊文庫集結成書出版之前，我其實猶豫了好一陣子。考慮是不是別把網路版直接變成實體書，而是將第一、二集的內容重新編纂，並且加寫其中空白的部分，把死亡遊戲從開始到結束做一個完整的描述。

當然我最後還是放棄了這個想法（而且理由其實是害怕得重新寫出大量的原稿〈笑〉），不過「在起始的城鎮和克萊因分手之後的桐人」這個影像，長年來一直存在於我的心中。身為封測玩家的他，應該會為了要變強而全力向前衝刺才對，而我也想和桐人一起追尋當時他內心深處究竟有著什麼樣的感觸——其實這樣的心情一直都沒有消失。

當這本第八集決定收錄已經在網路上發表過的兩篇故事（「圈內事件」與「聖劍」）時，我心裡便有了「就寫出那一天桐人衝到荒野上之後的故事並加進去吧！」的想法，而完成的就是這篇「起始之日」。現在回想起來，由於完成SAO第一集到現在已經過了十年，所以這裡的桐人形象或許已經和當初有點不太一樣了，不過還是希望大家能把這一點也當成閱讀本書的樂趣之一。

今後如果有機會，我也想試著寫出得到第一把愛劍的桐人，在挑戰攻略第一層時發生的事。就請大家耐心等待吧！

再來就是慣例的道歉單元了……收錄在本集裡的「圈內事件」，由於是事後完成的作品，所以難免會發生許多和第一集敘述互相牴觸的情節（比如說在第一集裡，桐人曾經說過「從來沒有和亞絲娜一起去過ＮＰＣ經營的餐廳」，但本篇裡面就出現了這樣的行為……）。其實我曾經瞬間投機地想把餐廳改成由玩家經營來符合過去的描述，但最後還是覺得這並非治本的辦法而放棄了。我想其他一定也有讓大家覺得「咦？」的部分，關於這一點，就請大家在考慮到這是經過錯綜複雜的程序所完成的作品後原諒我吧！

接著還要再厚著臉皮繼續跟大家道歉，以推理小說形式所寫成的「圈內事件」，關於其中的機關以及解決方式，我想很多推理小說迷一定會憤怒地大喊「哪有這種事啦！」才對。其實我本人也很喜歡閱讀推理小說，所以才會臨時起意挑戰這種形式，不過很抱歉一切都是我的能力不足！等我重新修練過之後，希望能有機會再次挑戰。

緊接著的就不是道歉而是宣傳了，其實我把本書裡頭的「聖劍」當作是「任務成功篇」，而二〇一一年六月發售的電擊文庫ＭＡＧＡＺＩＮＥ裡，則收錄了另一種情節的「失敗篇」。如果有機會能夠一起閱讀，我想應該會有一．二倍左右的樂趣才對！

在編輯部搬家的Mega繁忙當中，還因為我忘記交出這篇後記而搞得一個頭兩個大的責任編輯三木先生，因為六月＋八月的連續出版而Terra努力的插畫家ａｂｅｃ老師，這次也很感謝兩位的幫忙！最後當然也要請大家繼續支持將成為第四部開端的第九集！

二〇一一年五月某日　川原　礫

國家圖書館出版品預行編目資料

Sword Art Online刀劍神域. 8, Early and late /
川原礫作；周庭旭譯. —— 初版. —— 臺北市：
臺灣國際角川, 2012.01— 冊； 公分
——(Kadokawa fantastic novels) ——

譯自：ソードアート・オンライン 8
アーリー・アンド・レイト
ISBN 978-986-287-549-0（平裝）

861.57 100025489

Kadokawa
Fantastic
Novels

Sword Art Online刀劍神域 8

Early and late

（原著名：ソードアート・オンライン 8 アーリー・アンド・レイト）

2012年2月1日 初版第1刷發行
2022年11月24日 初版第25刷發行

作　者：川原 礫
插　畫：abec
日版設計：BEE-PEE
譯　者：周庭旭

發行人：岩崎剛人
總編輯：蔡佩芬
副總編輯：朱哲成
美術設計：李思穎
印　務：李明修（主任）、張加恩（主任）、張凱棋

發行所：台灣角川股份有限公司
地　址：104台北市中山區松江路223號3樓
電　話：（02）2515-3000
傳　真：（02）2515-0033
網　址：www.kadokawa.com.tw
劃撥帳戶：台灣角川股份有限公司
劃撥帳號：19487412
法律顧問：有澤法律事務所
製　版：尚騰印刷事業有限公司
ISBN：978-986-287-549-0